ハヤカワ文庫JA
〈JA1298〉

うそつき、うそつき

清水杜氏彦

目次

うそつき、うそつき

登場人物

フラノ…………………非合法の首輪除去技術を持つ少年
ユリイ…………………フラノの初めての依頼人となった少女
ハルノ…………………詐欺師の少年。フラノの依頼人で友人
サクラノ………………ハルノの妹
師匠……………………フラノに首輪除去の技術を伝えた男
ゴゴウ…………………治安局捜査官
ピッピ…………………仲介人を名乗る女
マミ……………………病気の息子を抱える主婦。フラノの依頼人
クールハース…………師匠の息子

ママ、わたしのことすき？
わたしはママにききました。
そうね、とっても。
ママはいいました。
でもママのくびわはあかくひかってました。
かなしいなって、わたしはおもいました。

プロローグ

嘘をつくのはよくないことだとかみんなは言う。

でも、そもそも嘘ってなんなのか。

現実にはさまざまなシチュエーションが存在するわけで。

相手を欺《あざむ》こうとしてつく嘘もあれば、意図せず相手を騙《だま》すことになる情報伝達だってあるだろう。

さらに言えば、嘘は言葉として声で発せられたり文字となって現れたりするものばかりじゃない。

表情、視線、仕草、話し方、タイミング。

多くのものが、だれかを騙す手段となりうる。

そりゃふたりもひとが集まって会話をすれば齟齬《そご》のひとつやふたつ発生してもおかしくないし、誤解だって生まれるだろう。

そうやって起きたすれちがいの原因がかならずしも当事者たちの不誠実さに拠《よ》らないことを考えれば、騙す騙されるなんてのはコミュニケーションにおけるボタンの掛けちがいみたいなもので、悪意がない場合にでも起こりうることはだれにだってわかりそうなものだ。自分は嘘をついたつもりがなくても相手は嘘をつかれたと思う場合もあるだろうし、その逆も然《しか》り。

じゃあ嘘っていったいなんなんだ。

誇大表現は嘘に含まれるか。相づちは。お世辞や社交辞令は。

考えはじめればきりがない。

だから首輪は、「自身に対し、疾《やま》しさを感じているか」を嘘判定の基準にした。

誠実さをもって堂々と発言し、結果として誤解を招くことになったとしてもそれは嘘とは見なされないし、相手を騙そうとして不誠実な発言を行った場合は、たとえ相手を騙すことに失敗したとしても、嘘をついたと見なされる。

そう。装着者のこころだけがその真意を知っているって考えたわけだ。

嘘をついたことによる罪悪感や後ろめたさ。

疾しさ。

あるいは自分のこころをごまかしたい気持ち。

そういうものを裡《うち》に持っている場合には首輪が反応する。

その人間が嘘をついているとばっさり判定する。

なるほどこれならたしかにわかりやすい。


——嘘をつくと、首輪のランプは赤く光る。


いまじゃこの国のだれもかれもが首輪をつけてる。央宮《おうきゅう》が課した国民の義務なんだ。

首輪をつけない人間は処罰の対象。この国はずいぶんおかしなことになっている。


テクノロジーの進歩がもたらすものは暮らしやすさだけじゃない。

新たな技術の導入は新たなかたちの不便さを生む。技術と犯罪と法整備のいたちごっこ。

情報電子通信が普及しつつあった時代がまさにそんな感じだった。

そして現在もそう。

こころを読む嘘発見器、首輪なんてものが開発されてしまったがために、社会は大きな転換を余儀なくされた。技術が合理性を重視したあまり、倫理や道徳は軽視されはじめ、この国はかつてそうであった姿とは相当に変わってしまったみたい。

もっとも、ぼくはまだ十八だから、すこし前のこの国がどんなだったかなんて詳しくは知らないのだけど。


ぼくは非合法に首輪を外す仕事をしていた。

いや。あれが仕事って呼べるのだろうか。わからない。

正式な職業じゃないし、特別な免許を与えられていたわけでもない。

持っていたのはそれ向きの資質と技術だけ。

でもとりあえず、だれかの首輪を外すことによってお金を手に入れながら生活を送っていたんだから、いちおう仕事と呼べるんだろう。

ぼくには親がいなかったから、そういうことをして稼ぐしかなかったんだ。


これからはじまるのは、ぼくが身につけた技術を正しく使用しなかったせいでどれだけの人間が死んでしまったかって話だ。

ぼくは倫理なんて捨てられかけたおかしな社会で生きていて、そこで毎日ろくでもないことをしながら暮らしていた。

A1／18歳

男は約束の時間には指定したビルの屋上にいた。

ぼくがドアを開けるとすぐに彼の声が飛んできた。

「遅いじゃねえか」と男は言った。「待ちくたびれたぜ」

夜の七時五分。陽は落ちていた。

周囲の高層ビルの明かりのおかげで屋上はそれほど暗くはなかった。

「……おい、なんだよ。まだ小僧じゃねえか」

小僧じゃない、もう十八だ。そう言いかけてやめた。

「だいたいなんでビルの屋上なんだ、もっと普通の場所でやってくれねえかな」

「もう来ちゃってるんだからここで構わないでしょうに」

ビルの屋上を選ぶ理由はちゃんとある。でも彼にそれを教える必要はなかった。

「ったく。遅れてきておいて偉そうに」

「あなたこそおしゃべりが過ぎるな」ぼくは言った。「すこし黙っていたらどうです。この社会で、行きすぎたおしゃべりは命取りだって、みんな知ってることでしょう」

「だからおまえにこうして頼むことになったんだろうが」

男は顎を突き出し、首輪を見せた。

「こいつを外してくれって」

正直、その男はまったく信用できなかった。

黒くてぼさぼさの髪、かさついた唇、踵《かかと》のすり減ったスニーカー。

彼のなにもかもに生理的な嫌悪感を覚えた。

おそらくこの男の正体は犯罪者。だからこそ首輪を外したがっている。というか、リスクを負ってでも首輪を外したいなんて言ってくる時点で疚しい背景を持ってないわけない。

首輪の除去を行うのは約一年ぶり、ずいぶんなブランクがあった。

おかげで今回はここに至るまでにいくつかプロセスを省略してしまった。

いまさらすこし後悔している。

本来は除去日の前に面会日を設けて依頼人の人間性を確かめることになっている。こちらの身の安全を確認できなきゃ除去は引き受けない。しかし今回は彼と電話で喋ったきり、面会の過程をすっとばすかたちできょうを迎えてしまった。

来てみれば待っていたのは想像以上に野暮ったく、むさ苦しい男。面倒がって手続きを省くとろくなことにならない。とりあえずいつもの質問はしてみよう。断るのはそれからだっていい。


「これからする質問に答えてください。返答は短く、最小限に。いいですね」

彼は頷いた。

「一。あなたは犯罪者ですか」

「ああ」首輪のランプは青のまま。

「二。首輪を除去したあと、ぼくに危害を加えないと約束しますか」

「そんなことありっこない」首輪のランプは青のまま。

「三。ぼくが首輪を除去したことを他言しないと約束しますか」

「きょうのことはだれにも話さない。誓ったっていい」首輪のランプは青のまま。

とりあえず最低限の誠実さは持っているようだった。

ぼくは浅い溜息をついた。気は進まなかったけれど除去作業を引き受けることにした。

とはいえ、犯罪者が相手というのはリハビリとしては好都合だった。万が一失敗して死に至らしめてしまっても、それほど罪悪感を覚えずに済むから。

「了解。あなたの望みを叶えよう。ただしあれを受け取るのが先です」

ぼくは親指と人差し指を擦《こす》り合わせて相手に見せた。あれ、っていうのは報酬のこと。事前にもらっておかないと面倒になるのは経験上よく知っている。

男から金をもらったあと、除去作業の準備にとりかかった。

セットした鏡に向き合うよう男を正座させ、ぼくはその背後に立った。鏡を介して男の首輪が見える。男からもぼくの姿が見えているんだろう。

「なあ。ほんとうにうまくいくんだろうな」男はぼくに訊いた。

「あなたの集中力次第です」

「頼むぜ、ほんとに。こんなとこで死にたかねえんだ」

「死にたくないなら除去なんて望まないことです。リスクを回避して安全に生きたほうがいい」

「あんた、これまでにどれくらい首輪の除去に成功した？」

この男、まだ首輪が外れていないのにこんなことを言う。

予《あらかじ》め仲介人から注意を受けているだろうに、これだからおしゃべりは。

まあいい。どのみちこの男の首輪内のレコーダーが治安局に回収されることはない。彼が生きるにしても死ぬにしてもそれだけはたしか。

「おい。聞いてんのかよ」

「ちょっとうるさいな。黙っててくれませんか。さっきも注意したけど」

「ちゃんと答えてくれてりゃこんなに騒がずに済むんだが」

ぼくはまた溜息をついた。いちいち質問に答えてやる義理はないけれど、彼に静かにしてもらいたいからこう言った。

「成功率は五十パーセントもないと考えといてください。だいたいは死にます。覚悟したほうがいい」

男は笑った。

「……なにがおかしいんです?」

「いやいや。べつに。なんでもねえよ」

「なんです、なにに笑ってる?」

「いやさ、あんたのさっきの言葉を聞いて安心したんだ」

「これから死ぬのがそんなにうれしいんですか」

「そうじゃねえ」

彼は鏡を指した。鏡の中でぼくと男は目を合わせた。

「さっきの会話のとき、あんたの首輪のランプは赤く光ってた。つまり首輪除去の成功率はそんなに低くねえんだってわかったのさ」

ときどき自分のまぬけさを呪いたくなる。

弁解するつもりはないが、ここまで初歩的なミスをすることは滅多にない。

それだけにこんなやつにそのミスを指摘されたことが腹立たしくてしかたがない。

そしてこんなことも思う。

首輪ってほんとうにろくなものじゃないな、って。

＊

首輪を除去するときに心掛けておくこと。

ひとつ。自分のこころが乱れないようにすること。

こちらのこころが乱れるとぼくまで危ない目に遭うことになる。

実際そのせいでこれまで何度死を覚悟したことか。

ふたつ。必要以上の情報を被除去者に吹き込まないこと。

説明は最小限にとどめ、シンプルに。

過度の情報供給は余計な先入観を増やし、思考に混乱を来《きた》す。

現に央宮はそういうすりこみの一種を利用して首輪の除去を予防している。

ぼくは男の後ろに座り首輪に手をかけ、首輪の種類を確認した。

彼がつけていたのはブルーノ製だった。まだ逮捕されたことはないらしい。

「これから作業に入ります。くれぐれも落ち着いて」

「……なんだか不安だ」

男はいかついなりをしているくせにひどく怯えていた。

首輪のランプは青に混じり、ちかちかと赤が光りはじめていた。

「落ち着けったってむりな相談だよ。なんせ死ぬ可能性はゼロじゃないんだろ」

「死ぬのがいやなら平静を保って」

「だからそれができりゃ苦労しねえよ」と彼は言った。「だいたいなんだ、首輪のバッテリーを交換しに行くたびにセンターの役人どもから言われるあの文言。あなたは首輪を外そうとしていますか、ってやつ。あのフレーズが、いまどうしたって頭から離れない」

「その言葉のことは考えないで」ぼくは言った。「その言葉を思い浮かべたら彼らの思うつぼ」

「だが考えないようにすればするほど考えずにはいられなくなっちまうんだ。わかるだろ」

「わかりますよ」とぼくは言った。「でもその言葉を思い浮かべたとたん、首輪の除去をぼくにお願いしているあなたのこころには疾しさが生まれる。センターの役人の言葉を否定したい気持ち、事実をごまかしたい、ねじ曲げたい気持ちが裡に生じて、あなたの首輪のランプを赤く光らせることになる」

「……ああ」

「そしてランプが赤く光っている限り、除去作業は進行しない」

「……頼むよ。どうしたらいい。怖くて震えが止まらねえよ」男は泣きそうな声で言った。

こんなにめそめそするやつは初めてだ。

しばらく考え、この男にはある程度のガイドが必要だと判断した。作業途中でパニックになって喚《わめ》き散らされたら困る。

ぼくは男の目の前に腕を持っていき、腕時計を見せながら言った。

「タイムリミットはバッテリーボックスのカバーを開けてから四分二十秒。それ以上かかったら首輪の内側のワイヤが内蔵モーターで巻かれはじめる。あなたは終わり。動き出したモーターはなにをしたって止まらない。苦しみの果てには窒息死か失血死が待ってる」

「おいおい……」

「もちろんぼくがそうならないようにするからだいじょうぶ。ワームと呼ばれる嘘判定システムの中枢を引き剝がし、その下部に隠されている接合部を解いてワイヤを抜き取る、それで除去は完了。つまり、ぼくが行う首輪除去作業とはワームとワイヤの除去のことなんです。そのふたつが失われれば首輪はただのアクセサリーも同然、残された金属製の外殻は完全に無害なもの」

「……けど除去を無事に完了させるにはランプが赤く光ったらだめなんだろ？」

「そのとおり。一瞬赤く光る程度なら構わない。短くなら複数回光っても支障ないこともわかってます。でも作業中に長時間赤いランプが灯りっぱなしだとワームの除去作業は進められない。赤いランプが消えないうちに作業した場合、首輪が破壊試行を探知して、ワイヤを一気に巻き上げる恐れがある」

男は苦しそうに顔をしかめた。使用済みのティッシュみたいにくしゃくしゃだった。

「……でもよ、あの役人たちの『すりこみ』の言葉を思い出したら後ろめたさを感じてランプを赤く光らせちまいそうだ。どうすりゃいい。自分は疾しいことなんかしてないと思い込めば助かるか」

「それは無意味だと思います」

思い込むってのはそんなに簡単なことじゃないし、首輪の嘘判定はそんなことで欺けるほど脆弱《ぜいじゃく》な造りになっていない。

「まったく別のことを考えててください。役人の言葉を思い出さなくて済むよう思考をほかのことで満たしておけばいい」

「……ほかのことって、具体的にはなんだよ」

「単純なことでいいんです。星座を順番に思い浮かべたり、ここから見えるビルの窓の数をかぞえたり、この国の地域名を北から言っていったり……」

「北? 北ってどっちのほうだ?」

「……地図で上のほうが北です」

「上? 地図をどの向きにセットした場合の上のことだ?」

まぬけの相手ってほんとうに疲れちゃうよな。

「もういいです。だったら九九でも復唱しといて」

両手首をほぐすためのストレッチを終えると、膝のあたりに道具一式を拡げた。

スピアー、鋼製へら、それからリウムピンセット。

あたりは薄暗いけれど手元が見えないというほどじゃない。

最小限の明かりを残して暗く、それが師匠が推奨した除去環境だった。

明るすぎるとランプの色が確認しづらくなってしまう。

現在の男の首輪のランプの色は青。安定を取り戻している。九九の効用かもしれない。

約一年ぶりの作業。戸惑うこともあるかもしれない。でもまあ、リラックスして臨もう。さっさと終わらせて、帰ったら好きな映画でも観よう。

ぼくはバッテリーカバーを鋼製へらで開いた。

ピルルルルル。小さく響く警戒音。残された時間は四分二十秒。

＊

ワームはバッテリーの横に位置する。作業は慎重に行わないといけない。

万が一、ワームとまちがえてバッテリーのほうを傷つけてしまうと、動力源に攻撃を受けたと認識した首輪は動力を完全に失ってしまう前にワイヤを締める構造になってる。

ワームは薄緑色のグミみたいな色かたちをしている。

見方によっては生物的というか、なにかの細胞のようにも見える。

さすが人間の心理を読み解くためのユニットというフォルムではある。

スピアーを突き立てワームの層数を探った。

――……二層。

一般的な型だとわかった。さして時間を要さずに終わるだろう。

ぼくは鏡を見て男の首輪とぼく自身の首輪を確認した。どちらのランプも青だった。
彼は相変わらず九九を呟《つぶや》いていた。
途中、六の段や七の段で男は何個かまちがえたけれど指摘したりはしなかった。
リウムピンセットの先端をワームの第一層に当て、「空白」がやってくるのを待った。
耳を澄まし、指先の神経を研ぎ澄ます。
とはいえ、べつに音や反動で確認するわけじゃない。
空白がやってきたことはただただ感覚としてわかる。
それはシンクロニシティとか、そんな種類の言葉で表されるべきもの。
だれもがわかるものではないし、いつでもわかるわけでもない。
でもぼくには適切なかたち、適切なタイミングでそれを捕らえることができる。
そのための資質があったから。
そして今回も、やっぱりそれはやってきた。

……きた。

ワーム第一層を伝う信号と信号の切れ間、空白。ほんの一瞬のこと。

ぼくはピンセットを引っ張り、第一層を剝がした。


除去にはあと一分もかからないはずだった。

でも男は、残念ながら、集中を切らしたみたいだった。

いまでは首をふらふらさせているし、震えてる。作業がやりづらくってしょうがない。

「ちょっと。動かないでよ」

ぼくが言っても彼は言い返してはこなかった。

おそらくは役人たちのすりこみの言葉と戦っている。となれば、急いだほうがいい。

心理状態が不安定だと首輪に破壊試行を探知されやすくなり――。


「……おい！　おい！」

男が叫びはじめたのは、まさにそんなことを考えていたときだった。

「どうなってんだ。……なんだよ、いったいなんなんだ」

鏡を覗き込むと、ランプ隣のハザードウインドウがちかちか黄色く点滅していた。

「おれは死ぬのか？　なあ。やっぱり首輪の除去なんか望んだのがいけなかったのか？」

彼はパニックになっていた。さっきまで青かったランプは徐々にその光を失い、うっすらと赤い光がそれに替わって現れた。

「落ち着いて」ぼくは言った。「死にたくなければ喚き散らすのをやめて」

「んなこと言ったってどうすりゃいいんだ」

汗だくの男の首筋からは鼻をつくいやなにおいがした。彼の背中の熱はブルゾンの上からでもわかった。

まずいな、とぼくは思った。よくないパターン。にしてもこの程度の刺激で破壊試行を探知され、ハザードイエローが点くとは。この男、とことん運がない。

除去作業を進めるためにはランプの色を赤から青に戻す必要があった。マニュアルどおり、こちらから心理誘導してやることにした。

「いままでの自分の人生を声に出して振り返って」

「……は？」

男のほうはぼくの指示の意図がよく理解できていないようだった。むりもない。急にこんなこと言われたらきょとんとしないほうがおかしい。

「いままでの自分の人生を声に出して振り返って。はやく」

「……なんだよそりゃ。……わかった、わかったよ！」

師匠はこのメソッドを「自己報告法」と呼んでいた。被除去者の首輪のランプを青く光らせ続けるための心理誘導手法のひとつ。

一般的に、即興で自身について長い報告をしようとした場合、意図的に嘘を織り交ぜて話をするのは真実だけを話すよりも難しい。

話す、動揺を隠す、嘘の内容を吟味する、整合性がとれるよう調整する……。

嘘を交ぜようとすると、いくつもの作業を瞬時に、しかも同時に行う必要があり、話に説得力を持たせるのは困難になる。パニック下ではきれいな嘘はつけない。

真に追い詰められた状態でなにかを長く語ろうとすれば自《おの》ずと簡単なほうに流れる。

よって自己報告をしている最中は真実を思い出すことだけで頭がいっぱい。

役人たちのすりこみだって、一時的にではあるけど、追い払える。

声に出すことの利点は、自分でも意識しなかった自身のほんとうの気持ちが思いがけず言葉として発せられることにより、聞いているほうの自分に冷静さをもたらす効果を期待できるってところ。


「……おれは……ちくしょう。おれは……」

男はうなだれながら目の端に涙を溜めて話しはじめる。なんの涙かはわからない。

「おれは三十五年前に片田舎に生まれた。地方の小さい都市だよ。親父はいなかった。おふくろだけがおれを育ててくれたんだ。きつい仕事をしてた、工事現場での労働だよ、女がやるもんじゃねえ。おふくろだってそんなことしたくはなかったはずなんだ、でもおれを育てるためにやむなく……」

でたでた、とぼくは思った。これもパターン。自己報告法をやらせるたびに犯罪者は決まって感傷的なエピソードを選択する。みんな不幸自慢したがるんだ。実際そこまで不幸でもないくせに。

本人たちがそういう無意識下での都合のよい選択や再構築を認識していないおかげで首輪の嘘探知も反応しないからいいといえばいい。というか、だいたいにおいて彼らの話の内容はどうでもいい。

男はえんえん語り続ける。もちろんぼくがそうしろと命じたから。

その効果は徐々に、しかし着実に現れ、首輪のランプの赤い光は消え、青に変わった。

ハザードは相変わらず点滅しているけれどこれはほうっておいて問題ない。というか、一度灯ってしまった以上どうすることもできない。すでに治安局には発報されてる。

ランプの問題は解決。除去を急がないと。

ぼくは二層目の空白を待つ。目を閉じた暗闇の中で、じっと。

そして、再びそれはやってくる。

瞼《まぶた》の裏でちかちかと弾《はじ》ける星の輝き、出所のわからない導き。空白の訪れはいつもぼくにダイレクトなかたちで知らされる。論理的な説明の一切を省略して。

指を動かし、第二層を剝がした。

覆い隠されていたワイヤの接合部が見えた。

案の定、接合はやわで、スピアーとリウムピンセットで攻めれば難なく解けた。

ピンセットで捕らえた一端を摑み、そこからワイヤを引き抜いた。

かつてはひとつの輪、いまではもう一本の線。


終わったよ、とぼくは言った。

「これであなたは首輪から解放された。外殻は残してあるが無害だ。むしろカムフラージュのためにもそのままにしといたほうがいい」

男は涙で濡れた頰を袖で拭ったあと、首輪の外殻に手を当てた。実際に除去したのは内側のワイヤとワームだけだから、首輪の表面を触ったところでなにも確認できるわけはないのだけれど。

「……あんた、すげえな」と彼は言った。「やっぱり噂はほんとうだったんだな」

「バッテリーボックスからレコーダーも外しておいた。発信器はバッテリーが切れるまで作動してるから注意が必要だ。潜伏場所がばれないよう行動は慎重に選んだほうがいい」

「ありがとう、感謝するよ、ほんとうだ」

「はやく行って」ぼくは鏡やスピアー、リウムピンセットを片付けながら言った。「もうすぐこのビルには治安局の捜査官たちが辿り着く。ハザードが治安局に発報してしまったんだ。首輪除去を試みている可能性のある者たちがいるって」

「そういえば、ダミーのランプ機構ってのも外殻内に設置してもらえるって聞いてたんだけど……」

ぼくは男のその言葉を聞いてどきりとした。

「……いや、今回は事前にそこまでの注文は受けてないな」

除去と首輪のダミーランプ機構の設置は本来セットの作業。正直なところ、約一年ぶりの作業だったから家から持ってくるのを失念していた。が、ぼくはしらばっくれ続けた。

「事前に依頼されていない作業まではできない。悪いけどほかの手段を見つけて」

ぼくは男から顔を背け、自分の首輪のランプの色が見えないようにしながら言った。

嘘をついているぼくの首輪のランプはきっと赤く光ってるだろうから。

男は納得いかなげに、しかしなにかを自分に言い聞かせるように、数回首を縦に振った。

「いや、いいんだ。ありがとよ。なんだかみっともねえとこ見せちまったけどあんたには感謝してる。この恩は一生わすれねえよ」

男はそう言い残すと非常階段に向かって走っていった。

この恩は一生わすれねえよ、だって。ほんとうだろうか。とことん調子のいいやつ。男の発言の真偽を確かめる術《すべ》はない。

嘘かどうかを判断できる優れた機械はつい今し方撤去してしまったばかり。

でもまあ、首輪が正常に機能したところで赤く光ったりはしなかっただろう。

いっときの気分の高揚は人間の口にどんな無責任なことだって言わせる。


ぼくは大きな伸びをして空を見上げた。深い藍《あい》色をした暗い空だった。

深く息を吐いた。ここに来る直前に食べたホットドッグのケチャップのにおいがした。

ポケットから携帯電話を取り出し、ディスプレイを確認した。

案の定、あの娘《こ》からの着信は、ない。

＊

ぼくが住むこの国はちょっとどうかしている。

いや。実際はちょっとどころじゃない。この国はかなりどうかしている。

嘘発見器。

かつてだれしもが一度はその実現可能性について思い巡らせた夢の装置の発明はこの国に大きな変化をもたらした、らしい。もっともぼくはそれ以前のこの国の状況について、なにか語れるほど詳しいってわけじゃない。ぼくはまだ年端《としは》もいかぬ若造だから。

嘘発見器。

その夢の装置がもたらす公平性と合理性に人々は期待を寄せすぎていたのだと思う。要するに人間ってものをわかっていなかったし、その真新しいテクノロジーを過大に評価していたんだ。

首輪型嘘発見器の装着が義務化されると央宮から通達があったとき、この国に住むだれもかれもが動揺した。むりもないこと。そんなものの装着を義務付けられるのは道徳的にまちがっている、人権の侵害だ、認められるべきではない、みんながそう思っていた。

ぼくが七歳とか八歳のころ、つまり十年くらい前の話だ。

首輪の制作費は高い、素人にだってそのくらいのことはわかる。

なにせ最新鋭の読心装置が搭載されてる。制作費はもちろん、維持費だって相当なもの。

国民すべてにひとつずつともなればそのコストは天文学的な数字だったろう。

国民は反発した。税金の無駄遣い。当時の大人たちはしきりに央宮を批判していた。

税金の無駄遣い。うん。まちがいない。

そういう世論に対しての央宮の回答は次のようなものだった。


嘘を見破ることができれば、日常生活におけるあらゆる事務的、社会的な手続きについて大幅な簡略化が可能となり、行政運営コストのコンパクト化が図れるので長期的には不経済ではない。


多くの制度は不正・犯罪の予防のために敢えて手続きを複雑化している面がある。

それらの事務手続きにおいて、申請者が誠実かどうかを端的な質問の積み上げで見分けることができれば時間と手間を省ける。多くの場面で証明や照会は不要になる。

治安局の取り調べや裁判についても同様のメリットがある。

被疑者たちの発言や行動を事細かに検証する必要がない。

質問の構成を緻密にすればなにもかもが詳《つまび》らかになる。すべてはランプが教えてくれる。

なお、各個人のつける首輪には固有のＩＤが設定されており、個人情報や行動は紐づけられ、管理・研究に活かされている。社会運営はより効率的に。

央宮はとかくこの首輪の判定システムに絶対の信頼を置いていた。

合理化、合理化、合理化。

そうして一見採算がとれるとは思えないこの一大事業は、公示から半年後、ぼくが小学二年生の冬、半ば強行的に施行された。

装着期間は十二月一日から七日までの一週間。

この期間に国民はそれぞれの地域に設置されている「まごころ保全センター」まで行き、首輪を装着しなければならなかった。期間内に首輪装着手続きを完了させなかった人間は治安局法による処罰の対象とされた。

各地のセンターには連日長蛇の列ができた。

ぼくは入所していた養護施設のテレビにかじりついて、センターに列を成す人々についてのニュースをじっと見ていた。なんだか不思議な光景だった。こどもながらに、こういうのはちょっと異常だって感じた。

制度施行当時、央宮により、各報道機関は連日首輪に関する報道以外は許可されなかった。来る日も来る日も首輪に関するニュースばかり。

もちろんこのキャンペーンも央宮の計画のひとつ。

嘘発見器たる首輪が装着されている事実を国民に繰り返し認識させることにより、発言時に常に首輪の存在を意識させることが狙いだったらしい。かつてはなんの気なしに言っていたようなことも、制度施行後は嘘発見器を意識しながら発言せざるをえない。メディアを利用して国全体に嘘探知の網にかけやすい状態を作り出していたというわけ。これも央宮の用意したすりこみの一種と言える。

現在でもキャンペーンの一環と思《おぼ》しき報道は多い。首輪が存在する限り続くだろう。


ぼくはたしか十二月五日に施設の職員に連れられて、ほかの子たちと一緒に近くのセンターに行ったんだっけ。センターの外では二時間くらい待った。ひどく寒い日だった。どうして冬にこんなのやるんだ、と思った。前日の大雪のせいであたり一面はまっしろ。ぼくの長靴は雪に覆われていた。

「もうすぐだよ、フラノくん」付き添いの施設職員のエリさんはしきりにぼくを励ましてくれた。「首輪をつけ終わったらさっさと帰ってあったかいものを飲もう。晩ごはんのスープはなにかな」

センターの中に入ってからさらに一時間待った。ぐずりだした子もいたけど、とにかく待った。

ようやく順番が回ってきて、さあ装着という段になった。

装着員の役人は比較的若い男性だった。

「待ちくたびれたみたいだね。でももう終わるよ」

その男のひとは優しい声でぼくに言った。

「まず、注意事項を五つ読み上げるね。形式的なものだから読み終わるまで静かに聞いていてね」

ぼくが頷くと、彼は説明をはじめた。


ひとつめ。

この首輪を外そうとしてはいけないよ。

首輪はこの社会のためを思ったすごくたくさんのひとたちの苦労の上に創られたものだからね。外そうと思うことはいけないことなんだ。

それに外そうとするとひどいことがおこる。

いたずらしたり、こわそうとしたりしてはいけないよ。


ふたつめ。

この首輪のバッテリーの持続時間は一週間。

かならず一週間以内に「まごころ保全センター」に来てバッテリーを交換しなくちゃいけない。一週間以上バッテリーの交換をさぼっちゃうと、これまたひどいことがおこるよ。

みっつめ。

きみみたいなこどもの場合はからだが成長するにしたがって首もどんどん太くなるから、首輪がきゅうくつに感じはじめたらすぐに「まごころ保全センター」に連れてきてもらうんだよ。バッテリーだけでなく、首輪本体を調整、パーツ交換してあげるよ。

よっつめ。

首輪は防水仕様だからお風呂に入ったり、シャワーを浴びたりするのはぜんぜん問題ないよ。

でも海のすごく深いところに潜ったりするときには、首輪に適切な保護処理を施さないといけないよ。そうじゃないと首輪は自分が攻撃を受けていると勘ちがいしてしまうからね。そういう機会があれば気をつけるんだよ。

ぼくはじっと装着員の目を見つめ、静かに話を聞いていた。

装着員はぼくのそんな様子を見てにこりと微笑んでくれた。

それからいつつめ。これが最後だ。

もしもきみが首輪を外したいという気持ちになってしまったら、そもそもそんなことを思ってはいけないのだけど、万が一どうしても外したいという想いを抑えきれなくなったなら、かならずこころの中で自分にこう問いかけるんだ。

『あなたは首輪を外そうとしていますか』

もう一度言うよ。首輪を外したくなったときは、自分のこころにこう問いかけて。

『あなたは首輪を外そうとしていますか』


ぼくはきょとんとしていたと思う。

言っていることがわからなかった。この男のひとはいったいなにを言っている？

ぼくのその疑問を代弁するみたいにエリさんが後ろから口を挟んでくれた。

「あの……、その問いかけって、いったいどんな意味があるんでしょうか」

「詳しいことはわかりません」

装着員は答えた。口元には淡い笑みが浮かんでいた。

「なにせ我々もマニュアルに書かれたことをそのまま読み上げているだけなので」

不思議な話だけど、ぼくはそのあとのことをあまりよく憶えていない。

どのように首輪が装着されたか、どのようにそこを出たかについてはわすれてしまった。

その日のことでほかに憶えてるのは、晩ごはんがぼくのきらいなかぼちゃのスープだったってことだけ。

こどもの記憶力なんて、所詮その程度のもの。

＊

十二月八日。四歳未満の小児を除く全国民が首輪をつけ終わったころ、央宮は首輪についての情報を追加発表した。

首輪には、除去しようとする動きを探知する機能が備えられており、本体への破壊試行を探知した場合には直ちに締め付けを開始する構造になっている。


センターでぼくに首輪を装着してくれた男のひとが繰り返し言っていた「ひどいこと」というのは、この締め付けのことを指していたのだ。

この央宮発表に対する国民の反発は相当なもので、いたるところで暴動が起きかけた。

役所に対して。央宮に対して。まごころ保全センターに対して。

しかしどの暴動も結局は未遂に終わった。なぜって、得体の知れない装置をその首に備え付けられているから。下手なことをすればどうなるかわかったもんじゃない。

央宮曰《いわ》く、今回発表した首輪の機能は一般人に危害を及ぼすものじゃない、とのこと。疾しいことをしたからといって、嘘をついたからといって、赤いランプが光り続けたからといって首輪が締まることはない。締まるのは説明にあったとおり、バッテリー切れを含む破壊試行を探知した場合のみ。

なぜ締まる機能なんてものがついているのかという問いに対しては、もちろん首輪の除去を防止するためというのが央宮の言い分だった。

そもそも首輪を国民に装着させる一番の目的は社会の合理的な運営のためであり、したがってそのためには全員が首輪を装着し続けなければならない。装着状況がまばらでは一元的な管理ができなくなってしまう。

なにより、首輪を除去しようとする人間は排除に価《あたい》すると央宮は考えている。

首輪を外したがる人間のほとんどは犯罪者にちがいない、と。

央宮が組織的犯罪の予防のために首輪に発信器とレコーダーを搭載したという情報に関

しては公式には未発表だったけれど、裏社会では広く知れ渡っていて、首輪の危険性について は彼らのあいだでも常々問題視されていたらしい。

特にレコーダーはバッテリー交換の際にともに回収され、央宮・治安局所管のデータベースにその情報が保管、蓄積される。治安局はそれを容疑者の犯行の裏付けや証拠収集のために利用している。現代のデータ圧縮方式を利用すれば、約一年ほど前まで遡って過去の発言を確認することができてしまうらしい。

また特定語彙を検索し、危険な思想を持った人物を取り締まってるって噂もある。犯罪を未然に防ぐという大義名分は、どんなことだってありにする。

不正行為を生業《なりわい》にする人間にとって、首輪は枷《かせ》以外のなにものでもない。ましてそれをつけている限り、週に一度はセンターに姿を現さなくてはならない。当然、一週間以上の潜伏はむりだし、そもそも発信器が首輪についているので始終逃げ回っていなくてはならない。

だから首輪を外したがるとすれば犯罪者だろうし、だったらなおのこと簡単に外せる機構にすべきではない、と央宮は言った。

たしかにそれは一理ある、と、こどもながらにぼくなんかは思ったわけ。

非国民の一斉清掃がはじまったのはさらにその翌日、十二月九日からだった。

央宮は市中いたるところに捜査官を動員し、首輪未装着の人間の捕獲を行った。

央宮はその日の会見ではこう言った。


期限内に首輪の装着を完了させなかった人間は、逃亡犯あるいは犯罪者予備軍であると判断した。


結局央宮は数日間で万単位の人間を捕らえ、そのうちの大方に対し首輪を強制的に装着し、残りについては殺処分とした。人数の詳細な内訳は知らない。正確な数字は公表されなかった。

こうやって央宮が合理社会の実現を目指し、倫理軽視、人命軽視的な事業を行うようになったものだから、この国のモラルはたちまち低下していった。

肝心の犯罪抑止についてだって、果たして改善されたと言っていいものか。

＊

制度施行から現在に至るまで、四歳未満の小児を除くすべての国民は首輪の装着を義務付けられている。だからこそぼくのような首輪除去者がその技術を使ってお金を稼ぐことができている。

首輪なしで生きることは大きな困難を伴う。

週一回のバッテリー交換のためにまごころ保全センターに通所しなくなった時点で目を付けられる可能性が出てくる。

危険人物等の場合は頻繁《ひんぱん》に通所履歴を照会されるのでまずマークされる。そしてマークされたら最後、首輪の適正な装着を前提とするサービス全般が受けられなくなる。あらゆる公共施設を利用できなくなるし、医療だってそう。闇医者みたいなところにしか通えない。もう由緒正しい大病院の世話にはなれない。

なおこの国の公共交通機関の改札は首輪の発信器の信号を確認して開く仕組みになっているので、首輪を除去された人間は列車にも乗れなくなる。

前科者や犯罪者予備軍でない場合はマークされずに済む可能性もあるけれど、窮屈な暮らしを強いられるのはまちがいない。

いずれにせよ、あまりにも安易に首輪を外したいなんて望むのは考えもの。

だがとにかく、首輪なしで生きることもできるにはできる。

生活を維持するために莫大なお金がかかることも想定されるけれど、物理的には不可能じゃない。

だからこそぼくのもとには、金はあるから自由がほしいというろくでもない犯罪者たちが群がってくるってわけ。

＊

ぼくは師匠より首輪除去の技術を習得して以来、実に多くの首輪の開放と収縮の瞬間を目の当たりにしてきた。

首輪のせいでひとが死んだりすることにも慣れっこなんだ、よくも悪くも。

除去作業に関連して死に至らしめてしまった人間の数はこれまでに三人。

三。多いのか少ないのかわからない数字だ。

しかし失われた三つの命から派生したかなしみは計りしれない。

自分のせいでどれほどの人間が苦しむことになったかについては考えたくもない。

ぼくは初めて首輪を除去した女の子のことをしばしば思い出す。

いくら時間が経過しても、常に頭の片隅には彼女を思い浮かべているような気がする。

振り返りたいような、振り返りたくないような、不思議な思い出。

いまから約二年前のこと。

ぼくが初めて首輪の除去を担当したのは、頰に痣《あざ》を持つユリイという名の少女だった。

B1／16歳

「みゃーん」

携帯電話の着信に応答したとき、最初にぼくの耳に飛び込んできたのは、耳慣れない種類の、甲高い女の子の声だった。しかも意味不明なことを言っている。

みゃーんってなんだ？　なんの言葉だ？

「もしもし、もしもし？」

ぼくは受話器に向かって問いかけた。

「みゃんみゃん」

「もしもし、聞こえてますか」

「きこえてるってば、さっきからへんじしてるでしょ」

電話の向こうの女の子は特徴的な拙《つたな》い喋り方でそう言った。

「聞こえてるならちゃんとそう答えてくれないとわからないよ」

「だからこたえたよ、みゃんみゃん、って」

「それってなんの言葉？」

「うちのクラスではやってるの。みゃーん、みゃーん」

「どんな意味なの？」

「うーん、いみなんてかんがえたことない。たぶん、いみなんてないよね？」

こっちに訊かれてもな、とぼくは思った。

「で、きみはクラスではやってるからって理由だけでその言葉を使ってるわけだ。意味もよくわからないのに」

「そうだよ。みゃんみゃん」

「みゃんみゃん、か」

「おじさんはじぶんがつかうことばのいみをぜんぶしってるの？」

「おじさんなんて歳じゃない」

「じゃおにいさん」

ぼくはごほんと咳払いして答えた。

「すくなくとも他人との会話の中で発する言葉はなるべく意味を理解しているものを使ってるつもりだよ」

「じゃあ、もしもしってどんないみ？」

「……もしもし？」

「さっきおにいさん、もしもし、もしもしっていってた」

「もしもしの意味なんて知らない、あれはただの呼びかけだよ。たぶん、ちゃんとした意味なんてない」

「じゃあそれとおなじだよ。みゃん」

師匠から独り立ちしたばかりのぼくに初めて電話をかけてきてくれたのは小さな女の子だった。名前はユリイ。年齢は八歳。

彼女は仲介人によってぼくに引き合わされた最初の首輪除去依頼者だった。よく喋る子だった。顔さえ見たことのない男を相手に、よくもまあそこまでぺらぺら話せるなと感心したほど。彼女の声には小学生らしい快活さが含まれていた。というか、含まれすぎているくらいだった。

ユリイは長いこと喋ったあとで、直接会って話を聞いてほしいと言った。ぼくは了承した。

「じゃあしゅうごうばしょはがっこうのせいもんね」

彼女は指定した。どうしてか家の場所は教えてはくれなかった。

「ぼくはどうやってきみを見分ければいい？　きみがきみであることを確認する方法を教えてくれよ」

「たぶん、せいもんでたってればわたしにきづくはずだよ」

「つまりきみは目立つ格好かなにかをしてるってこと？」

「わたしのかおをみれば、それがわたしだってわかるよ。みゃん」

どういうことかわからなかったけれど、本人がそう言うならそうなのだろうと思った。

それでそれ以上質問することなく電話を終えた。

七時にはじまった電話が終わったときには八時を回っていた。


電話があった次の日、ぼくはユリイが暮らす地域へ行くことになった。

列車の乗り換えが四回、駅からバスで四十分。合計三時間半の大移動だった。

正直、その地域に辿り着いたころには自分から出向いたことを後悔していた。

せめてふたりの中間地点で面会をするべきだったな、と思いもしたけれど、この件については相手が相手だからしかたがないんだと自分に言い聞かせた。


ぼくはユリイの小学校の正門で彼女が出てくるのを待った。

時刻は午後三時。校舎からは児童たちが出てきていた。

二十分ほど待ったころ、ユリイが現れた。たしかに顔を見た瞬間にわかった。正確に言うなら、ぼくがその子の顔を見たとき、相手もぼくを見つめていたのでそれが彼女だとわかった。

どうしてぼくが彼女の顔を見ることが彼女にはわかっていたか。

理由は簡単。彼女の左頰には大きな痣があった。

「きみがユリイ？」近づいてくる少女に訊いた。

「みゃん」たしかに電話で聞いた声といっしょ。

「はじめまして、かな」

「あなたがフラノ？」

「そうだよ」

「いつきたの？」

「ついさっき」

「どうやって？」

「列車とバス」

「ここまでとおかった？」

「うん。まあ、でもなんてことはないよ」

「ふうん」

　ユリイはぼくの頭からつまさきまでじろじろ見た。

　黄色い帽子を被ったたくさんの児童たちがぼくたちの横を通り過ぎていった。

「とりあえずいどうしようよ。こんなとこもなんだし」

「どこかおすすめの場所はある？」

「こうていのブランコは？」

「いいね」

「ねえ。のどかわいた」

「なにも持ってないよ」

「なにかかってよ。そこのじはんきで」

「図々しいね」

「いがい？」

「意外じゃない。えっと、なにが飲みたい？」

「フラノはでんわできいたこえのひとと、なんだかちがうみたいなかんじがする」

「ん？」

「なんかちがう。みゃん」

「どういうふうにちがう？」

「うーん。よくわかんないけど、もっとおとなのひとがくるのかとおもってた」

「ごめんよ、大人じゃなくて」

「べつにいいの。フラノのせいじゃないもん」

「それで。なにが飲みたい？」

「うーん。コーヒー」

「……コーヒー？　コーヒーが好きなの？」

「みゃん」

「炭酸飲料とかじゃないんだ。ずいぶん渋いものが好きなんだね」

「ブラックで」

　ユリイは小柄だった。

八歳のはずなのに、見た目には幼稚園を卒園したてくらいに見えた。髪の毛は色素が薄く、すこし癖毛気味だった。目はくりくり大きく、頬はぷっくら膨らんでいた。痣を気にしなければ、その顔は人形みたいに見えた。パーツはどれも行儀良く然るべきところに収まり、整っていた。

ぼくとユリイは並んで校庭のブランコを漕いだ。

彼女は右手でブラックコーヒーの缶を摑みながら、指をブランコの鎖に引っ掛けていた。

「わたしね、クラスでいちばんくつとばしがじょうずなの」

彼女はブランコをぎこぎこ前後に揺らしながらそんなことを言った。

「へえ。どれくらい飛ばせるの？」

「うんととおく。あそこのジャングルジムくらいまで」

「すごいね」

「みゃん」

「ちょっと飛ばしてみてよ」

「やだ。ひろいにいくの、めんどうだから」

「ああ、そう」

空は晴れていて、ぼくたちの顔には強い西陽が射していた。

目を閉じても、その隙間から光が染み込んでくるくらいまぶしい。

西の空に浮かぶうろこ雲は紅くただれ、陽に炙《あぶ》られて火傷《やけど》を負っているみたいに見えた。

「どうしてぼくの連絡先を知ってたの？」

「どうしてだとおもう？」

「さあ。見当もつかない」

「ないしょ」

「どうしてさ」

「みゃん」

「それじゃわからない」

「だってどうしてそんなことしりたいの？」

「知っちゃいけない？」

「ううん。いいんじゃない」

「じゃあ教えてよ」

「おふろはいってるとき、アカネさんにそうだんしたらおしえてくれたの」

アカネさん？　アカネさん……。お風呂……。

アカネさんてだれだい、なんてことはもちろん訊かなかった。

ぼくにはもう、事情がわかりはじめていた。

「……施設でお世話になっているひとだね？」

「うん」ユリイは言った。「いつもアカネさんがおふろいっしょにはいってくれるの」

ユリイは児童養護施設に入所しているのだ。顔の痣は虐待を受けた証拠。

ぼくが養護施設にいたころにも、まわりには彼女のように傷を負ったこどもがたくさんいた。家の場所を教えてくれなかった理由もわかった。そもそもいまの彼女には家なんてないんだ。

よくよく観察すれば、彼女はやっぱりぼろな服を着ていた。

トレーナーは染みだらけで、袖はびろびろにすり切れていた。

色褪《あ》せたジーンズはサイズが合っていなかった。

施設で年長者が使ったもののおさがりにちがいない。あそこでは衣類を着回すから。

「その痣、お父さんに殴られたんだね」

ユリイは黙って下を向き、首を振って言った。

「ママ」

母親のほうか。「いつから児童養護施設にいるの？」

「ななつくらいから」

「じゃあ施設に入って三か月とか四か月くらいか」

「みゃん」

「お母さんに会いたい？」

ユリイは静かに頷いた。

「また殴られるかもしれないよ」

「ママがいい」

「痛い思いもするかもしれない」

「どうしてもママがいいの」

この国の養護施設は親から虐待を受けた児童、ぼくやユリイのようなこどもたち、を保護している。

昔と比べれば、それでもまだ不十分だけれど、虐待は判明しやすくなった。

あなたはこどもに暴力を振るいましたか。

お母さんに暴力を振るわれましたか。

虐待の事実確認のためには、この質問を親子それぞれ別個に投げかけるだけでいい。

ユリイの場合は、親にもユリイにも同じ反応が出たらしい。

すなわちふたりとも「いいえ」と答えて、首輪のランプを赤く光らせたってことだ。

首輪の普及を機に児童養護施設の運営も変わった。昔は保護したこどもを親元に返すにあたって、虐待の再発可能性を検証するため調査を丁寧に行っていた。ぼくも施設にいたからそこでの手続きの煩雑さはよく知っている。

だけど、首輪が普及してからは、虐待の再発可能性の検証手続きは簡素化された。親、こどものそれぞれと施設職員が面談し、質問をいくつかぶつければ首輪のランプが事実を教えてくれるから。

あなたは今後、こどもに暴力を振るわないと誓えますか。その根拠はありますか。

あなたは今後、お母さんに暴力を振るわれないと思いますか。そう思う根拠はありますか。

これは施設職員による定期面談の際にされる質問のひとつ。

ユリイはこれをパスしたいがために首輪の除去を望んだ。

定期面談時に、子のほうから虐待の事実、今後の被虐待可能性を確認できなかった場合で、なおかつ子が親のもとに戻ることを望んでいる場合には、観察処置として一度親のもとに返すことができる。

児童養護施設の規定のひとつ。

つまり職員との次の定期面談のときにユリイの首輪が事実を暴かなければ、ユリイはもう一度母親のもとに帰ることができるかもしれないってこと。

この規定はそもそも家庭における「暴力」の定義が曖昧《あいまい》であることにより設けられたもの。どこまでが躾《しつけ》でどこからが虐待なのかという線引きは主観に拠るところが大きいから、それを斟酌《しんしゃく》する余地としての規準というわけ。罪悪感の強い母親であれば躾の範囲と考えられるような接触も暴力だったと反省し、首輪を赤く光らせてしまう可能性がある。いくら質問を重ねても、躾か虐待かは、結局当事者たちにさえわからないこともあるのだ。

そこで、子のほうが精神的・肉体的にダメージを受けておらず、理不尽な暴力を振るわれたという認識も薄ければ、虐待の再発可能性は低いと判断して親のもとに返してやることにしているというわけ。

もともと児童養護施設は親と子の在り方には敏感だ。こどもを保護したいと思う一方で、できるなら親のもとに返してやりたいとも思っている。

「でもね、ユリイ」ぼくは言った。「首輪がなくなるといろんな不便が生じるんだよ」

「アカネさんもいってた」ユリイは自分のつまさきを見つめた。「れっしゃとかのれなくなっちゃうんでしょ」

「そうだよ。ほかにも不都合が発生する。ユリイはまだ小さいからわからないかもしれないけど、大きくなったら後悔するときがきっとくる」

「そうかなあ」

「そうさ。ほんとうの首輪をつけていないせいで、治安局に捕まっちゃう可能性だってゼロじゃない」

「みゃん……」

これは、たぶん「しゅん……」みたいなニュアンスのつもりなんだろう。

「苦労が待っているかもしれないよ。首輪を外したいって望んでいるなら、それなりの覚悟が必要だ」

ユリイはブランコを漕ぐのをやめた。そしてまっすぐにぼくの目を見た。

「いいの」と彼女は言った。「それでもママがいいから」


帰りの列車の中で、ぼくはユリイという少女が持つ独特の雰囲気のことを想った。

彼女はよく喋るし、はきはきしているほう。人見知りってわけでもなさそう。明るくて元気もいい。小学生らしい無邪気さもある。

なのにどうしてか。話をしているあいだ、彼女には表情らしい表情がなかった。

笑ったり膨れたりはする、いたずらな顔をすることだってある。

だけどそれらは表層的なもの。本来含まれているはずの本物の感情と呼ぶべきものは、そこにはまったくないようだった。どんな仕草も表情もからっぽ。こころがそこにある感じがしない。

むりもないことなのかもしれない。

最愛の母から受けたからだやこころの傷が、彼女を変えてしまったんだろう。

いろんな痛みを追いやるために彼女は喋り続けているみたいだった。ただひたすら、沈黙を恐れて。

でも、おかしな話だけど、ぼくにはユリィのその独特の雰囲気が魅力的にも感じられた。こころに空いた穴に風を通す彼女には、ほかのどんな人間にもないクールさが備わっていた。

実際、彼女はよく喋るし、しょうもないことばかり言っているけれど、その本質は冷静だ。

ぼくはユリィのそんなところが好きだ。

＊

「なるべくひとが密集しているところ、それも立体的に集中しているところを作業場所に選ぶのだ。そうしないと除去に失敗したとき、除去作業者がおまえさんであることが発信器の履歴でばれてしまう。そうだな。例えばビルなんかは理想的と言えるかもしれない。地図という平面で見ればひとが一か所に集中しているように見える。万が一、除去作業中に事故が起きても、治安局が監視するマップでは、どの発信器の信号が除去を担当した人間のものなのか特定できないだろう」

それがかつての師匠の教えだった。でもぼくはさっそく壁にぶち当たった。

ユリイが暮らす地域にはビルはおろか、人が密集している施設がほとんどなかった。

これじゃあ万が一ユリイの首輪除去作業中にトラブルがあったら、位置と時間から、彼女の首輪除去を担当した人間がぼくであることがばれてしまうかもしれない。

発信器の記録を辿って怪しい人間を割り出すことなんて、治安局が本気を出せば造作もない。

結局、ぼくたちが実行場所に選んだのはユリイの小学校の体育館の倉庫だった。全校朝礼中にユリイがそっと列を抜け出し、倉庫に潜むぼくのところへ来る。そういう段取りで実行することにした。発信器はぼくたちのいる場所が体育館内であることを示せたとしても、倉庫かアリーナかまでは示せないだろう、という判断からの苦肉の策だった。

ぼくは前夜から体育館に忍び込んで実行を待った。というのも当日の移動では、うちからだと始発でもユリイの学校の朝礼には間に合わないから。倉庫に籠ったきりの夜。ぼくがどんなに不自由で退屈な時間を過ごしたかについては説明するまでもない。

当日の朝は九時から朝礼がはじまった。ユリイが倉庫にやってきたのは九時十分だった。

「みゃーん」

ユリイは小さな声で言いながら倉庫の扉を開けて登場した。

「だれにも見られなかった？」

「みゃん」

たぶん、うん、ってことだ。

「朝礼はきょうも九時半までは続くかな」

「たぶん。ひょうしょうがあるひだからもっとながびくかも」

ぼくはマグライトをユリイのいる方向に向けて彼女を照らした。

彼女はきょうもみすぼらしい格好をしている。下が小豆色のジャージ。上は色褪せたクリスマスチェックのフランネルシャツ。シャツは案の定彼女には大きすぎてがばがば。たぶん男物なんだろう。せっかくかわいらしい顔をしているのにもったいない。でもまあ、そういうぼろな服装を含めた彼女の雰囲気はきらいじゃない。

「緊張してる？」

「みゃんみゃん」

「それはどういう返事？」

「してないよ」

「ほんとう？」

「うん。きんちょうしてない」

「ならよかった」

「みゃん」

でも彼女は実際には緊張していたと思う。

ぼくの問いに答えるユリイの首輪のランプは赤く光っていた。

首輪の最大の長所であり最大の短所は、装着主が自分の首輪のランプの色を確認できないという点だ。自分が嘘をついていることが相手にばれたかどうかを知るには鏡を使用しなくてはならない。

本人以外には見えて、本人にだけは見えない。それが首輪のランプ。

「きょうもジュンのランプはあかくひかってたよ」

「ジュン？　ああ。初めての電話のときにきみが言ってたクラスメイトの男の子のことか」

「そう。いっつもあかくひかってる。ぴかぴかって」

ユリイのクラスのジュンという少年はしばしば首輪を赤く光らせるらしい。喋っていないときも、ひとりでいるときも、だ。たしかにそういうやつはいる。常に見えないプレッシャーと戦っているのか、あるいは自分の首輪が何色なのかを気にしすぎてナーバスになっているのか。いずれにしても首輪の嘘判定の感度調整がよくないんだろう。そういう子の場合はもっと判定を緩い設定にしないといけない。じゃないと、彼がいつ疾しさを抱えているのか傍《はた》から見てわからなくなってしまう。

首輪の嘘探知が敏感に反応してしまう種類の子もいる。個人の特徴を考慮して首輪の調整をできるセンターの人間がはやく設定を直してあげるべきなんだ。

「ちょっとかわいそうだよね。そのジュンて男の子」

「なんで？」

「だって嘘ついてなくても嘘ついてるみたいに見えちゃうだろ」

「かんけいないんじゃない。どうどうとしてるべきなんだよ。みゃん」

「前に訊いたかもしれないけど」とぼくは言った。「その、みゃん、ってどんな意味？」

「まえにいったとおもうけど」とユリイは言った。「このことばにいみなんてないよ。みゃん」

「クラスではやってるって言ってたっけ」

「みゃん」

「そもそもだれがそんなフレーズを使いだしたんだろうね」

「ぐずぐずだよ」

「ぐずぐず？」

「そう。みんなでぐずぐずのなきかたをまねしたの。みゃん」

「ぐずぐず……」

ユリイは、そのぐずぐずというのが人間なのか動物なのかまでは教えてくれなかった。

ぐずな級友のあだ名かもしれない。たまに校庭に迷い込んでくるやさぐれた猫の名前かもしれない。


マグライトを天井に向けて固定した。

低い天井に照射された光は倉庫内をぼんやり灯した。

柔らかい光の中で彼女を壁に向けて正座させ、ぼくはその後ろに座った。

リュックサックから鏡と師匠から授かった道具一式を取り出し、作業の準備を進めた。

――焦るな。焦りは伝染する。焦りはこころに理由のない疾しさを生むことがある。たとえ嘘をついていないときでもだ。だからこそ対処が難しい。決して焦ってはいけない。

師匠の言葉が蘇った。

焦ってはだめだ。そう。焦ってはだめなんだ。

「準備はいい？」

「みゃん」

ぼくは初めての仕事に臨んだ。

＊

首輪の生産は央宮からの特命を受けた五つの会社が引き受けている。ルル社、ブルーノ社、パルファン社、ロールシャハ社、レンゾレンゾ社。

どの会社の首輪も近年はモデルチェンジを繰り返しているけれど、基本的な仕様はパルファン社製を除いてほとんど同じ。

信号送受信器、赤と青のランプ、ハザードウインドウを装備。嘘判定と破壊試行探知については、ワームと呼ばれる層化された小型電子計算機の中枢が担っている。ワーム下の不到達域にはワイヤと巻取用の小型モーターを搭載。週一回の交換を必要とするバッテリーにはチップ状のレコーダーが付随している。

レコーダーの集音性能は高く、装着者の発言についてはひとつひとつの言葉を明快に聞き取る。回収したレコーダーの記録をデータベースに移行したあとで治安局が特定語句を検索することを可能とするため、録音は最高精度で行われている。

信号送受信器は発信器と称されることが多い。というのもその用途がメインだから。実際には居場所を特定させる信号を発するほか、別の信号を送ったりあるいは受信することも可能らしい。

なお、治安局の所有するマップ上から存在を消すため、発信器の信号を遮断できる装置も一部で出回っているとかいないとか。ぼくは師匠から聞いただけなので詳しくは知らない。

基本的な仕様は同じでも、各社それぞれの製品の性能や特徴には大きなちがいがある。

以下に記す首輪割り当ての傾向は参考程度のもの。年齢等による厳密な割り当ての法則があるわけではなく、央宮はあくまで装着者の性向や身体的特徴により充《あ》てがう首輪の種類を選《よ》り分けている。


ルル社。

四歳児から小中学生まではだいたいルル社の首輪を装着している。ジュブナイル期の純粋なこころの揺れに敏感に反応しすぎないようワームの嘘判定は緩く設定されている。成長に合わせて首輪調整をする回数が多いことから、センターでの着脱が容易なよう、他社製と比べ平易な構造で成り立っている。


ブルーノ社。

一番普及している首輪の生産元。中高生から中年までの幅広い層がブルーノ製首輪を装着している。ワームの嘘判定は厳しめ。構造もルル製に比べれば複雑。ちなみにぼく自身はブルーノ製の首輪を装着しているらしい。自分で確認したわけじゃない。師匠に確かめてもらったんだ。自分の首輪の構造は自分では正確に把握できないから。

パルファン社。

七十歳以上の高齢者、身体や精神に障害を持つ人々、重病人に装着されるのがパルファン社の首輪。年齢による認定、病状や障害の度合いによる認定を受けた人間のみが装着を許可される。

五社の中で唯一、首輪にワイヤやモーターが搭載されていない。といっても、加工は探知されるので破壊試行は厳禁。試みた瞬間に首輪が発報し、装着者は治安局に逮捕される。

パルファン社の首輪は先に述べたような弱者を対象として設計されている。省エネルギーな稼働システムであるため、バッテリーの交換周期は六週間となっている。これはもちろん、バッテリー交換に行きたくても頻繁には行けない人々の事情を考慮してのもの。病院や大規模介護施設等にはバッテリーが大量に保管されており、専属の交換員の常駐が義務付けられている。僻地《へきち》の家屋、施設にはセンターの移動周回車が訪れ、各種ケアを行う。

他社製の首輪と比べて制限が緩い。傍から見て一目でパルファン製であるとわかるよう首輪の外殻は派手なピンク色でカラーリングされている。

ロールシャハ社。

主に前科者や犯罪者予備軍に装着される首輪の生産元。設定が厳しく、除去作業には大きな困難を伴う。師匠のもとで首輪除去の技術を磨いていたころ、ぼくは片手で数えられるほどしかロールシャハ製の首輪攻略に成功しなかった。


レンゾレンゾ社。

ほかの四社のものと比べ生産量が圧倒的に少ない。ぼくはまだ除去を行ったことがない。どういう人間がどういう理由でこの社の首輪を充てがわれているのかもわからない。

現時点で明らかになっている特徴はふたつ。いずれも師匠から聞いたもの。

ひとつ。外観は他社製のものに巧妙に似せて造られている。知識ある人間でも見分けがつかない。

ふたつ。除去者排除のためのシステムを搭載している。

これだけ。五社の製品の中でもっとも謎が多い。


とにかく、四歳以上のすべての国民にはこの五社のいずれかが生産した首輪が充てがわれている。

なお四歳未満の小児は首輪の装着を免れている。巧妙な嘘をつくには幼すぎるから。しかし一元管理の観点から、小児への装着が義務付けられるようになるのも時間の問題かもしれない。

パルファン社製以外の首輪をつけている人たちは自分が何社製の首輪をつけているか見分けられないと思う。そもそも複数社が首輪の生産に携《たずさ》わっていて、それぞれの首輪が異なる特徴を持っているということさえ知らないんじゃないだろうか。

まあ、知ることができたところで、って話だ。たぶん自分がどこ製の首輪をしていようが関係ないのだろう。それで首が絞まったり絞まらなかったりするわけじゃないのだし。

首輪を装着、調整、除去するための道具は各地のまごころ保全センターにて厳重に管理されている。本来それらのツールは絶対入手不可能で、道具の詳細を知っていることさえありえない。

しかし、ぼくの師匠は道具を持っていたし使用方法も知っていた。たぶん、央宮に太いパイプを持っているんだろう。

ユリイにつけられていたのは案の定、ルル製の首輪だった。

パルファン社を除く四社の首輪の中ではもっとも除去難易度が低い。

鋼製へらをバッテリーボックスのカバーに噛ませ、てこの原理でこじ開ける。残りは四分二十秒。

スピアーでワーム内の層数を確認する。

……二層。

倉庫内には朝礼で校長がスピーチしている声が潜り込んでくる。

その声はひどくくぐもっていて、なにを言っているのかまでは聞き取れない。

「じゅんちょう?」

「ああ。順調だよ。すぐに除去できる」

鏡に映るユリイの首輪のランプは赤と青が交互に光る。

母に会いたいという想い、それからいけないことをしているという後ろめたさ。

ふたつの感情に挟まれて、純粋なこころは揺れ動いているにちがいない。

「楽しいことを考えなよ。ポジティヴなことをさ」

「たのしいこと、ない」

「例えば、そうだな……学校での休み時間はなにしてるの」

「かいだんをのぼったりおりたりしてる」

「……それって、なにかのトレーニング?」

「ううん。ひまつぶしにやってるの」

「ともだちとあそんでたらいいじゃないか」

「だれといてもおもしろくないときってある。わかる?」

「わかるよ」ぼくは言った。「でもなにも階段を上ったり降りたりしなくたって」

「ほかにすることないもん」

「図書館で本でも読めばいい」

「ほん」とユリイは言った。「どくしょってにがて。ねむくなるから」

そして会話は途切れた。

彼女の視線は相変わらず泳いでいて、首輪の色は不安定だった。

「あのことばがあたまからはなれないの」と彼女は言った。「かんがえないようにしてるんだけど、どうしてもいまおもいだしちゃう。センターのひとがいつもみんなにいってるやつ。あなたはくびわをはずそうとしていますか」

ユリイがその言葉を発した瞬間、首輪のランプは赤で固定された。

彼女の裡に事実を否定したい気持ち、嘘が生まれてしまった瞬間だった。

困ったな、とぼくは思う。

ランプが赤い限りワーム内の回路はひたすら信号が走り続ける状態のまま。信号と信号のあいだの切れ間、空白を捕らえなければ各層を剥がしていくことはできない。

「その言葉のことを考えてはいけないよ」

ぼくはこういうことを言う自分がすごく愚かだと思う。

こんなアドバイス、実際はなんの役にも立たない。

それでもついつい言ってしまう。念のためというか、いちおうというか。

「……わかってるの。でもかんがえないのってむずかしい」

「なにかほんとうのことを喋り続けて。喋るうちにほんとうのことしか考えられなくなるし、余計な考えを頭の隅に追いやることができるから」

「……ほんとうのこと……ってなに。なにをかんがえればいいの」

「例えば今朝はなにを食べた？」

「……なにたべたっけ……おもいだせない……」

彼女の首輪のランプは赤いままだった。

首輪は疾しさや後ろめたさのようなネガティヴな感情を探知する。

焦りはそれらの感情をよりくっきり浮かび上がらせる。

まずリラックスさせないといけないし、そのあとで考えていることを整理してあげないといけない。

彼女はまだこんなにも小さい。こちらが思考誘導してあげないと。

「じゃあ」ぼくは言った。「お母さんとの思い出を語って」

お母さん。

ぼくの言葉を聞いてユリイは身を硬くした。目はまっすぐに壁を見つめた。口を閉じて息を呑んだ。

それからゆっくり、拙い口調で語り出した。

「ママがね」とユリイは言った。「おととしのたんじょうび、はじめてケーキをかってくれたの。せいかくにはたんじょうびのつぎのつぎのひだったけど。でもいいの。それまでいっかいもおいわいしてくれたことなんてなかったんだから。みんなみたいに、わたしもなにかほしいなっていったら、おととしだけはちゃんとくれた」

彼女は落ち着きを取り戻しつつあるようだった。母親との思い出を自分の記憶から丁寧に取り出そうとしているのはぼくにもわかった。

「ママはね、ふだんはすぐにおこるの。わたしがまちがったことをいうとどなる。かおをたたかれたりせなかをふまれたりする。ばんごはんをもらえなかったり、おふろばにとじこめられたりする。ふゆのおふろばってさむいの、れいぞうこみたい。それにくさい。ママはこわい。なんかいもきらいになりかけた。すきだけど、ちかくにいたくないなっておもったこと、たくさんある」

過去を思い出す過程で雑念は消えたようだった。ユリイの首輪のランプは青で安定しはじめた。

彼女の話には意識を向けないようにした。

ぼくがすべきは手元の作業に集中することであって、相手に同情することじゃない。

それに彼女の話を聞いていると、自分の裡に迷いが生まれてしまいそうでこわかった。

自分はこの技術を使って正しいことをしているだろうか。

もちろんいまはそんな葛藤を抱くべきときじゃない。

だから、内容は努めて頭に入れないようにした。

「でもね。そんなママがちゃんとケーキをかってくれた。プラスチックのケースにはいった、イチゴのやすいやつ。わたし、イチゴとかすきじゃないんだけど。それにたんじょうびのふつかごだった。たぶん、わすれてたんだとおもう。けどね、いいの。わたしのためによういしてくれたってだけでうれしい。そしておもった。こわいときもある、けど、やさしいときもある。そんなママをきらいになったりしちゃいけない、はなれたいなんておもっちゃいけない」

ワームの中を這う信号と信号の切れ間を探した。

音にならず、振動にならず、目にも見えない存在。空白。

……きた。

瞬時にリウムピンセットで一層目を剝がした。

「ママはね、たぶん、わたしのこと、そんなにだいじじゃないの。しゃべってるとわかる。くびわがあかくひかるから。でもさ、もしすきでもないわたしをそだててくれてたんだとしたら、えらいなっておもうし、わるいなっておもうの。だって、すきじゃないひととくらすのってたいくつでしょ」

すかさず二層目にとりかかった。残り時間はもう一分もない。

だいじょうぶ。かならずそれはやってくる。

「おとしのたんじょうびはうれしかった。でもきょねんは、やっぱりなにもなかったな」

二層目では空白がやってくるまでに相当待った。

もしかしたら何度かやってきていたそれを逃したかもしれない。

ともあれ、二回目の空白はきちんとやってきた。

ぼくは二層目を剝がし、ワイヤの接合部を解いた。

＊

「終わったよ」ぼくはユリイに言った。「これできみは自由だ」

彼女を振り向かせ、頭を撫でた。

彼女は自由になった。物理的、社会的にはこれから不自由になるかもしれない。しかし精神的には、これまでにないくらい自由であるはずだった。彼女はばれるとかばれないとかを気にせず、嘘を含んだ一般的な会話を楽しめる存在に変わった。この国の人間たちがかつてそうであったように。


驚いた。

ユリイは涙を流していた。

ぷっくり膨らんだ頬、痣の上を涙が一粒、二粒伝った。

肩を揺らしながら、ひっくひっく声を震わせていた。

「こわかったかい」

ユリイは唇を噛みながら頷いた。

「もうだいじょうぶだよ。これでお母さんのもとにも帰れる」

「……ママにあえる？」

「会えるさ。首輪がなければ、施設のひとたちはユリイの嘘を見抜けないし、そうしたらお母さんと引き離しておく理由だって生まれない」

「……ほんとにほんとう？」

ユリイの問いかけに、ぼくはこう答えた。

「みゃん」

彼女は顔をくしゃくしゃにした。

口からは涎《よだれ》、鼻からは鼻水が溢れ出た。

彼女はしばらくのあいだ泣きやまなかった。

自分のこころを落ち着かせるのは簡単なことじゃなかったみたい。

泣きたくなった気持ちはわかる。彼女は自身に課した試練に耐えたのだ。求めるものを手に入れるために勇気を出して決断した先にあった、八歳児にはあまりにも厳しい試練に。

彼女の涙を見て、ほっとしたし、うれしかった。

彼女のクールなこころにも、こどもらしいところがちゃんと残っていた。

ぼくはユリイの首輪の外殻に細工し、ダミーのランプ機構をその内側にセットした。これで表面的には首輪が偽物だとはばれない。すくなくとも素人には見抜けないはず。

「よし。作業は完了だ。見た目にはいままでどおりだけど、もう嘘が他人にばれるってことはないよ」

「……うそつける？」

「もちろん。これでセンターにバッテリーを交換しに行く必要もなくなる。というか行ってはいけない。行ったら偽物をつけていることがばれちゃうから。お母さんにこのことはちゃんと説明するんだよ」

「これ」

ユリイは鏡に映る自分の首輪のランプを指差した。

「ずっとあおいろのまま?」

「ダミーの首輪は基本的にランプが青色にしか光らない。でも赤い瞬間がないと不自然に思われる。だから赤く光らせたい場合は本人がコントロールすることも可能になってる」

「どうやればあかくひかる?」

「『あの』っていうフレーズを言えばいい。ダミー機構は特定のフレーズに反応する仕組みになってる。このダミーの場合は『あの』だ。『あの』が含まれる言葉ならなんでも反応する。あのー、でも、あのひと、でも、あのね、でも、アノマリー、でも、なんでもだ」

「アノニマスは?」

「よくそんな渋い言葉知ってるな」

「ねえ、アノニマスはどう?」

「鏡を見て言ってごらん」

ユリイは鏡を見て、アノニマス、と呟いた。ダミーのランプが赤く光ったのを確認すると、ユリイはうれしそうな顔でぼくのほうを見て声を上げて笑った。アノニマスに反応したことのなにがうれしいのかはさっぱりわからない。こどもの知的好奇心って不思議なものだ。

「このダミーはフラノがつくったの？」

「いいや、ぼくが作ったわけじゃない。ぼくはひとからもらっただけだ」

師匠の家には大量のダミー機構が置かれていたので、ぼくは師匠から独り立ちする際にそれをもらってきた。ダミー機構も首輪同様、組織的に生産されているみたいだ。世の中では実にいろんなものがいろんな人間によっていろんな目的のために作られている。

ランプを赤く光らせるために設定される特定のフレーズは機構の種類によって異なるけれど、いずれも日常会話に意図的に潜り込ませやすく短いもの、とりわけ指示語など、になっていることが多い。おかげで無意識のうちにそれらを吐いてうっかり赤く光らせちゃうダミー着用者も、師匠の話によれば、たくさんいるらしい。気持ちはわからないじゃない。「あの」なんて無意識のうちに使っちゃいそうだもの。

「ダミーは市販の小型電池で動く。年に数回の交換で済むはずだ。ランプを光らせるだけだしね」

「でもさ、わたし、おもうんだけど」

ユリイはぼくのほうを向いて言った。

「ワイヤをぬいたりしなくても、このランプだけだみーにこうかんすればよかったんじゃない？」

賢い質問だ。ユリイが指摘したとおり、ランプだけダミーに交換するというのがもっとも理想的な加工。

ランプをダミーにするだけでも多くの公共機関を欺くことができるだろう。それでいて発信器を生かし続けた状態なら、治安局に目をつけられる可能性はぐっと減る。日常生活で不便が生じる恐れも少なくなる。

しかしまごころ保全センターだけは騙せない。バッテリー交換に行ったら加工はばれる。

「それができれば、いいんだけどね」

「できないの？」

「……まあね」

「がんばんなよ、フラノ」

「……うん」

荷物をまとめて帰る準備をした。

朝礼では表彰が行われているみたい。拍手の音が聞こえる。

「これでぼくたちはおわかれだ。ユリイ、きみに会うこともないと思う。役に立ててうれしかった。お母さんとしあわせに暮らすんだよ。ただしひっそりとね」

「おわかれ？」

「そう。おわかれ。今後困ったことがあったらそのアカネさんてひとに相談するんだよ」

「みゃん」

　ユリイは上機嫌だった。

「そういえば、ほうしゅうは？」

「そんなこと気にかける必要ない。養護施設の子から金を巻き上げるほど野暮じゃない」

「これ」ユリイは小豆色のジャージのポケットからカエルのイラストがあしらわれたがま口財布を取り出して、その中の全財産を確認してから、財布ごとぼくに差し出した。「わたしがこっそりあつめてたやつ。みんなにはないしょのおかね」

　がま口財布の中にはたくさんの小銭。

「ジュースくらいはかえるよ」

　ぼくは御礼を言って受け取った。

「ありがとう。もらっておくよ」

　先生の締めの挨拶が聞こえる。まもなく朝礼が終わろうとしている。

「さあ、ユリイ。もう行ったほうがいい。何事もなかったような顔をして戻るんだよ」

「ほんとにこれでさいご？」

「そうさ。なにか訊いておきたいことはある？」

「ううん」

ユリイは照れくさそうに言った。

「どうもありがとう」

「どういたしまして」

「フラノのこと、わすれない」

ユリイは扉のところまで小走りに駆けていき、取っ手を摑んだところでもう一度こちらを振り向いた。

「なにか言い残したことが？」

ぼくが訊くと、彼女は首を振り、言った。

「みゃん」

そして扉を開けて倉庫を出ていった。

＊

ユリイが死んだと知ったのは彼女の首輪を除去してから二か月後、テレビでニュースを見ていたときのことだった。錯乱した母親がバットで頭を打ち砕いたらしい。

母親曰く、殺すつもりはなかった、とのこと。

腹を打とうとしたら娘が急にかがみ込んで運悪く頭に直撃してしまったんです。

少女の頭蓋骨の一部は陥没していた模様、とキャスターは言った。

ぼくの携帯電話は朝からずっと鳴っている。たぶんユリイの施設のひとから。例のアカネさんかもしれない。

ユリイの顔が思い出せない。

泣き顔も、不機嫌そうな顔も。うれしがってくれたときの顔さえ。

電話は鳴り止まない。

だれからかはわからない。でもとりあえず、だれであろうと出るのが億劫《おっくう》だ。

電話を取るのがすこしだけ怖い。

なぜって。聞こえてきそうな気がするから。

あの甲高くて明るい、みゃんという声が。受話口の向こうから。

A2／18歳

仲介人は仕事ができるやつで、ぼくがそのときどきで探し求めているタイプまさにそのものと言っていいような人間を首輪除去依頼者として引き合わせてくれた。

稼業の特性上、ぼくは一度も仲介人の顔を見たことがないし、これから見ることもないと思う。師匠だけが仲介人の正体を知っている。これまでそれでうまく仕事が回ってきたのだから、これからその方針が変更されることもなさそうだ。

このころぼくが求めていたのは「万が一除去手順を誤り死に至らしめてしまっても良心の呵責《かしゃく》に苦しまずに済みそうなちんけな犯罪者」だった。

このあいだ、ビルの屋上で首輪を外してやった男なんかまさにそんなタイプだ。

さすが仲介人。どんぴしゃりな人材を引き渡してくれる。

ああいうやつなら死んでしまったって困らない。ぼくも、ほかのだれも。

いつからか、ぼくにとっての死はすごく軽いものになった。倫理観をないがしろにしたこの時代がそうしてしまったのか、授けられた技術が人間性を歪めてしまったのかはわからない。

二年ちょっと前まで、ぼくは師匠のところで首輪の除去を学んでいた。師匠の家の屋根裏に山積みにされていた段ボールの中には数えきれないほどの首輪が入っていて、基本的な知識を身につけたあとは、それらの実物を利用して来る日も来る日も除去の練習を行っていた。首輪除去について勉強するにはもってこいの場所だった。

かつて、除去の技術を習得したばかりの時期には、ぼくにも崇高な精神があった。すなわち「自分の首輪除去の技術を、首輪の弊害に苦しむ人々のために使いたい」という正義のこころだ。師匠の反対を押し切って、善良な市民だけを除去対象者として要請していた時期もある。

いまのぼくは、人助けのために首輪を外して回っているわけじゃない。もう正義のために首輪を外そうなんてばかなことを考えたりはしなくなった。そういうのがいかに愚かかってことは、これまでにじゅうぶんすぎるほど学んだ。

いまになってまたこの稼業を再開した目的はひとつ、あの首輪を探すためだ。

タイムリミットは今年の十二月、残りあと三か月ほど。
どうしたってそれまでにあの首輪を攻略できるようにならなくてはならない。

ぼくは高校には通っていなくて、ぼろなビルの二階に小さな部屋を借りてだらだらと暮らしている。こぢんまりしたワンルーム。ベッドと机があるきりのシンプルな部屋。机の上は首輪に関する資料でいっぱい。ひとつしかない収納は大量に買い込んだ消火器と首輪関係の道具で占められてる。

日中はだいたい本を読んだり映画を観たりしながら時間を潰してる。ほんとうは本が読みたいわけじゃないし、映画が観たいわけでもない。部屋にいるときはいつだってあの娘からの電話を待っている。いつ鳴るかわからない、旧型の携帯電話を握りしめながら。でも、いくら待ったってその娘からの電話は鳴らなくて、ぼくはたいしておもしろくもない本や映画にさみしさと少々のこころの痛みを癒してもらっているってだけ。やっと鳴った、と思って期待しながら電話に出ると、仕事の依頼だったりする。

まあそんなもんだろう。ぼくに電話をかけてくるのはだいたいが首輪の除去を望むうそつきども、ろくでもないやつらばかりだ。

＊

その日電話をかけてきたのは女性だった。声から察するに年齢は二十代後半から三十代前半といったところ。彼女は単刀直入に首輪を外してほしいと言った。

「外すかどうかは会ってから決めます。いま明確な返事はできません。直接会話をしてみてあなたが信用するに足る人間かどうかを確かめたい。外す外さないはそのあと」

「確かめてどうするの？　相手の性格によってやる気も変わってくるってこと？」

「それはこっちの問題であってそっちが気にすることじゃないです」

ぼくは冷たい口調で言った。素性がわからない相手に親切に説明する必要はなかった。

「それから仲介人から聞いていると思いますけど、ぼくにこの電話をしてきた時点であなたは一線を越えてしまってます。次のバッテリー交換までにすべてを終えなければなりません」

「どうして？」

バッテリー交換に行くとね、その首輪のレコーダーが央宮に回収されてしまってね、首輪を外したがってだれかに電話したことがばれちゃうかもしれないから、そうなるとぼくまで危なくなっちゃうんだよ。

「いま、あなたが知る必要はありません。とにかく会ってからです。会わないのならこれ以上話は進まないでしょう」

そして会う日時と場所を決めて電話を切った。

部屋から出てまちを歩く。この社会ではだれもが暮らしづらそうにしている。商店街に立ち並ぶ店の店員はみな、首輪が完全には隠れない程度に襟《えり》が立ったユニフォームを着ている。完全に覆ってしまうと首輪のセンサーがそれを感知して警報が鳴ってしまうから。意図的に首輪を覆うことは許されない。セーフなのは睡眠中及び睡眠準備中だけ。首輪は装着者の目の動きや瞬きの有無を感知できる。よって就寝時だと首輪が見なせば、布団で首輪を覆っても警報は鳴らない設定になっている。

首輪をつけながらの接客業は大変そうだ。相手に不快感を与えないようにもてなすのは難しいだろう。本心を言えば発したその言葉が相手に不快感を与え、本心でないことを言えば首輪の赤いランプが不快感を与える。ほら。あそこの中年客に絡まれているドラッグストアの店員なんて、にこにこ笑っているけれど、首輪は赤く光りっぱなし。もちろん店員自身は気付いてないけど、中年客のほうは気付いていて、ちょっと顔が引きつってる。でもそれが首輪のいいところでもある。図々しい客をランプの赤い光で傷つけることだってできるんだろうから。

首輪の登場はこんなふうに人々のコミュニケーションの在り方を少々歪めることにもな

った。言葉にされない相手の感情についての、察し、思い遣り、推し量りの余地が、極端に狭くなってしまった。

世の中には、もう本音だとか建前だとかの使い分けを放棄して、ばっさり割り切ったサービスを行っている店もある。そういう店はたいがい殺伐《さつばつ》としていて無愛想だ。でも逆にすがすがしい。この国の国民性とは合っていないとは思うけど、首輪の装着が義務付けられている限り、人々はどんどんドライな性向にシフトしていくんだろうなって思う。

いまじゃこの国を好んで訪れる異国のひとなんていない。貨物船と貨物機の往来はあっても人間の行き来はほとんどない。国民は国を出たいと思っても出ていけない。入国は許されても出国はむり、そういう場所だ。ほとんど閉じ込め。効率的な管理のために必要なこと。

事実上、空路を絶たれているので、密輸船に乗って外国へ抜け出そうとするひとがあとを絶たない。そして央宮もそれを黙認している。なぜ黙認しているかって？　彼らが死ぬってわかってるからだ。首輪を外せないままよその国に行ったってバッテリーが切れたらおしまい。

テレビのニュースでは、見せしめみたいに、海辺に打ち上げられた死体を頻繁に映している。おそらくは一週間以内に他国とのあいだを往復しようとしたひとたち。バッテリーが切れる前に帰還することが叶わなかった身体。

仕事などで海外からこの国を訪れた人間には空港でルル製首輪の改良型の装着が義務付けられる。首輪装着を拒否すると入国できない。バッテリーの保ちは二週間。一週間でないだけ良心的とも言えるけれど、訪問者にしてみれば面倒この上ない手続きにちがいない。ビザの取得より、指紋採取よりまどろっこしい。おかげで外国人による犯罪が減ったというけれど、そもそも来る人そのものが減っているんだ、数字はなんの参考にもならない。

央宮はなんによらず国民に公表するデータを差し替えたり、改ざんしたりする。自分たちにとって都合の良いように事実をねじ曲げるのが得意なのだ。

首輪が普及した当時、首輪による死亡者はすごく多かった。央宮が発表したところによれば首輪による死因はほぼ全数が破壊試行によるものだという。でもそれは真実ではないというのが人々の意見の一致するところ。実際には首輪の「原因不明の誤作動」による死亡が、首輪による死因のかなりの割合を占めていたとみられる。

現在でこそ製品の質が向上し「原因不明の誤作動」による死亡事故なんてゼロに等しいのだろうが、昔は相当数の人々がわけのわからないままに窒息死した。そして央宮はもちろん、その事実を隠蔽《いんぺい》した。

ちなみに師匠から伝え聞いたところによれば、その「原因不明の誤作動」によって締まった首輪内のレコーダーの記録はすべてからっぽになっていたという。ということはやはり一部の首輪には初期不良があったということなのだ。央宮側が己の過失を認めず、装着者たちの非に仕立てあげようとしたことは明らか。


ぼくのような除去者について、現在の治安局は現行犯逮捕に執拗にこだわっている。ハザードイエローの発報システムで捜査官がすぐに駆けつけられるようになっているのは、窒息死しそうな人間を助けるためじゃない。除去者を現行犯で捕まえるためだ。

除去者の現行犯逮捕の実績ができれば、首輪社会におけるシステムの完全性、体制の盤《ばん》石《じゃく》ぶりを国民にアピールできる。この社会の在り方に対して疑いを持つ人々の目を逸らすことができる。

逆にそれがうまく機能していない現状をオープンにしたりはしない。ぼくのような除去者が現に彼らの手を逃れながら仕事を続けているなんてことをおおっぴらに認めたら、自分たちの無能さを示すようなもの。

だから逃亡中の除去者は、すくなくとも公には「いない」ことになっているし、逃してしまった事件についての捜査も行わない。捕まえるとしたら現行犯でのみ、というのが彼らの威厳を保つために必要なこだわりみたい。

ゆえに治安局は首輪による死亡事故の調査には消極的だ。

もちろん表面的に一通りのことは行う。でもその内容なんてないに等しい程度のもの。調査結果の結論付けは決まっている。「首輪の破壊試行による死亡」

たとえ他殺や誤作動による事故の可能性が濃厚だったとしても深くは追及しない。すべてのものの平等性を保ち合理化を図るための首輪がひとの死をもたらしているなんてことが公になれば、首輪の存在意義そのものが問い直されるし、暴動だって起きかねないから。


いまは九月。夏と秋の境目。ずいぶん肌寒くなってきた。

商店街の細い裏通りにある洋服店に入った。秋冬服の新調が外出の目的だった。

ぼくはほとんど洋服を持っていないし、持っている服は着すぎたせいで傷みがひどい。もっと頻繁に買わないといけないのかもしれない。世間のティーンエイジャーたちが盛んにそうしているように。

これまで積極的には洋服を買わなかった理由はいくつかある。お金がもったいない、選ぶのが面倒、サイズ合わせがわずらわしい……などなど。でも最大の理由はぼくが施設にいたってところにあると思う。あそこでは上から下へとおさがりが流れてきた。自分で買ったり選んだりする必要がなかったし、そうしたいと望んだところでできなかった。あるものではます、そういう原則のもとでぼくらは生活をしていたんだ。洋服についてのこだわりはほとんどない。強いて言えば、動きやすく、汚れが目立たないほうがいい。ポケットがたくさんあると便利かもしれない。この仕事はなにかと細々した物を扱うから。最近の服はあまりたくさんポケットがついていないので予備のスピアーなんかは常にソックスの内側に忍ばせることにしている。

ぼくは黒いパーカーと厚手のデニムジーンズを試着した。

試着用の鏡に映るぼくの全身。下半身、上半身、そしてごつごつした首輪。

ぼくが最後にセンターで首輪のサイズ調整をしてもらったのは十二歳のときだった。いまでもまだきつくはない。ぼくの首はあのころからほとんど太くなっていないみたい。もういやというほど目にしているはずなのに、あらためて見るとなんだか不思議な感じがする。こんなものをつけながら人々が生活を送っているなんてちょっと信じられない。ほんとうにこれが現実なのかって。

かつてこの国にはマフラーってものがあった。いまはもうない。それは首輪を完全に覆い隠すものだから。鏡に映るすかすかな首元を見てすこしさみしい気持ちになった。

試着ブースのカーテンを開いた。店員が待っていた。

「わあ。すごくお似合いですよ」彼女は笑いながら言った。「雰囲気がとてもいいですね」

ぼくはこういうとき、決して相手の首輪を見ない。直接にも、鏡越しにも。そんなことをして自分が傷つくのは、なんだかばかげたことだと思うから。

＊

首輪除去の依頼をしてきた女性は案の定、ちゃちな犯罪者だった。

三十六歳。現役の結婚詐欺師。香水のにおいがきつい。

ぼくたちはビジネス街にあるオフィスビル一階のカフェで会った。おろしたての黒いパーカーを着たぼくはカフェオレを頼み、ボルドーのワンピースの上に白いジャケットを羽織った彼女はミルクティーを注文した。

彼女は若くはなかったが年寄りでもなかったし、不細工ではなかったが美人でもなかった。ぼくはいくつか質問をぶつけて誠実さを測るテストを行った。結果、こころのほうもちょうど容姿と同じような感じで、きれいというわけでもなければ汚いわけでもないってことがわかった。

で、ぼくは首輪を除去することに決めた。

毒にも薬にもならない種類の人間、外したところで害はないはずだった。

金額の交渉に入った。だいたいの場合において、ここではぼくが圧倒的に有利だった。

相手はいくら払ったってやってもらいたいと思っているのだろうし、断られるのは避けたいはず。実際、この日もぼくの言い値どおりになった。

依頼人が犯罪者だとこういう面でも楽だ。法外な金額をふっかけてもぜんぜんこころが痛まない。

「でもおかしいな」ぼくはカフェオレの入ったマグカップ片手に、ふと思い浮かんだ疑問を口にした。「現役の結婚詐欺師だって？　いや、昔その仕事で稼いでいたっていうのならわかりますよ。でも首輪がついてからもそれで稼いでたってこと？」

「そう。でも首輪はないに越したことはないから外してほしいんだけどね」

「これまでどうやって相手を騙してたんです？」

「主に会話は電話とかメールだったの。会って話をするときはカウンター席に隣り合う格好で座って、なるべく首輪が相手の視界に入らないようにしてた。身を寄せやすいしね。ちょろいもんよ」

「わかんない」ぼくは言った。「どうして相手は、こころを確認するために、あなたの首輪を見ないんでしょうか」

「恋愛がわかってないのね」彼女は言った。「ランプを見るなんて野暮。首輪に頼らずに駆け引きを楽しむのが大人。恋の本質は想像することなの。なにもかもわかったらつまらない」

「……そういうものかな」

「私が首輪を隠したって相手は焦らされてると思うだけ。ばかなひとたち」

「……そして男たちはあなたの手のひらの上で踊る」

「ええ」

「結婚する気にもなる」

「みたいね」

「ふええ」


彼女がつけていた首輪はブルーノ製だった。モデルは古い。層は二層だろうから除去には三分もかからないはず。詐欺なんてやっているくせにロールシャハを割り当てられていないのは、この女性にこれまで逮捕歴がないからなのだろう。なるほど詐欺師としてはそれなりに優秀なようだ。


まごころ保全センターではバッテリー交換の際に、その装着者の状態に応じ、首輪サイズ調整や首輪種変更を随時実施している。

首輪種変更については、センターの役人がその人物の犯罪歴や健康状態、性向に鑑《かんが》み、首輪種を変更する必要があるかどうかを決定する。個人の種々の情報はすべて首輪のＩＤに紐づけられているので、収入や前科、通院歴ほか、なにもかもつつぬけ。とりわけ保管されたレコーダーの記録は特定語彙検索にかけられ、過去の発言の傾向から危険思想の持ち主と判断されれば逮捕歴がなくともロールシャハをつけられたりもする。

なお、一般的に首輪の耐用年数は十年ちょっとと言われており、種の変更がありなしによらず、それなりに年数が経てば新しいものに替えてくれることになってる。師匠曰く、耐用年数を超えた首輪はいつ真の誤作動を起こしても不思議ではないらしい。

そうか。ブルーノか。はずれだな。

ぼくは彼女の背後から移動して自分が座っていた席に戻った。

「ざっと確認しました」

「どう、取れそう？」

「簡単なやつです。あっというまに終わる」

「じゃあきょう外してくれない？」

ぼくはすこし考え、答えた。

「いいでしょう。どこかふたりきりになれるようなスペースさえあれば」

「その前に予め訊いておきたいことがあるんだけど」彼女は首輪を指しながら言った。

「これって、レコーダーみたいな物がついているんでしょ」

「そうです。よくご存知で」

「私みたいな仕事を生業にしている人間はみんな知ってるって。で、レコーダーには私たちの会話が録音されるの？」

「いいえ。装着者の発言のみが記録されます。あなたの首輪にぼくの声は残らないし、ぼくの首輪にあなたの声は残らない。他人の声は拾わないんです。そのかわり、装着者が発した言葉であればなにひとつ落とさず一語一語を明瞭に聴き取り記録します」

首輪は嘘判定のための基礎情報として装着者の目や口の動き、呼吸や心拍数等を常に把握しており、レコーダーは装着者が喋ったと認識したときのみ記録を開始する設定になっている。これはもちろん録音妨害対策としての仕様だ。なんでもかんでも音を拾いはじめると周囲の雑音でもって装着者の言葉をかき消す試みが横行するに決まっている。

「レコーダーと言えばあなたのはどうなのよ。首輪とか除去とか言っちゃってるけど問題ないの」

「ぼくはレコーダーの記録をいじれるんです。センターに行くときには記録をからっぽにしてる」

「からっぽにしたらまずいんじゃない。逆に目立ちそうな気がするけど」

「問題ありません。というのもこの社会では嘘を恐れて喋らないひとも多いからです。レコーダーの存在を知る犯罪者や首輪反対主義者の中には電子メールや文通のみにコミュニケーションを頼っている人もいると聞きます。レコーダーになにも録音されていない状態でセンターに行くひともそれなりにいます」

犯罪者の中には裏社会において隠語を流行させようとした人間もいたようだけれど完全に無駄な試みだ。その隠語が検索対象として設定されればおしまい。

「でも電子メールや文通で発言録音のリスクを回避できるんだからレコーダーって意味なくない？」

「逆だと思います。犯罪者たちが電子メールや手紙のような『跡の残りやすいもの』に意思疎通を頼らざるをえなくなったことは一種の追い込まれです。実際、それらの適切な処分を怠《おこた》ったがために足がついた犯罪者も少なくない」

「ははあ」女性は少々感心したようだった。「この国の人間もいろいろ考えてるのね」

「考えるべきことがほかにある気がしないでもないですけどね。とにかく、録音については問題ありません。ぼくは自分のレコーダーの記録をいじれるし、あなたはこれから首輪を除去する。それで一切、発言情報は残らない」

「そういうことなら一安心。だったらとっとと済ませちゃいましょう」

女性の提案により、ぼくらふたりは車椅子利用者用トイレに入った。

歳の離れた女性とふたりでそんな場所に潜むのはなんだか恥ずかしかった。

しかたない。どうせ二分か三分の辛抱。ここなら電気も消せるし、備え付けの鏡もある。

除去にかかった時間は二分半だった。まあまあだ。

作業は楽だった。彼女はずいぶんリラックスしていた。

この日のぼくは自己報告法を使った。

「なるべく誇張してはいけないし脚色もいけない。ありのまま思い出してぼくに聞かせてください」

しかし実際に彼女が喋った内容は誇張や脚色ばかりだったと思う。彼女自身はそんな意識を持っていないから首輪のランプは赤く光りこそしなかったけれど。

話をそのまま信じるのならこういうことだ。

彼女は長きにわたって結婚詐欺を繰り返し、これまでに十五人の男を騙し、数千万の金を巻き上げた。騙した男のうち、四人とはいまだに関係を持ち、二人には訴訟を起こされかけ、一人は彼女の裏切りによるショックで自殺した。

彼女はよく喋った。ぼくが手元の作業をわすれて聴き入ってしまいそうになるほど。経験人数や交際人数みたいなものまで語った。だれもそんなこと聞きたかないのに。彼女の首輪は喋っている最中一度も赤く光らなかったから、たぶん人数についてはだいたい合っているのだろう。いったいだれがどうしたらこんな女に引っかかるのか。世界は不思議に満ちている。

首輪を外したあとはふたりで銀行まで行き、ぼくは彼女から報酬を得た。

「急《せ》かしてすいません。でもその日のうちにもらっておかないとあやふやになっちゃうから、こういうの。ましてあなたは他人のお金を持ってとんずらするようなひとなわけだし」

「いいの。お金ならたくさんあるから。これで自由なら安いもんよ」

お金をもらったあと、ぼくは彼女の首輪をちゃちゃっといじって「仕上げ」をしてあげた、ってことになってる。実際には作業はぜんぶ終わっているから仕上げもなにもないんだけど。お金を受け取るまでは油断できない、ときにはこういう嘘も必要だ（もちろんぼくは自分の首輪のランプを隠すことをわすれなかった）。

相手に要求を呑ませるまでは嘘で優位を保て。これも師匠の教えのひとつだ。

「ダミーの首輪については運用に気をつけて。適切に制御しないとばれますよ」

「心配無用。私はひとにばれないようになにかをするプロなんだから」

まあ、それもそうだろうな、とぼくは思った。

「あんまり男のひとを騙さないであげて」ぼくは言った。「もうじゅうぶんお金もあるんだし、詐欺なんてやめてほんとうに結婚しちゃえばいいのに」

「大きなお世話」と彼女は言った。「それに私には向いてない。家族や結婚って金と時間を減らしていく存在だから。私は自由に生きたいの」

「自由でいるためには家族がじゃま？」

「すくなくともこころから愛せるひとでないなら単なる柵としか感じなさそう」

彼女の言うことはわからないじゃない。首輪が普及してからの社会では結婚や夫婦関係、家族関係も大きく変わった。離婚も増えた。愛がなくなるとすぐにばれるから。ゆえにひとりで気ままに暮らすことを望むひとは多い。愛せない家族と一緒にいると、互いに傷つくし、うんざりするらしい。ぼくがかつていた児童養護施設にも親から見捨てられてやってきたこどもはたくさんいた。母親から、あんたと暮らすなんて刑務所で暮らすのと同じって言われた、って同級生のひとりは言っていた。


一通りの挨拶が終わると彼女はぼくの前から去った。本物の首輪を失ったことによって生じる社会的不自由を説明しわすれたことに気付いたけれど、いまさらどうでもいいかという気になった。

あの女性がどこでどんなふうに困ったとしても、彼女以外のだれが困るわけでもない。

もちろんぼくも困らない。

*

ぼくと師匠のほかにも除去者はいる。

師匠はぼくの前にも除去者を育てていた。ぼくは何人目の弟子かはわからないけど、とにかく先達は存在する。それらの人々がどんなふうに仕事をしているのかは知らない。ぼくと同じように、仲介人によって除去希望者を案内されるのだろうか。師匠はその辺の体系について詳しいことを説明したがらなかった。いくつかぼくに隠し事をしているようでさえあった。でも彼の裡を探りようもない。師匠はもはや、本物の首輪をつけてはいないのだから。

たまにテレビのニュース映像で、こじ開けられたバッテリーカバーが映ると胸がひやっとする。

得体の知れない同業者の存在はぼくを怯えさせる。

師匠が真実を教えたがらないのなら仲介人に聞こう。

そう考えたぼくはこれまで何通ものメールを仲介人のアドレスに送った。

内容は、質問だったり、要望だったり、確認だったりした。

いわずもがなだけれど、返事はかえってこなかった。

＊

基本的に首輪を外したがる人間は金持ちばかり。お金に不自由しているようだと首輪除去後に訪れる種々の社会的不自由に対処できないから。

ゆえにぼくのもとにやってくるのはだいたいが「これまでに十分すぎるほど大金を稼いだ犯罪者」もしくは「そもそも社会的なルールに則って生きる気などないアウトロー」のどちらか。

でもたまにちがうのもやってくる。

結婚詐欺師のあとに仲介人によって引き渡されたのは三十代後半の男性医師だった。

電話で声を聞いた瞬間から、これまでに手がけたどの依頼人とも異なる印象を受けた。

話し方は簡潔で無駄がなく、声は安定していた。

人を落ち着かせる、あるいは宥《なだ》め賺《すか》すタイプの喋り方。

第一印象で職業は弁護士かと思ったけれど、のちに医師だと聞いて納得した。

言われてみればたしかに医者はみんなこういう話し方をする。常識がありそうな人間だったので話は長くならずに済んだ。面会の約束をして電話を終えた。

二日後の日曜日、ぼくたちは会った。

待ち合わせたのは相手の勤務先の病院近くのビル二階に入っているレストランだった。医師が先に到着していた。ぼくがテラス席に通されたときにはすでにずいぶんとくつろいでいた。

ぼくは簡単な挨拶をして、医師の向かいの席に座った。

「きょうで助かりましたよ。ちょうど診療が午前だけで終わる日だったんでね」

医師はタイトな白いワイシャツにブルーとシルバーの細いストライプのネクタイをしていた。袖口は品の良いカフスリンクで隙間なく閉じられていた。ポマードで撫で付けられた黒髪、細いフレームの眼鏡、高い鼻と薄い唇、虫歯のない白い歯。いかにも医者といった趣だった。

「どうもすいませんね、わざわざお出向きいただいて。どれくらいかかりました？」

「列車で一時間くらいです。たいした距離じゃありません。お気になさらず」

基本的に、ぼくは依頼人とは相手の生活圏内でしか会わない。

自分の生活圏に相手を呼び出すことなんて絶対にない。

被除去者の首輪の発信器の履歴を探られた場合に備えて万全を期している。過去の教訓。

「ピザ、注文してもいいですか。お昼がまだなもんで。よかったら一緒にどうです」

「ぼくは結構です。済ませてきたので」

医師は近くにいたウェイターを呼びつけ、ピザとサラダ、ビールのおかわりを注文した。

ウェイターが去ったあと、彼はまじまじぼくの顔を見つめた。

「ずいぶんお若いんですね。まだ十七、八くらいですか。いやはや。首輪を除去するなんて技巧をお持ちの方だから電話でお話しするまではてっきり老人かと思っていましたよ」

ぼくは黙って頷いた。なにも言うことがなかった。

「いやいや、お若いのに立派だ。頼りにしてますよ。先生とお呼びしたほうがよろしいかな。普段は私自身がそう呼ばれる立場ですが敬意を込めてね。よろしくお願いしますよ、先生」

医師は感じの良い笑顔を浮かべようとしたみたいだけど、その試みは完全に失敗していて、彼の顔にはぎこちなく歪んだ表情が現れただけだった。首輪のランプは赤く光っていた。

「そうだそうだ。まず何点か確認させてください」

医師は水の入ったグラスを手に取り、言った。

「一般に首輪除去を望むのは犯罪者ばかりと聞いています。私のような、まあ自分で言うのもなんですが、それなりにきちんとした職業に就いている人間が首輪を外した場合について起こりうることを聞いておきたい」

聞いたところで選択の余地はないだろうに、というのがぼくの率直な感想だった。

ぼくと連絡をとってしまった時点で外すことを選ぶしかないのだ。

「首輪を外すということはセンターに行かなくなるということですよね、怪しまれませんか？」

「センターへの通所履歴を随時確認されるのは前科者や犯罪関与の可能性のある種類のひとたちだけです。一般人の履歴はいちいちチェックされたりはしません。そもそもセンターのバッテリー交換自体、流れ作業みたいなもんです。たぶん、来所者が一般人なら、首輪種さえ気にしないんじゃないでしょうか。すくなくともなにか罪を犯すまでは安全だと思います」

「そうですか、そうですか。ではこれからは犯罪に手を染めぬよう気をつけなければなりませんね」彼は言い、笑った。「いやね、私もこれで小心者なところがあって、いざ首輪を外すとなればそれなりに思い悩んだりもしたんですよ。なにより気になったのは発信器のことだったんです。なんでも、そういうものが首輪には搭載されてるって話じゃないですか。私はつい最近知って驚きました」

「たしかにそういうものも付いています」

「首輪のワイヤを除去したらバッテリー交換に行けなくなるし、そうなったらいつか発信器の信号も途絶える。しかし信号が消えたら怪しまれたりしないだろうかと気になっていたんです。あなたにそれを質問したくてしかたなかった」

「たしかに治安局の所有するマップ上からは信号が消えることになります」

親切なぼくは医師をその心配から解放してあげることにした。

「しかし考えてみてください。一日に消える信号はひとつやふたつじゃない。ご存知のとおり、この国では一日に三千人以上が亡くなっています。タイムラグが発生するとはいえ、それとほぼ同数の発信器の信号が途絶えることになります。役人どもがそのひとつひとつの消滅理由を細かに調査することなどありえません。つまりそういうことです」

「なるほど。合点がいきました。ほかに首輪除去の弊害は?」

「お勤め先の病院の規模は知りませんが、首輪を外したとばれたら職を追われるかもしれない」

「これでも病院ではそれなりの地位にいるのでね」医師は言った。「だれも私を疑えないし、意見できない。職の心配はしていませんよ。ほかには?」

「ほかにも言い出したらきりがないですが」ぼくは言った。「たぶん、お金があればたいていのことは解決します」

「いやはや、その言葉を聞けて安心しましたよ」

医師は手に持っていたグラスを傾け、水を喉に流し込んだあとで言った。

「おかげで胸のつかえが取れた気がします。これで心置きなく首輪の除去に臨めそうだ」

ほどなくしてピザやサラダ、ビールが運ばれてきた。

医師はナプキンを拡げ、食事にかかった。

「そもそも、どうしてまた首輪を外したいとお思いに？」

トマトとレタスをフォークで貫いている最中の医師に向けてぼくは訊いた。

「検査結果報告の際に支障があるんですよ。患者の精神面のケアのためにも病状を細かに伝達しないほうがいい場合もある。だからじゃまなんです、首輪は。私が患者のためを思って事実を隠そうとしても首輪が伝えてしまう」

「患者への配慮ということですか」

「ええ。だれもが自分の病状や余命について知りたいわけではありませんし、またそういう事実を受け止められるだけの強さを持っているわけでもないのでね」

でもそれが首輪を外したい理由だというのは嘘だ。

だってこのやりとりのあいだ、彼の首輪のランプはずっと赤く光ってる。

「小さいころから医者を目指していたんですか」

「ええ、まあ。でも当初は眼科に行きたかったのです。辿り着いた先は内科でしたが」

「なぜ眼科だったんです」

「小さいころから近眼だったのでね。身近な存在であったことが大きかったかもしれません」

また赤。

「それに眼科医は楽だと思っていたんですよ。だってほら、コンタクトレンズ処方を目当てに来る人間の診察が中心の医院とかあるでしょう。あんなに割のいい仕事はないと思ってたんです。これから近眼の人間が減ることもないでしょうし、立地がいいところに医院を設ければ確実に繁盛する」

今度は青。こっちが本音か。これまたずいぶんとわかりやすい人間だ。

「しかし結局やめました。眼科医には眼科医の苦労と試練があると知ったからです。結局内科に転向しました。いろいろとつぶしが利くんでね」

「どうですか、内科医のお仕事は」

「大変です。でも、まあ人の命を預かる仕事ですからね、やりがいはありますよ」

またまた赤。この男は首輪がついていることをわすれているんじゃないかと思うほどランプを赤く光らせる。

「ところで先生のほうはどうなんです。首輪を外す仕事は楽しいですか」

医師はピザを手に取り、口に運びながらぼくに訊いた。

「楽しいということはないです。ほかの技能を持っていないからこの仕事をしているだけなんで」

「そうですかそうですか」

医師はピザを頬張りながら頷いた。

「いままでどのくらいの数の首輪をお外しに？」

「正確には数えていませんが、四、五十人ってところじゃないですかね」

ふうん、と医師は言った。なるほどね、と。

それから薄ら笑いを浮かべてぼくの顔と首元をじろじろ見た。

「医者の不養生、という諺《ことわざ》はご存知ですね。正しいと知っていながら自分では実行しないことのたとえです。しかし医者の不養生は医者にとっては致命的だ。なぜって、患者からの信頼を失う恐れがあるから。実行しないのではなく実行できない人間だと見なされかねない。医者としての知識・技術と管理能力を疑われるわけです。薄毛治療の専門家が禿げていては客は当然離れていく」

医師はぼくの瞳を見ながら言った。

「先生の首輪は外れていないんですね」

ぼくは最初、どうして仲介人がぼくに医師を寄越したのかわからなかった。

犯罪者でもないやつがなんでぼくのもとへやってくることになったのか。まさか仲介人がぼくの希望をないがしろにするなんてことはあるまい。しかしいまではその理由がよくわかる。なるほどこいつはたしかにちゃちなやつだ。

「自分では自分の首輪を外すことはできません。姿勢的にも、システム的にも」

「なに、冗談ですよ。気にしないでください」

医師は笑いながらグラスを摑み、ビールを飲んだ。

アルコールが回りはじめているのか、彼はその後も終始上機嫌で喋り続けた。明らかに気分が高揚しているようだった。喋り方もぶっきらぼうになってきて、最初の慎ましい装いはどこかへ行ってしまいかけていた。

「最近の相手は老人ばかりで疲れますよ。いや、患者であることに変わりはないのですが、なんていうかこう、不衛生でしょう？　病院に来るのならそれなりに清潔な身なりで来いと私なんかは思うんです。最低限のエチケットじゃないですか。歯医者に行く前に歯を磨くのと同じだ」

ぼくはずっと黙っていた。この手の議論に興味はなかった。いまは相手が喋りたいだけなのであって、ぼくには意見を求めていないってこともわかっていた。

「この仕事も、まあいろんな苦労がありますすよ」

医師はポケットからシガレットケースを取り出し、煙草を咥《くわ》え、火を点けた。

「この店、禁煙ですよ」ぼくは言った。

「テラス席だし問題ないでしょう。まわりに客もいないんでね」

酒のちからでだいぶ気が大きくなっているみたい。

乱暴に椅子を後ろへ引き、どっかりと脚を組んでぷかぷか煙を吐いた。

「こういう息抜きが必要なんですよ、我々には。食事のときくらい許されていいでしょう。この国ではなにもかも画一的に扱われすぎてる。水平的平等が過ぎるんですよ。あのひとも吸っちゃだめこのひとも吸っちゃだめ。それって真の平等じゃない。あのひとは煙草を吸ってもひとを助けられないが、私は喫煙によって集中力が高まれば人命を救うことができる。だったら私のような人間には喫煙くらい許されるべきなんだ、そう思いませんか」

ぼくはただふんふん顎を動かすだけ。頷きもしない、首を振りもしない。

「ふたこと目にはマナーだのなんだのって、合理社会が聞いて呆れるってもんです」

やがてウェイターがやってきて喫煙を注意した。医師は相手を睨み、悪態をついた。

「申し訳ございません。ですがとにかく、喫煙はご遠慮ください」ウェイターは丁寧に対応し続けた。

「やめればいいんでしょ、やめれば。じゃあ灰皿持ってきてくださいよ、火消すから」

「灰皿の用意はないのですが、なにかかわりになる小皿をお持ちいたします」

「灰皿ないのかよ」

「もともと喫煙を想定していないものでして。少々お待ちくださいませ」

ウェイターが小走りでテラスから店内へ消えていくと、医師は舌打ちをして首を振り、ぼくに聞こえるか聞こえないかくらいの声でこう呟いた。

「まったく。待たせせんなっつんだよ」

結局医師はウェイターが小皿を持ってくるのが待ちきれなくて、ビールの入っていたグラスに吸っていた煙草を落とした。煙草はグラスの底二センチほど残っていたビールに沈み、火はじゅっと音を立てて消えた。

「きょうは直接お会いいただけて助かりましたよ。いやね、私も不安だったんです。首輪を外すなんて法外なことをしている人間を信用できるのかどうか。でも先生ならだいじょうぶそうだ」

医師の首輪は口元を拭うナプキンで隠れていてランプの色は確認できない。

が、もう色はどうでもいい。

この男の発する言葉に誠意があるかどうかくらい、首輪を見なくたってわかる。

「除去は先生にお願いすることにします。ええ、あなたなら任せてもいいと思える」

「あなたはなにか勘ちがいしているようだが」ぼくは言う。「あなたが任せる任せないを決めるのではなく、ぼくがやるやらないを決めるのです」

医師の顔は急変した。さっきまでのうすっぺらな笑みは消え、表情は一気に冷たくなった。

たぶん怒っているのだ。わかりやすいひと。

ちょっとプライドを傷つけてやればあっというまに本性を現す。

「なに、冗談ですよ」ぼくは言った。「気にしないでください」

「……いえ、べつに。気にしてなどいませんよ」

そう言う医師の首輪は、やっぱり赤く光っていた。

ぼくは医師の首輪を除去することに決めた。

時間と場所はこちらから指定した。二日後、午後七時、コニービルの地下倉庫。

普段は地下なんて場所を指定したりしない。除去に不向きな場所だと思ってるから。

でも今回のケースはなんとなくここがいいのではないかと思った。

断ったってよかった。でも断らなかった。

どうして彼の首輪の除去を引き受けようと思ったかについてはうまく説明できない。

ただただ興味があった。そうとしか言えない。

なんに対しての興味？　それもよくわからない。

＊

約束の日、ぼくは医師より先にコニービルの地下倉庫に到着した。

予想どおり、そこは作業しづらそうな場所だった。

電気を消せば暗すぎ、点ければ明るすぎ。

しかたないから持参したマグライトを使ってほどよい明るさの空間を作り出した。

おまけにそこは思ったほど静かな場所でもなかった。

隣に機械室があるせいで、ずっと低い唸りが響いていて、落ち着かなかった。

ぼくは医師が来る前に鏡や道具のセットを終えた。

部屋の隅にあった折り畳み椅子を組み立て、被除去者を座らせる場所にそれを置いた。

彼が到着したらさっさと作業にとりかかってしまいたかった。

地下というのはどうも長居するには向かない場所だ。

医師は約束の時間に五分遅れてやってきた。

「やあやあどうも。遅れてすいませんね。いかんせんここまでの経路がわかりづらくて」

ぼくは、お気になさらずに、と答えて、鏡の前を指差した。

「ここに座ってください。すぐにでも作業をはじめましょう」

除去作業にあたっては、ランプが赤く光ると面倒なので、自己報告法を使うことにした。

「自分にまつわること、真実だけを喋ってください」

「喋る内容はなんでもいいんですか？　行動でも、感情でも？」

医師は椅子に座ってぼくに背を向けた状態で質問した。

「構いません。ランプが赤く光らなければなんでもいいんです。ぼくはあくまであなたが思考をコントロールしやすいように導きを与えているだけなので」

「なるほどねえ」医師は言った。「手先の技巧だけでなく相手の精神のケアまで求められるとは。先生のお仕事も医者と同じくらい大変そうだ。我々の仕事は似ていますね」

ぼくは、そうですね、とだけ言った。

準備は整った。あとは作業にとりかかるのみ。

「あなたの自己報告が軌道に乗ったらバッテリーボックスのカバーを外します。カバーを外してからの猶予は約四分二十秒です。ワイヤを除去するまでは自己報告で頭をいっぱいにしておくのが理想的な状態です」

医師は鏡の中のぼくの顔を見て頷いた。

彼は眼鏡のテンプルを指で摘《つま》み、位置を直したあとでごほんと咳払いした。

「私が担当した患者の話です」

医師は話をはじめた。


「三、四か月前だったでしょうか。私の病院に入院している七十代の男性に死期が迫っていたんです。内臓系の重い病気でした。長年治療はしていたのですが快復する気配はなく、とうとう余命が一か月程度という段階になっていたんです。

老人には妻はいましたがこどもはいませんでした。見舞いにきていたのは奥さんただひとりでした。身の回りの世話をしていたのもその奥さん。老老介護といったところでしょうか。とにかく病床の夫のために献身していたように見えました。

夫婦はあまり裕福ではなかったといいますか、はっきり言えば貧乏でした。それこそ入院費や手術費を支払えるかどうか、うちの事務方が不安に思っていたくらいです。

患者の妻は夫の発作を常に心配していました。それまでに何度か発作のせいで死にかけていたので。次の発作がきたらもうだめかもしれない、患者の妻はそのことを悟っていたようです。実際、容態は彼女の想像に劣らず悪いものでした。

ある日、患者の妻はアポイントなしに私を訪ねてきました。平日の午後、一番忙しい時間帯のことです。普段なら対応はしません、ほかに順番を待っている患者もいるのですから。しかし相手は老人、しかも未亡人になりかけている人間だ、そう無下に断ることもできないでしょう。だから私は数分だけということでお話を聞くことにしたのです」

医師は十分に自分の話に集中しはじめたようだった。

ぼくは鋼製へらでカバーをこじ開け、作業をスタートした。

「患者の妻の話の内容は概《おおむね》ね予想どおりでした。万が一夫に発作が起きた場合にはなるべく善処してほしい、そういうことでした。言われなくたって発作が起きれば対処はします。ここは病院なのですからね。しかしこのような念の入れ方をしてくる患者の家族はとにかく多い。うちのひとになにかあったときはくれぐれもよろしくお願いします、ってね。そりゃね、医者なんだから当然ですよ。むしろそんなお願いによって医師の働きぶりが左右されるのだと本気で思っているのだとすれば、それは我々に対する侮辱も同じです」

スピアーによって回路は遮断できた。あとはリウムピンセットで一層、二層と剝いでいくだけ。

「夫になにかあったら先生がかならず助けてくれますか、すぐに駆けつけてくれますか。患者の妻はしきりに質問をぶつけてきました。私は、尽力します、とだけ答えました。それ以上の約束はできません。絶対なんて存在しないのですから。それに私が発作時に立ち会えるとも限りません。私以外の医師が対応せざるをえない状況だって存在するでしょう。ここまできたら私にできることも限られているのです。

患者の妻は震える手で私の手を握ってきました。彼女が不安を覚える気持ちはわかります。身内が死にかけているんだ、そりゃだれだって心配でしかたなくなるってもんです。患者の妻の目の端には涙が溜まっていました。彼女はしゃがれた声でもう一度私に言いました。先生、お願いしますよ、と。私は目を閉じて深く考えるふりをしながらさっきと同じことを言いました。尽力します。それ以外に言えることはないのです。

そのとき私は患者の妻の手の内になにかがあることに気付きました。彼女が握っていた手を放したとき、私の手のひらには紙幣が二枚ほど収まっていたのです」

ぼくは手を止めて頭を横に動かし、鏡に映る医師の顔を見た。

彼はいつもの嘲《あざけ》り混じりの笑みを口元に浮かべていた。

「夫婦が金を持っていなかったのは知っていますよ。治療費やらなにやらで経済的な余裕はなかったでしょう。しかしね、二千ですよ、二千。緊迫した状況下では滑稽な画だとは思いませんか。気持ちのつもりだか御礼のつもりだか知りません。でも私はその金についてこう解釈したのです。これは私を買収するための金なのだ、と。要するにほかの患者に優先して自分の夫を手厚く保護してくれ、そういう意図の金なのだと考えたのです。実際にはわかりませんよ、彼女にそう聞いたわけではないから。ただそういうふうに見ることができなくはない。彼女は紙幣二枚で私を買収しようとした。

あるいは質問すればわかったかもしれません。あれがどういう意図の金なのか。首輪が彼女の真意を教えてくれたことでしょう。でも質問はしませんでした。なんだかもう、呆れ返ってしまったんです。その日はそれでお引き取りいただきました。話は聞いた、質問には答えた。患者の家族に対してのケアとしては及第点でしょう。

そしてとうとうその日はやってきました。患者が発作を起こしたのです。

夜の十時過ぎ。幸か不幸か、私は当直ではありませんでした。自宅に同僚から電話が入って発作を知ったのです。当直だった医師は私に助言を求めてきました。

電話で発作の状況を聞いておおよその見当はつきました。もちろん対処の方法も思い浮かんでいました。その患者は複数の病気を患っていたため、発作の特徴ごとに投与する薬剤の選択を慎重に行う必要がありましたが、長年担当してきた私には電話での会話だけですべてわかっていたのです。

しかし私は当直の人間に適切な薬剤の種類を伝えませんでした。電話では『実際に様子を見なければどの薬剤が適切か判断できない』と答えました。つまり責任をすべて当直の人間に投げたのです。彼は私にいまから出勤してくれないかと頼んできました。私はその申し出を了承しましたが、実際に行く気はありませんでした。伝えられた発作の状況から察するに、すぐにでも適切な薬剤を投与しなければ死ぬことはわかっていたのです。

結局、患者は死にました。

彼の死を知らせる電話が入ったとき、私は病院に向かう準備さえしていませんでした」

医師の首輪のランプはずっと青色のまま。

「私が当直だったらたぶん助けていたと思います。その場に居合わせてしまったからには責任が発生するわけですから。訴訟も多い時代だ、まして私は首輪もつけている。嘘を言ったらばれるのはわかりきってますからね。私が首輪を外したい真の理由は訴訟対策ですよ。医療ミスだの隠蔽工作だのを首輪なんぞに暴かれたらたまったもんじゃない。ただでさえクレーマーみたいな患者は多いんだ。

あの夜電話で当直の医師に適切なアドバイスをすることだってできた。だが私はそうはしなかった。なぜしなかったか。たぶん私は患者の妻が寄越した金の件が許せなかったのです。二千。たったその程度の金で私のこころがすこしでも揺れることがあると思ったのかと。ずいぶん安く見られたもんだ。相手が貧乏なのは知ってる、だがそういう問題じゃない。プライドに関わる問題だ。彼女に対して覚えているのは思い出すほどに増してくる種類の怒りだ。馬鹿にするなと言いたくなる。

だから私は彼女の希望には添わないようにしたのだと思います。あそこであの患者を助けることが私の怒りを助長することは自分でもわかっていたのでね」

医師はそれから目を閉じ、したり顔で言った。

「医者がその気になればひとを生かすも殺すも簡単なんですよ」

その言葉の響きは、彼のような地位にいる人間にのみ授けられた、他人の生死を支配できる特権をひけらかすニュアンスを帯びていた。ぼくの決意を固めたものがあるとすれば、医師の言葉の裏に潜んだその傲慢さにちがいなかった。

「ちょっと長く喋りすぎたかな。どうです、作業のほうは？」

「あなたはぼくの仕事があなたの仕事に似ていると言った。それはたしかにそのとおりだった」

ぼくは医師の首輪のワームからスピアーを抜き取った。リウムピンセットは一層目を剝がしきることなくぼくの真新しいデニムのヒップポケットに戻った。

「……なにしてる？　ちょ、ちょっと！　なんで作業を止めるんだ！　時間がないんだろう、さっさと進めなさい！」

医師は慌てている。このままではまずいということは素人の彼にもわかったらしい。

「ぼくの仕事も簡単なんです。その気になれば生かすことも殺すこともできる。そしていまのぼくはあんたがこれ以上生きなければいいと思っている」

「ちょっと待て、これからどうなる！　これから私はどうなる！」

彼はすごい剣幕で椅子から立ち上がり、ぼくの胸ぐらを摑んだ。でも迫力はなかった。

「残り時間はあと二十秒です。それでおしまい。首輪は締まる」

「ふざけるな！　見殺しにするのか！」

「どうして？」ぼくは言う。「あなたもやったことでしょう」

ぼくは医師の手を払い、みぞおちに一撃見舞った。

そして身動きできなくなった彼を残してその場を去った。

閉じたドアの向こうから叫び声が聞こえる。じきに聞こえなくなるだろう。


ひとを死に至らしめるのはこれで四度目だ。

死亡したのが犯罪者の場合は治安局もそんなに熱心に調べないことはわかっていた。倫理観が崩壊したこの国では悪いやつがひとり死んだくらいで治安局が本腰を入れて捜査にとりかかったりはしない。彼らは思っているんだ。不誠実なやつは死んだってしかたがないのだと。悪いことをした報いなのだと。

だが今回のケースはちがう。死んだのは医師だ。根が腐っていたとしても、上辺だけ見ればば社会的にはまっとうな人間、それが殺されたってことになれば治安局も熱心に調べるかもしれない。

しかしそのことを想定して最低限の対策をしていたことも事実。他殺だとばれたところでぼく個人を特定するのは容易ではないはず。なにせこのビルには数千の人がいる。発信器の記録をそれぞれ追跡してぼくという個人に辿り着くことは不可能に近い。

現代の治安局の捜査技術そのものはたいしたことはない。

昔と比べればだいぶしょぼくなった、というのが犯罪者たちが口を揃えるところ。

優れているのはただひとつ、首輪のテクノロジーだけ。

でもそれがかえって仇になっているんじゃないかってぼくなんかは思うわけ。

首輪の機能に過大な信頼を寄せすぎた結果、首輪以外のシステムはどんどん萎《しぼ》み、廃れていった。

治安局の犯罪捜査に限ったことじゃない。この国のすべてについて言えること。

いまになって、自分が医師の首輪の除去を引き受けた理由がよくわかった。

ぼくは興味があったのだ。

相変わらず自分が場合によっては無慈悲にひとを見捨てる、見放すことができる人間なのかどうか。

今回のケースの結果、自分はまだそういうことができる人間だってことが確認できた。


きょう、またひとつの命を奪った。

ぼくは自分自身が恐ろしいと思う反面、誇らしくもあった。

ひとの死に関与しておいて誇らしいというのも変だけど、たしかにそう感じたんだ。

――ぼくにもまだ正義の価値観みたいなものが、だいぶ歪《いびつ》なかたちではあるけれども、ちゃんとこころに残っている。

そのことを確認したかったからこそ、あの医師の依頼を引き受けたのかもしれない。


ふと自分が初めて首輪の除去に失敗したときのことを振り返る。

あの死に比べればきょうの医師の死なんて、すくなくとも死それ自体は、これっぽっちもぼくを傷つけたりしない。あの死と比べればどんな死だってましに見える。

ぼくはとぼとぼと帰り道を歩きながら、かつての友人、ハルノを死に至らしめてしまった日のことを思い出した。

B2／16歳

「親父はさ、首輪普及前は何十、何百って数の人を騙して金を稼いでたんだ。裏社会じゃわりと名の通った詐欺師だったんだよ。でもっておれもその稼業を引き継いでるってわけ」

昼のファミリーレストランは混んでいた。ぼくらがいるテーブルの脇をウェイターたちが忙《せわ》しなく何度も通り過ぎていった。店内はいろいろなもので溢れかえっていた。ハンバーグのにおい、こどもの泣き声、呼び出しチャイム音、そしてハルノが吸う煙草のけむり。

「詐欺師。つまりうそつき。だれかしらを騙して金を稼いで生活しているひとたち」

ぼくは言った。言葉に少々批判的なニュアンスを含ませながら。

「まあね」

「親子揃って。悪びれもせず」

「金持ちしか狙っていない。それも豚みたいな野郎だけだ」

「だからって騙していいってことにはならない」

「そもそも嘘ってそんなに悪いもんかな」と彼は言った。「嘘ってのは過度に残酷な事実から相手を護《まも》ってやる思い遣りみたいなもんじゃないか」

「これまたずいぶんと都合のいいことを」

「騙されているうちは傷つかない。騙されたと気付いたときに傷つくんだ。自分のガードの甘さを思い知ってね。嘘自体は罪じゃない、嘘を嘘だとばらすことが罪なんだよ」

その最たるものが首輪、か。理解できなくはない発想だ。

「親父も言ってたよ。嘘ってのは人間のコミュニケーションにおけるあそびみたいなもんだって。車のステアリングと一緒。あそびがまったくないほうが逆に危険だ」

「親父さんはまだ現役？」

「死んだよ」彼は灰皿に短くなった煙草を押し付けた。「首輪が親父の首を絞め上げた」

それから窓の外を眺め、ピアスをいじくった。消されたばかりの煙草から白いけむりが立ち上っていた。

「四、五年前のことだ。親父は、首輪を除去できるって噂のあった人間に、おれたち家族の首輪を外してもらおうとしたんだ。おれはやめとこうよって言った、でも親父は聞かなかった。そして最初に臨み、おれの目の前で死んだ」

ぼくは黙ったまま頷いた。話の続きを促す意味を込めて。

「親父の首輪の除去を試みた人間はずいぶん自信ありげに見えた。なんでも首輪の開発に携わっていたとかなんとか。親父とさして歳の変わらないやつだった。内部機構について知っていたし、それっぽい道具も持ってた。だからこいつならやってくれるんじゃないかって一瞬思ったりもした。でも結局、ぜんぜんちがった。期待はずれもいいとこ」

ぼくや師匠以外にも除去者はいる。首輪外しは金になるビジネス。いろんなひとがいろんなやり方でトライする。しかしたいていは失敗に終わる。空白を感知できる人間は多くないはずだから。

「死にざまを見るのはつらかったよ。窒息死があれほど汚く醜いものとは知らなかった。尊敬する親父があんな目に遭うとこは見たくなかった」

ウェイターがやってきて、ハルノの前にチョコレートサンデーを、ぼくの前にエビの乗ったスパゲッティを置いていった。直後には別のウェイトレスがやってきて、ぼくたちの空になったグラスに水を注いでいった。ウェイトレスは去り際に「ごゆっくり」と言った。水垢のこびりついたグラスの中の水はやや濁っていた。

「途中で想定外のことが起きたらしい。ここが光りはじめたんだ」彼は自分の首輪のハザードウインドウを指差した。「親父は鏡を見て叫んでた。除去作業を担当してたやつも慌ててた。首輪が発報したせいで治安局がここへやってくることを恐れてるようだった。最後にはそいつは親父を見捨て、逃げた」

ハザードイエロー。ハルノの父親が装着していたのはおそらくロールシャハの首輪。ロールシャハは破壊試行の探知感度が高いのでハザードイエローが簡単に点灯しても不思議じゃない。

「首輪がぎちぎち肉に食い込んだころにはもう声らしい声も出てなかった。おれは親父のところに行って首輪と首のあいだに指を挟み込もうとしたけど無意味だった。びくともしない。親父は床をのたうちまわった。ひどい苦しみ方だった。おれは怖くなって泣きながら離れた。そのあとは親父が死んでいくさまをただ眺めるしかなかった」

ぼくらはしばらくのあいだ黙った。身内の死の話が出ると会話はいつだってぎこちなくなる。相手がどれほど深くそのことに傷ついているのかは簡単には推し量れない。だから余計なことを言って傷つけてしまうよりは黙《だん》りを決め込むか別の話をしたほうがいい。しかしどうしたもんだろう。会話が下手なぼくにはこの場にふさわしい話題なんてただのひとつも思いつけない。

「気を遣ってるみたいだから言うが」とハルノは言った。「親父の死の話をしたからって、おまえがむりに別の話題を探す必要はない。昔のことだ。気にしてない」

見透かされていた。取り繕おうとして言った。

「親父さん、お気の毒に」

「うそつけ、そんなこと思っちゃいないくせに」

ハルノがぼくの首輪を指差したことから察するに、ランプが赤く光ったんだろう。

「ああ。ごめん」ぼくは素直に認めた。「でも知らないひとの死にはそれほど感情を揺さぶられない性格だから」

「当たり前さ。それが普通だよ、だれだってそうだ。知らない人間が死ぬたびに胸を痛めてたらこころがいくつあったって足りない」

「でも、どうして親父さんは首輪を外そうと……」

「詐欺にじゃまだとでも思いはじめてたんだろう」と彼は言った。「それに、家族みんなで故郷に帰りたかったんだと思う」

「……故郷？」

「母親はこの国の生まれだけど、父親はそうじゃない。父親の故郷はおれと妹の出生の地でもある」彼は東のほうを指差した。「密輸船に乗っても一か月近くかかるらしい。ずっと東にあるんだってさ」

「なるほど。だからきみの顔立ちは異国風」

「そう。ハーフ」彼は言った。「まったく。なんでこんな国に住み着いちゃったかな」

ハルノは短い髪を掻き上げ、目を細めた。

「入国は簡単だった。でも入ったら最後、二度と出国できなかった。母親がこの国の生まれのせいで所定の出国条件を満たせなかった、親父によればそういうことだ」

「……以来、きみたち一家は不本意なかたちでこの国で暮らしてる」

「そうとも。だから親父が首輪を外したがったのは理解できないことじゃないんだ」

「きみ自身も故郷に憧れてる？」

「まあね」彼は言った。「おれも妹も故郷を知らない。小さいころにそこを出たから、話に聞くだけ。眠る前、子守唄がわりによく語ってくれたんだ。半分は真実で半分は創作だった。それがわかったのは親父の首輪が青かったり赤かったりしたから。でもぜんぜん構わなかった。親父の作り話はおもしろかったよ」

それから上を見やり、過去を振り返った。

「親父の話によれば、故郷の一週間は六日しかない。月火水が平日で金土日が休日なんだ。木曜はない。三日の労働の疲れを癒すには三日の休息が必要だって考えてるその国じゃ、余暇はすべてに優先する。でもそのせいで休みの日に出かける場所はない。店は閉まってるしバスは走らない。だからみんな文字どおり暇を持て余す。で、なにをするかっていうと、庭に長椅子を出して家族みんなで寝そべって、海があれば海を、なければ空を眺めてだらだら過ごす。音楽をかけ、読む本があれば読み、買いだめておいたビールやジュースを飲んだりする。週の半分がそんな感じで消えるから、国民はみんな不健康だったり、ぶくぶくに太っていたりする」

「それは真実のほう？　創作のほう？」

「創作に決まってる」彼は笑った。「でもさ、親父がそういうの聞かせてくれるたびにおれは想像するんだ。ありもしないその場所を感じることができる。故郷がほんとうにそういう場所だって信じたくなるし、期待がふくらむ。実際の故郷は聞く話とちがうとわかってたって想いが募る」

「詐欺師父さんの夢ある嘘」ぼくは言った。

＊

ハルノから連絡があったのはユリイの首輪を除去してから約三か月後のこと。ぼくはその三か月のあいだに八人の首輪除去に成功していた。だからハルノは、ぼくにとって十人目の依頼人ということになる。

最初に電話でやりとりをしたとき、仕事にじゃまな首輪を除去してほしい、と彼は言った。

「おれは詐欺師ではあるが、悪いやつじゃない。金持ちしか狙わないんだ。それもろくでもないやつだけ。やってることは悪だとしても必要悪だよ。嘘と同じくね」

除去するかどうかは会ってからじゃないと決められない、とぼくは言った。

それで彼と面会することになった。

平日昼十二時の、ごちゃごちゃしてうるさいファミリーレストランで。

ぼくたちは同い歳、ともに十六歳だったけど、見た目はずいぶんとちがった。

ハルノもぼくも細身だが、彼の肉体はぼくの比にならないほど鍛え上げられていた。腕や背中はごつごつした膨らみとほどよい厚みを帯び、腹回りは引き締まっている。異国の血が混じった濃い顔立ち。垂れ目にくっきりとした二重。短い黒髪、中性的な唇。威圧的なオーラはあるけれど、端整な容姿のおかげでとっつきにくいという感じはしない。

一方のぼくは彼に比べればすごく地味。

顔は薄いほうだしオーラもない。ショッピングモールのマネキンみたい。

直接会って話をしているあいだ、ハルノの首輪のランプは一度も赤く光らなかった。

それでぼくは彼を信用し、ちからになろうと決めた。

＊

ぼくとハルノは食事を終えるとファミリーレストランから出た。

駅と彼の家の方角が同じだったので途中まで一緒に歩くことになった。

ハルノが半歩先を行き、ぼくがそれに続いた。彼はレストランでの会話の続き、父親が語った故郷についての真実と創作を教えてくれた。

空全体をうっすらと白い雲が覆っていて陽射しは鈍かった。冷たい風がときどきぼくらのあいだを通った。昼過ぎの河川敷を歩いているのはぼくとハルノのふたりだけだった。

「おまえ首輪については詳しいんだろ」

先を歩くハルノがぼくに問いかけた。彼は道端の小石を蹴った。

まあまあ、とぼくは言った。

「このごろ世間じゃ洗脳とかセルフマインドコントロールとか流行ってるよな」

「みたいだ」

「あれってほんとうに首輪に効果あるのか」

「ないと思うな」

首輪が普及したこの世の中で、もっとも拡大した市場が洗脳ビジネス市場だ。いまではセルフマインドコントロール技術の習得を試みる人間たちが足繁くその手のトレーニングセンターに通っている。

思い込むこと。信じ抜くこと。

首輪とうまく付き合っていくためにはそういう技術を身につけることが必要だとみんな思ってる。

人々はコミュニケーションをとることを以前より恐れるようになった。

自分の首輪が何色に光っているのか気にしながら会話をするのはたしかに窮屈なこと。いまではみんな相手の顔色とランプの色とを窺《うかが》いながら話をしている。「自分の首輪のランプは自分では見えない」、だからこそ怖いんだと思う。発した言葉とランプの色の組み合わせが相手を傷つけてしまったとしても、自分ではその瞬間を認識できない。

もっとも、認識できてしまったところでばつが悪いだけってこともあるだろう。見え透いたお世辞を言ったあとに自分の首輪が赤く光っているのを相手と自分で見ることになるのなんてごめんだ。

嘘は、ついた本人がそれを嘘だと認識するからこそ嘘なのであって、本人がそれを真実だと思い込むことができたならそれは嘘ではなくなる。すくなくとも首輪の嘘判定の基準に従えばそういうことになっている。

だから世の人々がセルフマインドコントロールに興味を持つ理由はまったく理解できないわけじゃない。なるほどこういうビジネスが流行ったのは世の流れから考えて必然みたいだ。おかげでえせ空想虚言者みたいな人間が増えた気もするがそれはまあいい。

けれどその手の訓練を受けたからといって、単独の思い込みだけで首輪を欺くことができるようになるかというとまったくそんなことはない。首輪の嘘探知、嘘判定システムはそんな脆弱な造りにはなっていない。思い込みによって一瞬青く光らせることができたとしても、すぐに自分がセルフマインドコントロールを行っている事実を思い出し、ランプは赤に戻る。

首輪を騙すためには自分以外の人間の、ごく自然な導きが必要なのだ。他者の思考誘導があった場合のみ、首輪を騙すことができる。

嘘という概念を正確に捉えることは難しい。嘘をつくという行為は認識力、記憶力と直結する。

万が一、思い込みやセルフマインドコントロールによって首輪を騙すことができる人間なんてものがいるとすれば、それは自分の記憶を消したり、改変したりできる人間ってことになる。自分の中の真実をねじ曲げなければ、虚構を真実と思い込んで首輪を騙すことはできないのだ。

　かつてぼくは師匠に訊ねてみたことがある。

世の中には自分の首輪を騙すことができる人間がいるのかと。

「体質的、性向的に嘘探知の網に掛かりにくい人間というのはたしかに存在する。しかし自分の意思でランプの色をコントロールできる人間はいないに等しい」

　師匠が入手した情報によれば、央宮は首輪開発時、その完全性を確かめるために、首輪を騙す手段があるかどうかの研究も行っていたらしい。結果、世間に普及するレベルのセルフマインドコントロールでは首輪は騙せないという事実が証明されたという。

　――うそつきは泥棒のはじまり、正直はなによりの美徳。

　おかしなものだな、とぼくは思う。かつてこの国の人々は嘘を忌《い》みきらい、誠実さをなによりも愛していた。けれどいまでは、自分が誠実でないことを隠すために首輪を騙そうと躍起になってる。

「もちろんセルフマインドコントロールを完全に使いこなせれば首輪の反応を制御できるようになるだろうとは思う。でも人間がそんな術をやすやすと身につけられるとは思わない。首輪のテクノロジーをみんな見くびってる。簡単には崩せない壁だ」

「おまえ自身はコントロールできるのか。自分のこころや首輪のランプの色を」

「できない」ぼくは言う。「できないし、コントロールする必要もないと思ってる。ぼくはどちらかといえば正直な人間だから。それに他人に嘘をつかなきゃならない事情もない」

「つまり首輪は不便じゃないんだな。だからまだ外さずに装着していると」

「ああ、これ」ぼくは首輪を触りながら言った。「自分じゃ外せないんだ。姿勢的にもシステム的にも」

「でもおまえに首輪を外す技術を教えた人間がいたわけだろ」

「まあ、いちおう。師匠がぼくにすべてを教えてくれた」

「そいつに外してくれって頼んだら外してもらえたんじゃないのか」

「師匠は外してくれなかったな」

「その師匠ってのにも首輪はついたままだったのかよ」

「ううん、ついてなかった」

「ということは、その首輪を外したやつがいるってこと?」

「たぶん」正直、そのあたりの事情はよくわからない。師匠は自分に首輪がついていない理由や経緯について、ぼくになにも教えてくれなかった。

「ていうか、おまえどうしておれの真横を歩かずにちょっと後ろをついてくるんだよ」

ハルノはぼくのほうを振り返って言った。

「ああ、癖なんだ。だれかと歩くときにはなるべく横に並ばないようにしてる。お互いの首輪のランプの色が見えなくて済むから。ぼくは誠実だ、でも相手がそうとは限らない」

「おれが嘘をついてるように見えるか」

「いや。一般論としてだよ。こういう仕事してるとろくな人間が寄ってこなかったから。職業病みたいなもの。相手のランプの色が見えるのがいやなんだ。それで傷ついたり、気分が悪くなったりすることがある。たまに赤いランプが怖くなったりもする」

「繊細なやつ」

ぼくらは二十分か三十分くらい歩いた。道中、ハルノは二本煙草を吸った。歩きながらの喫煙は感心しなかったけど、吸い殻を道端に捨てたりはせず、携帯用灰皿にしまっていたので、細かいことは言わなかった。

「あと五分も歩けば家だ」と彼は言った。「時間あるなら上がっていけよ」

「家のひとに迷惑じゃないかな」

「親父はいない、母親もいない。留守って意味じゃない、ふたりともこの世にいないんだ」

「ひとり暮らし？」

「いや。妹はいる。おれたちのふたつ下だ。十二月に十四歳になったばかり」

「きょうも家にいるの？」

「たぶんな。頻繁には家から出ない。病気なんだ」

病気……。彼はあまりに多くの不幸を背負いすぎてる気がする。だって両親が死ぬし、故郷に帰れないし、妹は病気だ。ここまでくると同情するのもかえって失礼に思える。ともあれ、彼の人徳のせいか、不思議と悲愴な感じはしない。

「……だいじょうぶなのかな。その、ぼくがおじゃましても」ぼくは言った。「……妹の病気、重いの？」

「寝たきりってわけじゃない。普通に暮らせてる。ただ先が長くない。それだけだ」

「……お気の毒に」

「うそつけ」彼はまたこっちの首輪を指差した。ぼくは何回も同じミスをやらかす。

「ごめん。でもまだ会ったこともないひとだから」

「いいんだよ、気を遣わなくたって。表面的な慰めの言葉ってほんと意味ない、だろ？」彼は言った。「発するほうも受け取るほうもむなしくなるだけ」

ハルノは大きな家に住んでいた。彼の親父さんは裏稼業でずいぶん稼いだらしい。豪奢な造りの三階建て。玄関へのアプローチは大理石でできていた。

庭は広く、隅にはさまざまな種類の木や花が植えられていた。近年は熱心に手入れをされていないようで、無造作に生い茂った葉や枝がぼさぼさしていた。

ぼくはハルノに連れられて家の中に入った。エントランスホールは吹き抜けになっていて、二階の天井からはシャンデリアが吊るされていた。たくさんある電球のいくつかは切れていた。

「ただいま」ハルノは二階に向けて呼びかけた。「サクラノ、いるか」

やがて吹き抜けに面する二階の回廊にひとりの女の子が現れた。

ポニーテイルに髪を結い、深いネイビーのワンピースを着た美しい少女。

兄と同じく、異国風の顔立ち。肌が白く、瞳は大きい。

彼女は悪い咳をした。こほん、こほん。

吹き抜けに反響する音はすかすかで、ぼくは彼女が病気であることを思い出した。

「こんにちは」咳が治まったあと、サクラノは言った。「片付いてないけどゆっくりしていってね」

＊

ハルノとサクラノの母親はふたりがまだ幼かったころに亡くなったという。

以来ふたりは父親の男手ひとつで育てられた。

「親父はわりにしっかりしてたよ。悪人だが常識あるひとだった。それにきれい好きだった」

ハルノはクッキーを頬張りながら言った。

ソファと絨毯《じゅうたん》には食べかすがぼろぼろこぼれ落ちた。

「おれは掃除とか整理整頓みたいなことは苦手でね。時間の無駄みたいに感じちまうんだな」

「ハルくんはだらしなさすぎ」

サクラノは絨毯に落ちたクッキーのかすを拾った。

動くたびに揺れるポニーテイルは小動物みたいに見えた。

「せめて自分のまわりだけでももうすこし片付けてったら」

「こいつは几帳面でね」ハルノは言った。「なあ、いまはいいだろう掃除は。あとでやるって」

「嘘ばっかり。いつだってそう言ってやらないくせに」

「嘘じゃねえよ。ちゃんとやる。おれだってその気になりゃ掃除くらいするさ」

「ううん、それは嘘。私たちには見えるんだから」

ハルノの首輪のランプは赤く光っていた。

やっぱり首輪ってろくでもないな、と彼は言った。

サクラノはキッチンに戻り、錠剤とカプセルを手のひらに載せて水で飲んだ。薬を流し込むあいだ、彼女は上を向いて目を閉じていた。

それから深く息を吐いた。

戻ってきたときにはさっきまでと変わらぬ様子でぼくらに接した。

「ところでフラノ、こいつにおまえの秘密を言ってもいいか」

「秘密って」

「おまえがこれからおれに施してくれることについてだよ」

ぼくは悩んだ。彼女にどこまで教えていいものか。

ハルノやぼくが喋るぶんには問題ない。ハルノのレコーダーは回収されることはないだろうし、ぼくは自分のレコーダーの記録を消去できる。

でもサクラノがなにか余計なフレーズを発してしまうと面倒になる。

「ねえ」ぼくはサクラノに言った。「いまからきみのお兄さんがなにかを言っても、きみ自身は具体的なものの名称だとか行為名だとかを出さずに会話できる？」

ぼくは自分の首輪を指した。彼女はそれで合点したようだった。

「こいつはな」と彼は言った。「なんと首輪を外すことができる人間なんだ」

「え、外すつもりなの？」

　サクラノの表情は曇った。ぼくの素性を知って驚いたというよりは、暗い過去を思い出したことで不安な気持ちになったみたい。彼女の首輪のランプは赤く光っていた。

「親父みたいにはならない。親父は優秀だったしひとを見る目もあったけど、除去者については運がなかった。けどこいつはちがう、その分野のプロフェッショナルだ」

　サクラノはハルノからぼくへと視線を移した。

　彼女の目にはさっきまでの柔らかな感じがなかった。

　威圧的ではないけれど、どこか冷たくてとっつきにくい。

「……ぼくのこと、信用できない？」

「いえ、そういうわけではないんだけど……」

　彼女の首輪はまた赤く光った。ハルノはそれを見て苦笑い。ぼくだってなんだかきまずい。

「きみが不安に思う気持ちもわかる。首輪外しでお父さんを亡くしているものな」

「とにかくこいつならだいじょうぶ。現に九つの首輪を外すことに成功してる」

「たった九つ」

　サクラノは言った。たった九つでどうもすいません。

「取り組んだのが九つで成功したのが九つ。成功率は百パーセント。数字は嘘をつかない」

「数字は嘘をつかない、という嘘」彼女は言った。「数字が偽らなくとも、その数字と現在求めている情報がどれほど正しくリンクしているかはまた別の話。結局、専門性のない私たちにはなにもわからない」

「これだけは言える。普通の人間はたったのひとつも外せない」

「それはまあそうだけど」サクラノは言った。「……ほんとにへいき？」

「こう見えてもぼくには首輪についての知識がある。そこらへんの人間とはちがうよ」

「おまえも外してもらったらいい」ハルノは妹に言った。「そうすればふたりで故郷に帰れる」

彼女はまた咳をした。喉を押さえ、屈んだ。

よくあることのようで兄はそれを見ても過剰に心配したりはしなかった。

落ち着くとハルノは、だいじょうぶか、と言った。

妹は頷き、それからまたなにもなかったかのように、会話に戻った。

「兄は首輪のない国に憧れてるの」彼女はぼくに言った。

「こっちより、きっとあっちのほうがいい」と兄は言った。「まともな人間はこんな国望まない」

「あっちはあっちで苦労するよ」彼女は言った。「嘘、余計な気遣い、不要なごまかし。ハルくんのきらいなものだらけかも」

「そんなのこっちにだっていたるところにある」彼は言った。「おまけに可視化されてる。なおたちが悪い」

「でもすくなくとも、正直者はばかを見ずに済む」ぼくは言った。

「どうだか」彼は言った。「だって嘘がこの世から消えたわけじゃない」

詐欺やってるひとがよく言うよね、とサクラノは言った。


話によればハルノは補導された経験のある人間だった。

案の定、首輪はロールシャハのように見えた。

念のため「首輪がいつごろ新しくなったか覚えてる？」とぼくは訊いた。

「ずいぶん前だ」と彼は言った。「もう四年か五年くらい経つ。いつものようにバッテリー交換のためにセンターに行ったんだ。そしたら担当の役人がモニターでなにかを確認したあと、おれを奥の部屋に連れていった。そこでなにが起きたのかはあんまりよく憶えてない。とにかく、出てきたときにはまっさらな新しい首輪がついてた」

センターではバッテリー交換に来た人間の首輪のIDとその個人の情報を照合している。

おそらく彼はどこかの時点で補導歴がセンターの許容しうるラインを超え、首輪種が変更された。

ロールシャハ。除去の難しい種類の首輪。まったく怖くないと言ったら嘘になる。

「どうした、フラノ」

「ううん。どうもしない」

「首輪、赤く光ってる」

「いや。なんでもない」ぼくは言った。「なんでもないんだ」

＊

ハルノのバッテリー交換期限は次の水曜とのことだった。

ぼくたちは火曜の夜に除去を実施することにした。

「実行の時間と場所なんだけど、夜七時にバッフルビルの屋上でどう？」

「どうしてビルの屋上なんだ」

「いろんな理由がある」

「そもそもそんなに簡単にビルの屋上に行けんのかよ」

「バッフルビルなら問題ない。屋上に通じる扉のスペアキーを持ってる。ぼくの師匠はいろいろな犯罪者に恩を売ってるからね。セキュリティ関係で悪いことしてる人間に頼めばマスターキーのスペアの入手くらいわけはないみたい。あのビルだけじゃない、ここらのビルの屋上ならだいたいどこにだって行ける」

サクラノが食器や鍋を台所に下げた。

彼女は「テーブルの上、拭いといて」と兄に言った。

ハルノはだるそうにローテーブルを拭いた。

ところどころ散っていた油粒が伸び、ガラス天板の上に模様を描いた。

「期限についてなんだけどよ」と彼は言った。「バッテリー交換までに首輪を除去しなきゃならない理由はおれのレコーダーが回収されちゃまずいからってことだろ。だからおまえは電話を受けてから一週間以内に依頼人の首輪を除去すると」

「うん」

「おまえは自分のレコーダーの記録を消せる、だったら他人のだって消してやればいいじゃないか」

「いや。それはやらないって師匠との約束なんだ。やりはじめるときりがなくなっちゃうし、せっかく記録を消してもそのひとがまたまずいことを言うかもしれない。どうやって加工してるかってことも知られたくはない。企業秘密みたいなもんだから」

「面会の結果、除去しないって選択をおまえがすることもあるんだろ。その場合、そいつのレコーダーはどうすんだ？　おまえに電話した内容とかぜんぶそいつのレコーダーに記録されてるのに」

「断ったやつについては仲介人が始末することになってる。依頼人と除去者とを結びつける人間だよ」

「レコーダー内の記録も含めてそいつが始末する、つまり殺すのか」

「たぶんね」ぼくは言った。「でも仲介人は優秀なやつなんだ。断りたいと思うようなやつは連れてこない。これまでに断ったこともない」

「で、どんなやつなんだよ、その仲介人てのは」

「どんなやつ？」

「特徴だよ。なんかあんだろ」

「仲介人とは会ったことがない。顔も声も知らない」

仲介人はいったいどんな人物なんだろう。

ぼくがもし除去を断ったら、仲介人はどのように依頼人を処分するんだろう。

直接依頼人のもとを訪れ、バッテリー記録消去、殺害するのだろうか。

いや、まさか。そこまでするわけはあるまい。直接会うなんてリスクが伴う行為だ。

「ミステリアスな存在なんだ。たぶんこれからもそのひとには会えないと思う」

仲介人はいつだって謎に満ちてる。近い存在であるはずなのに、その姿は一向に見えてこない。

「むしろぼくが聞かせてほしいくらいだ。ハルノはどうやって仲介人の連絡先を知ることになった？」

「おれは知らない。妹が会った。そしておまえの連絡先を教えてくれた」

「……会った？　仲介人に会った？」

「……え。うん、まあ」とサクラノは言った。

「どうしてきみが会うことになった？」

「……そのひとのほうから来たの」

「なんで？」

「さあ」と彼女は言った。「私の父は首輪除去で死んだ人間だったから、そういうひとが私の前に現れても不思議とは思わなかった」

彼女の首輪のランプの色は青に赤が混じってる。基本的には正直に話しているようだけど、なにか疾しさを感じるところがあるみたいに見える。

「それはほんと？」ぼくは念を押した。

「うん」

質問に対する首輪のランプの反応は青。

つまり、語りたくない部分こそあるのかもしれないが、言っていること自体は事実だ。

しかし仲介人がだれかの前に現れたなんて、ちょっと簡単には信じられない。

「どんなひとだった？」

「女性だった」サクラノは言った。そして口を閉じた。やはり進んで話したがっているようには見えなかった。

「そんなわけで妹は仲介人からおまえの連絡先を知らされ、それをおれに教えた。おれが外したがってるのを知っていたから」ハルノは首輪に触れた。「詐欺の仕事にじゃまだ。それに故郷にだって帰りたい。こんな気持ちの悪い国とはおさらばしたい」

「……きみは外したくないの？」

「えっ」

「お父さんもハルノも故郷に帰りたがった。きみは帰りたくないの？　首輪がじゃまとは思わない？」

「私はべつに」サクラノは言った。「故郷に未練はないの。それに病気のこともある。この場所を離れるわけにはいかない」

「それは本心じゃないよね」ぼくは言った。「だって首輪が赤く光ってる」

「ううん。ほんとうに望まないの」彼女は言った。「もし赤く光ってるとしたら後ろめたさがあるから」

「なにに対して」

「故郷に未練のない自分に」


後片付けもそこそこにハルノは眠った。

サクラノはソファの上で夢見る兄のからだに厚手のブランケットを掛けた。

「いつもこんな感じ。満腹になるとすぐ眠っちゃう」

「ずいぶんたくさん食べてたものな」

「歯磨きもせずに寝ちゃって。そのうち虫歯だらけになるんじゃないのかな」

それから彼女はぼくに背を向けてまたがさがさの咳をした。

五秒から十秒くらい、発作のように続いた。

背をさすってあげたくなるほど苦しそうだった。

止まったあとも、彼女はすぐにはこちらを振り返らなかった。

ぼくも声をかけたりはしなかった。ありふれた心配や慰めの言葉は、時と場合と相手によっては、うざったいものになるだけ。

時刻は夜十時を過ぎていた。帰るべき時間だった。

「今日はいきなり押しかけてごめん」ぼくは玄関でわかれの挨拶をした。

「気にしないで。どうせ兄と私しかいないんだし。それより、見苦しいとこ見せてごめんね」

「見苦しい？」

「私、病気のせいで咳が」

「ああ。そんなの構わない」

サクラノは黒く長いポニーテイルを白い指で梳《す》いた。

彼女から甘酸っぱいシトラスの香りが漂う。シトラス。たぶん、シャンプーのにおい。

「兄のこと、くれぐれもよろしくね。ああ見えて悪いひとじゃないの」

「もちろんそうだろうとも」

「けっこう無茶をやらかすから、心配で。私にかわって兄を護って」

大きな黒目。不思議な感じだ。

まるで首輪のランプを見ているみたい。じっと見つめれば裡を覗ける気がした。

でも実際には、彼女の瞳の表面に映るのは、正面に立つぼくの顔だけ。

もちろん、とぼくは言った。そしてさよならをして家を出た。

＊

ハルノの首輪を除去する前にぼくは別の人間の首輪を外した。

十一人目の依頼人は土曜日に電話をかけてきて日曜日に面会し、その日のうちに首輪を外すことになった。ほんとうは面会当日に首輪を外すなんてことはしたくはなかったがしかたがない。月曜日にはバッテリー交換に行かなきゃいけないってことだったから。

依頼人は三十歳の小柄な主婦だった。三歳上の旦那とのあいだに二歳になるこどもがひとり。優しい声をした、どこにでもいそうな善き母親に見えた。

「でも、どうして首輪の除去をお望みに？」

日曜日の面会時、ぼくは訊いた。

理由を訊くのは電話ではなく面会のときというのが師匠の教えだ。ランプの色を確認しながら問いかけることによって相手の誠実さを推し量ることができる。

「実は、ほんとうに恥ずかしい話なのですけど、主人を裏切ってしまって……」

晴れた日の昼下がり、団地の公園のベンチ。ぼくと主婦は並んで座っていた。

「裏切り、とは？」

「その……、よくないことをしたんです」

要約すればその主婦の悩みはごくありふれたものだった。

不倫、浮気。旦那を裏切るかたちであやまちを犯してしまった彼女は、いつその秘密が首輪によって夫に暴かれるのかという恐怖を感じながら暮らしている。

「主人のことはこころから愛しているんです。なのにどうしてあんなことをしてしまったのか。自分でも自分がわかりません。もう二度とあんなことはしないと誓います」

話をしているあいだ、主婦の首輪のランプはずっと青色のままだった。上辺だけの反省ではないみたい。

ぼくは主婦の背後に回って首輪の種類を確認した。ルル製。この年齢層の人間が装着しているとは珍しい。除去は困難ではないはずだ。

「でもほんとうに外すことにしてよかったんでしょうか」ぼくは例によって、首輪を除去したあとの不便を説明した。「もちろんあなたは前科者でも犯罪者でもないから治安局に目を付けられる可能性は低い。とはいえ、首輪がないことによる不安を抱えながら毎日を過ごさざるをえない窮屈さはたぶんあなたの想像以上のものです。万が一、治安局にマークされるようなことがあれば、いままでどおり暮らすこともできなくなる」

彼女は俯《うつむ》いたまま。

「首輪を除去したことを隠しながら生活するのは楽じゃない。ダミーでは表面的な部分しかごまかせない。さまざまな社会的不自由に悩まされる可能性だって否定できない」

主婦は戸惑った表情でぼくを見つめる。まるでぼくに答えを求めるみたいに。

「いまさらだけど、ぼくは首輪を外すことなんかせず、正直に旦那に打ち明けたほうがよかったと思う。首輪を外してまで嘘をつくってことを安易に考えてはいけない。秘密を隠すために首輪を外すのは最後の手段です。この程度なんて言ったら悪いかもしれないけど、たかが不倫だの浮気だのを隠すために首輪を除去するなんて得るものと失うものが釣り合ってない。それにあなたがやろうとしていることは自分自身の不誠実をさらなる不誠実によって覆い隠すも同然の行為だ」

「たかが不倫、たかが浮気と言われるかもしれないけど」主婦は震える声で言った。「それがばれることによって失われるものは家族なんです。たかが結婚、たかが家族とは割り切れません。たしかに私がさらなる不誠実によって覆い隠そうとしているのは小さなものかもしれませんが、私が失いたくないもの、護りたいものはすごく大きなものなんです。すくなくとも私にとっては」

彼女は下を向いて首を振りながら言う。

「まぬけなことをした私が、まぬけなことを言っているのは自分でもわかってます」

ぼくは肩を竦《すく》め、最後にもう一度確認した。

「今後はお金がかかるかもしれませんよ。いろんな不便が生じる可能性もある。場合によっては家族にも不自由を強いなければならないかもしれない。幾多の苦難が降りかかるとしてもあなたはそれに耐え、事実を隠し通すと。そういう覚悟を固めているということでいいんですね？」

主婦は力強くぼくの目を見つめ、はい、と言った。

除去は思ったとおり簡単だった。

この主婦は意志が強いほうらしい。除去作業中は自身の意識が除去作業の妨げにならぬよう、とにかく集中していたようだった。

ぼくたちは近くにあった雑居ビルの四階のカラオケボックスに入って、クッションが死んだ硬いシートの上でからだを密着させる格好で除去を行った。

作業にあたり部屋の照明は落とした。除去作業には暗くて静かな環境が望ましい。ディスプレイやスピーカーのプラグも抜いてしまおうかと考えたが、結局そこまではしなかった。どうしてかというと、それらから発せられるもろもろの映像だとか音だとかが生み出すイメージが主婦のこころに良い影響を与えるかもしれないって考えたから。被除去者にはリラックスしてもらうのが一番いい。また、雑多なイメージの介入は事前のすりこみから彼女を護りもするだろう。

ぼくは主婦のうなじのあたりで手を動かして作業をしていたわけだけれど、なるほどこの女性が不倫に至った理由がわかるような気がした。フェロモンを嗅ぎ取れたといってもいい。旦那以外の男が彼女にくらりとくるのも理解できる。

ワイヤを抜き取ってから、外殻の内部にダミーの機構を挿入し作業は完了した。

ぼくが一通りの注意事項を説明し終えると、主婦は礼を言って報酬をくれた。そしてカラオケボックスの一室にぼくを残してその場を去っていった。いろんな曲が混じり合って生じた不協和音が、彼女が開けたドアから部屋になだれ込んできた。

彼女の背中を見ながらぼくが思ったのは、あの主婦はこれからも同じあやまちを繰り返すんじゃないかってこと。ましてこれからは首輪がない。嘘だってつき放題だし、質問されて夫にばれる恐れもない。そもそも首輪を外したがったほんとうの理由はそこにあった可能性もある。

でも、ぼくはそのことはもう考えないようにした。

もう首輪は外れてしまったんだ。それに彼女は二度と不倫をしないと誓うと言った。そのとき首輪のランプはたしかに青く光っていたじゃないか。

彼女を信じることにしよう。

使ったこの技術がだれかを傷つけたりしないといい。

ぼくにはそう願うことしかできない。

＊

火曜日の夜がやってきた。

ぼくとハルノはバッフルビルの屋上にいた。

「ある日、親父がバッグいっぱいに札束を詰めて家に帰ってきたんだ」縁に腰掛けたハルノは父親との思い出を語った。「リビングに入るなりバッグの中身を床にぶちまけて、おれや妹にその金を見せてくれた。あんなにもたくさんの現金を見たのは初めてだった」

ぼくは道具の準備をしていた。陽はとっくに沈んでいた。

「首輪が普及してからというもの、親父は丸くなった。以前のように大きな詐欺をやらなくなったんだ。おれたちを男手ひとつで育て抜くためにもう悪いことはしないと決めたのかもしれない。それでも首輪を外したがったのは故郷に帰りたかったからにちがいない。あの親父のそんなセンチメンタルは認めたくなかったけど、いまならちょっとは理解できる。おれだって首輪を外したら故郷へ行きたい」

「てっきりきみは、どちらかといえば、詐欺の仕事のために除去を望んでいるんだと思ってた」ぼくは言った。

「最初はそうだった。でもいま頭にあるのは故郷に帰ること。この国にはついていけない」

彼は立ち上がり、ぼくのほうへ歩いてきた。

「親父に聞いた話では」と彼は言った。「故郷はここととほとんど緯度が同じだけど季節がひとつ少ない。四季じゃなくて三季なんだ。四月と五月が春、六月から九月が夏、十一月から三月までがずっと冬」

「秋は？　十月は？」

「秋はない。十月はどこにも属してない。どこかに属さなきゃいけないって理由もない」

「冬長いな」

「ここだって同じようなもん」彼は言った。「バランスよく三か月ずつ四つの季節があるなんて幻想だ。実際は偏ってる。秋なんてあっというまに終わる。春だって短い」

「その話は真実のほう？　創作のほう？」

「どっちなんだろうな。これを語ったときの親父の首輪の色は見なかったよ」彼は言った。「でもその話を思い出すたびに十月に憧れる。夏にしては寒いし冬にしては暑い。でも秋って季節を設けるには期間が短すぎる。結局、季節の枠組みから放り出された十月。秋という概念なくして哀愁が漂うじゃないか」

「もし創作だとしたら、お父さんはずいぶん気の利いた話をしてたんだね」

「そうとも。夢があるだろ」彼は言った。「真実か嘘かなんて知らないほうがいいことだってある。遊園地にいるマスコットの着ぐるみの中身をばらすような行為のほうこそ罪深いじゃないか」

彼は空を仰いだ。

「首輪があったって嘘はつける。でもばれるような嘘は嘘じゃない。思えばこの世界は中途半端な嘘だらけ。見え透いたお世辞、社交辞令、その場限りの申し合わせ。そして嘘を探知して赤く光るランプ。うんざりする」彼は言った。「ばれない嘘こそが、人間が生きるこの世界では、必要とされていたんだよ。必要悪なんだ。みんな傷つきたくないし、傷つけたくない。保護膜みたいなもんだよ。尖った真実を優しく包んでくれる。もちろん故郷には首輪なんてない。だから想いは募るんだ、見たこともない場所でも」

「言いたいことはわかるよ」

「わかるか」

「なんとなくね」

「なんとなくか」

「でも首輪除去にはリスクが伴う。ましてきみのは外しにくい首輪だ。万が一ってこともないとは言えない。ほんとうに覚悟はできているんだね」

「もちろん」ハルノは答えた。首輪のランプは青かった。彼は本心からそう言っていた。

ぼくはバッテリーボックスのカバーを鋼製へらでこじ開けた。

ピルルルルル。小さく響く警戒音。訓練期に何百回と繰り返したプロセス。もう慣れたもの。

しかし作業を進めながらいつもとはちがう感覚を得た。

なにがちがっているのかはわからない。わからない理由もわからない。

目がちかちかした。ワームの表面には紅い点が浮いていた。こんなのは見たことがなかった。

スピアーを刺して確認した結果、ワームは三層だった。

除去者として対峙《たいじ》する初めてのロールシャハ。三層。

「残り四分」

ハルノが残り時間をぼくに教えてくれた。いつもは自分でタイマーを確認しながら作業を進めているけれど、きょうは彼にタイマーを託していた。いちいち覗き込む手間が省けて効率的だから。

リウムピンセットを層の表面に当て、空白を待った。

しかし空白の到来間隔は不規則で捕らえることは困難だった。さらには空白とは別のノイズさえ聞こえ、ぼくを混乱させた。なんだ。なんのノイズだ。

注意深く探ってはみるものの、その正体はわからない。

一旦頭を上げ、念のために鏡でぼくらふたりの首輪のランプの色を確認した。ぼくのは青。ハルノのもだいたい青で、たまにちかちか赤が混じり入る程度だった。

「だいじょうぶ？　リラックスできてる？」

「なに、余裕だよ」

しかし、ぼくの質問はハルノの強がりを引き出してしまったかもしれない。虚勢を張る彼のランプの色は赤が優勢になりはじめた。

「残り三分」と彼は言った。

「なにかオープンなことを話して」ぼくは言った。「なんでもいいんだ。家族との思い出とか」

「こんな短時間で語れる思い出なんてない」

「話し終えるまで話す必要はない。ただ意識をその内容に向けておいてほしいだけなんだ」

「しかし集中するのは難しい。あと二分半で人生が終わるのかもって考えると」

たしかにそうかもしれない。残り時間を意識しながらでは仮になにかを語れたとしても上辺だけのものになるだろう。意識の大部分を効果的に覆うことはできないにちがいない。ハルノにタイマーを預けたのは失敗だった。残り時間のカウントが彼に余計な精神的負荷をかけている。死が迫れば不安になるのは当然だ。

「ああ……おれの首輪の色、まずいな……」鏡を見たハルノが言った。「それからおまえも。赤が優勢になってきてる」

おまえも？

ぼくは慌てて鏡を確認した。

ハルノが指摘したとおり、ぼくの首輪のランプも赤が混じりはじめていた。

ぼく自身、こころが乱れてきているんだ。

「だいじょうぶか、フラノ」

「……なんてことない。ランプの色は一時的なものだ」

「おまえがうまくやってくれるって信じてる。頼むよ。残り二分」

残り二分……。

余裕がないことをハルノに伝えはしなかった。焦り以外のなにももたらさないから。

目を閉じて空白を待つ。今度こそ捕らえなきゃならない。失敗すれば間に合わなくなるだろう。もし間に合わなかったら？　起こることはシンプルだ。ハルノは首輪に絞められて絶命する。

そのことを考えた瞬間、不思議な感覚に襲われた。

——残り二分で自分の友人が死に至る。自分の技術不足で、救いきれずに。

なにが怖かったかって、その実感がまるでなかったってこと。

ぼくが失敗したら目の前で友が死ぬことが明らかにもかかわらず、現在の戦況では敗北が濃厚で、当の友人はなにも知らぬままにぼくを信じ、ただひたすら首輪が外れる瞬間を待っている！

外さないと……なんとしても彼を救わないと……。

こころばかりが先に行く。空白はいつまでたっても訪れない。耳に届く空白とは別のノイズがぼくから集中力を奪う。さっきからずっとだ。

しっかりしろ、フラノ。

ぼくは自分に言い聞かせる。

ここで失敗したら大切なひとを失うことになるんだ。

「……おい……おい！　おい！　フラノ！」

意識の向こう遠くからハルノの呼ぶ声が聞こえて、ぼくは瞑《つむ》っていた目を開き、彼の視線が行き着く先、鏡の中を覗き込んだ。ハルノの首輪のハザードウインドウ、それからぼくの首輪のハザードウインドウがオレンジ色に光っていた。

ハザードオレンジ。

思わずうめき声が出た。
この首輪、ロールシャハじゃない。……レ、レンゾレンゾ、レ、レンゾ、レ、レンゾだ。

ハザードオレンジシステムは央宮が首輪除去予防と除去者排除を目的として開発したシステムで、レンゾレンゾにのみ搭載されていることが師匠により確認されている。
① 首輪が近距離にふたつある状況において、
② そのどちらかのバッテリーボックスのカバーが開かれた状態でかつ、
③ 双方の首輪のランプが継続的に赤く光った場合に作動するシステム。
つまり被除去者と除去者、両者のこころが不安定だと反応するようにできている。
一定時間内にハザードオレンジ反応を解除しないと、被除去者の首輪のみならず除去者、つまりぼくの首輪まで締まりはじめる。解除するためにはふたつの首輪を一定の距離まで遠ざけなければならない。その距離は数十メートルから数百メートルと言われている。細かな数字は検証したことがないからわからない。が、数字は特に大きな問題にはならない。除去者が速やかにその場を離れなければふたりともが死ぬ。

「フラノ、どうしたんだよ！」ハルノの声。「あと一分しかない！」

彼は焦っていた。死が近づいているのを感じているのだ。

案の定、彼の首輪のランプは赤で固定されていた。こうなってはもう、層を剝がすチャンスは完全に失われたに等しい。

スピアーとリウムピンセットを握るぼくの手はぶるぶる震えた。

まもなく友人がこの世から消える……。よりにもよって、ぼくのせいで！

「頼むよ、フラノ、助けてくれよ！」

ハルノは下を向いて喚く。ぼくはぼんやりと彼の後頭部を見つめたまま。

鏡の中で光り続けるぼくの首輪の光。ハザードオレンジ。

――逃げなきゃ。いますぐここを離れなきゃ。

ぼくは迷う。ここでぼくが逃げたらハルノは一分以内に死ぬ。でもぼくが逃げずに戦っても一分以内に死ぬ。どちらにしてももう助からない。数十秒で三層のワームは攻略できない。ましていま、ハルノの首輪のランプは赤いのだから。

ぼくだって彼を助けたい。でもできない。もう物理的に不可能な時点まで来てしまった。

「……ハルノ、落ち着いて聞いて」

彼のうなじに向けて言った。声が震えているのは自分でもわかった。

「……ぼくはきみを助けられない」

ハルノは振り向いて目を見開き、ぼくの両肩を摑んで前後に揺さぶった。

「なんで……なんでだよ！　どうして！　おまえを信じていたのに！」

彼の口からは唾が散った。ぼくは泣きたかった。いや、実際泣いていたかもしれない。

「……ごめん、でもむりなんだ。状況は手に負えなくなった。ぼくはここを離れなきゃならない……」

声はどんどん小さくなっていった。最後まで言い切るのがつらくてしかたなかった。

「逃げんのかよ！」

彼はぼくの膝元《ひざもと》にタイマーを投げつけて怒鳴った。

「親父を見捨てたあいつみたいに！　自分のことばかりを考えて！」

「……ほんとにごめん」ぼくは首を振った。「きみを助けたい。けど、もう手段がない」

ハルノはぼくの肩を揺らし続ける。手前へ、奥へ、乱暴に。

「おれは死ぬのか？　親父みたいに！　汚く、惨めに！」

「ほんとにごめん……」

「助けてくれ、おまえだけが頼りなんだ！」

「ほんとにごめん！」

ぼくは肩から引き剝がしたハルノの手を握った。どうにかわかってほしかった。状況はもうコントロールできないってことを。

「ここにいたらぼくまで死ぬことになる。だからぼくは、……ぼくは行かなきゃならない！」

「ふざけんな！」

ハルノはぼくの顔を殴ろうとしたみたいだった。

彼の気持ちは痛いくらいわかった、ぼくが彼でも殴ろうとしただろう。殴らせることが慰めになるのなら、何発でも殴らせてあげたいとさえ思った。

でも結局、彼は殴らなかった。殴れなかったんだ。

時間がやってきてしまった。タイマーはゼロを表示していた。首輪の中でモーターが動く音が聞こえ、彼はぼくを殴ろうとした手を引っ込めて首輪と首の隙間に指をねじ込もうとした。

「いやだ！　死にたくない！　死にたくないっ！」

叫び声を聞くのはつらかった。除去に着手するまで、あんなにも堂々、飄々《ひょうひょう》としていたハルノが喚き散らす姿は見たくなかった。きっと彼も昔、自分の父親がそうなる様子を同じような心境で見つめていたのだろう。

ぼくは道具を拾い、出口に向かって走った。自分の首輪のハザードオレンジを消すために。

「フラノ！　行かないでくれ、行かないでくれよ！」

やがてレンゾレンゾのワイヤが首輪の外殻を切断し、彼の指に食い込むだろう。声を出せるのはたぶん、そこまで。ワイヤは四本の指を容赦なく断ち切って、それから首の肉を切断するんだ。ハルノは首から血を噴き出して倒れるだろう。意識を失うまでには自分の最期を父親の死にざまに重ね合わせるかもしれない。

ぼくは階段を駆け降り、走り続けた。

気付いたときには自分の首輪のハザードオレンジは消えていた。

辿り着いたのはどこともわからないビルとビルのあいだの小路地だった。

壁に手をつき、ぜいぜい息を吐いた。

見上げた空には星が輝いていた。

このまちでこんなに星が見えるなんて知らなかった。

驚くべきことがたくさんあった。

事態は予想していなかった方向へと流れてしまった。

ぼくはまだ自分がなにをしてしまったのかよくわかっていないのだと思う。耳から離れぬハルノの叫び声さえ、実体のない空虚なもののように感じられる。

あの場に残るべきだったんだろうか。

たとえ自分が死ぬとしても、彼と運命をともにすべきだったんだろうか。

そうかもしれない。たぶん、それが正しかったのだろう。

それでもぼくは、そうするのが正解だったとは、どうしたってこころからは思えなかった。どんなに自分を責めようとして思い込もうとしても、やはり。

あの場に残ったところで彼の命を救えないことは明らかだった。

だったらふたり死ぬよりひとりだけ死ぬほうがいい、そうだろう？

手の震えはいつまでも止まらなかった。

＊

ハルノが死んだことについての罪の意識は時間の経過とともに大きくなっていって、やがてぼくの裡では抑えきれないほどにふくれ上がった。ひとり籠った部屋の中で、彼のことを考えないわけにはいかなかった。次の日、さらに次の日と日が移ろうにつれて、ぼくは聞こえるはずのない彼の声に、より深く悩まされていった。

——フラノ！　行かないでくれ、行かないでくれよ！

ハルノの声はいつまでも聞こえる。

ぼくの名を呼び、死を恐れ慄《おのの》く声。彼の悲鳴が耳から離れることはない。

ぼくの部屋に二十代後半の捜査官がやってきたのはその三日後だった。

彼はぼくの名前を確認すると、首輪を指しながら「用件はわかってるな」と言った。

ぼくは頷いた。否定する事実はなかったし、嘘をついたって首輪が真実を暴く。

抵抗も言い訳もしなかった。そして捜査官によって治安局の取調室へと連行された。

捜査官はゴゴウと名乗った。

正直なところ、捜査官の名前なんてどうでもよかった。捜査官は捜査官、ある規則に則って動く定義された人たち。だれもそのひとつひとつに名前を求めようとは思わない。もちろん、本人たちは名を必要とするだろうけれども。

「ぼっちゃん、気分はどうだい」

捜査官はぼくを取調室の椅子に座らせるなり言った。

「実はな、おまえみたいな小僧がどうして連行されたか、その理由を俺以外の捜査官たちはまだだれも知らない」

彼は椅子を引いてぼくの向かいに座った。正面からまじまじ観察するといかにも屈強そうな風貌だった。肩幅が広く、がっしりとした体軀《たいく》。二の腕はぼくのふくらはぎくらい太い。髪の毛は短く刈り込んでいる。鋭く聳《そび》える鼻、からだつきに似つかわしくないしゅっとした顎。声は重厚で威厳に満ちている。野暮ったい喋り方さえどうにかすればスポーツエリートのようにも映っただろう。

「つまりぼっちゃん」捜査官は取調室の中央に置かれたスチール製机の天板に乗り出し、言った。「おまえがなにをしでかしたのかを知ってるのは現時点では俺だけってことだ」

部屋はしんとしている。ぼくは黙り込みながら沈黙という言葉について考える。

沈黙。かつて嘘と沈黙は状況によって程度の差こそあれ似たような悪だと見なされていた。現在でもその認識はたいして変わらない。ぼろが出にくいぶん、沈黙のほうがたちが悪いってだけ。いずれにしたってなにかを隠そうという意図や事実を否定したい気持ちがあったら首輪のランプは赤く光る。沈黙も嘘もいっしょ。こころと首輪は騙せない。

「おまえは疑問に思ってるだろう。どうしてほかの捜査官には話さず、俺だけがおまえの秘密を独り占めしているのか」

捜査官は両手をぽんと叩いてから、あらたまって話をはじめた。

「おまえは三日前の夜、バッフルビルにいた。そこである少年の死に関与したはずだ、ちがうか？」

ぼくは相変わらずなにも言わない。でも捜査官はそれで満足だろう。なぜって、沈黙するぼくの首輪のランプは赤く光っているだろうから。

「察するにおまえは首輪外しだな。除去者ってやつだ。今回は除去に失敗したと見える」

捜査官は指先で机の天板を叩き、凄《すご》みを利かせた目つきでぼくを見た。

「どうしておまえの犯罪がばれたと思う？」

それはぼくが知りたい。なんでぼく個人を特定できたのか気になっていた。

「おまえは発信器によって個人が特定されないようにわざわざビルなんて建物を選び、首輪除去に際しては最初にレコーダーを取り除くという用心までしていた。毎回そういう手順でやってるんだろうな」

そのとおり。抜かりはなかったはず。ぼくはちゃんとスピアーやリウムピンセット、タイマーを持ち帰ることをわすれなかった。鏡は残してきてしまったけど、それは死亡した本人が使っていたと考えるのが自然だから除去者が存在したことの証明には結びつかない。

「わからないか。わからないよな」

彼は嘲った。

「理由は簡単だよ。あの少年の発信器の履歴を漁ったんだ。そしたら前の週におまえと接触していたことが判明した。あの日バッフルビルにいた人間で事前に彼と接触していたのはおまえだけだった」

なるほど。ぼくは感心して数回首を縦に振った。しかしよくもまあそんなに調べたものだ。あのビルには何千という人間がいただろうに。

「意外ですね。首輪による死亡事件の捜査を治安局がそんなに熱心に行っているとは思いませんでした」

「憎まれ口を叩いてくれるな」

捜査官は椅子から立ち上がるとぼくのまわりをうろうろした。

「たしかにぼっちゃん、おまえの言うとおりだ。通常はこんなにも真面目に捜査は行わない。首輪による事件の処理は画一的に定められている。しかしだ、俺は調べた。そしておまえに辿り着いた。おまえは治安局の捜査なんてとたかをくくっていたのだろうがその油断が仇《あだ》となったな」

その点は否定できなかった。ぼくは潔く頷いた。

「さて。おまえの頭にはそろそろ次の疑問が浮かんできているだろう。すなわち、なんで俺がそこまでしておまえを捕まえたかってことについてだ」

ぼくは首を傾げた。たしかにその理由についてもよくわからない。

「頭使って考えてみろよ、まだ若いんだから」

ぼくは両掌を上に向けて翳《かざ》してみせた。お手上げ。しかし返ってきたのはいまひとつ納得のいかない回答だった。

「答えは簡単だ、俺は除去者を確保したかったんだ」

「除去者を確保？」ぼくは訊いた。「わかんないな。片がついた事件をうだうだ捜査してぼくを捕まえても治安局の上の人間がよろこぶとは思えないけど。あなたたちみたいな役人は、どちらかと言えばそういう穿《ほじく》り返す必要のないことを穿らないタイプだと思ってた」

「俺が上司に気に入られるために除去者を捕獲したのだと考えてるなら大まちがいだ」

「ならなにを目当てにぼくを捕まえたんです？」

「金だよ」と彼は言った。「首輪を外したいと願う人間は山ほどいる。特に我々治安局が関わり合いになるような人間についてはそうだ。需要は大きい。除去のスキルは金になる。しかし除去者にはそう簡単には接触できない。数が少ない上、仲介人と呼ばれる人物が除去者の秘密を護り安全を保障している。除去者と会えるのは仲介人の査定を受け、善くも悪くも無害か無能と判定された人間だけ。脅威となる人間の仲介は行わない、それが仲介人と呼ばれる人間の仕事だということも我々は知っている」

さすがは仲介人、だれに語らせても評判がいい。にしても治安局の一捜査官が除去者のみならず仲介人の存在まで嗅ぎ付けていたとは驚きだ。

「端的に言おう。俺はおまえを搾取して金を稼ぎたい。俺はおまえがなにをしでかしたのかを知ってる。牢にぶちこむのは簡単だ。証拠だって揃う。その首輪がすべてを証明するだろう。しかしだ、俺と手を組んで金を稼ぐことに協力すれば見逃してやってもいい」

なるほど。この捜査官も根が腐っているってことか。困ったもんだ。

「でもあなたはわすれてる」ぼくは言った。「この会話、ぜんぶあなたの首輪に録音されてる。バッテリー交換時にレコーダーが回収されて、あなたの悪だくみはぜんぶばれる」

「ご心配どうも。しかしそれを案ずる必要もない。なにせ俺の目の前にはレコーダーの記録を消去できる人間がいるんだからな」

ああ。その秘密までばれてたとは。

「おまえが毎回自分の首輪にしているような細工を俺の首輪にしたらいい。それで万事問題ない」

ぼくは溜息をついた。

どうしてこんなのが捜査官をやっているのだろう。採用試験のときでもいい、あるいは人事異動の定期面接の際でもいい。質問ひとつで捜査官の汚職可能性の有無を検証することは可能なのに、どうして治安局はそれをしないのだろう。せっかく首輪という、すくなくとも彼らにとっては、すばらしいテクノロジーがあるというのに。

詰まるところ、治安局も腐敗してしまったのだ。央宮の本音と建前による板挟み、首輪事件捜査の形骸化、捜査形式と組織構成の極端な合理化。首輪がこの社会にもたらした大きな変化は治安局の崇高な精神まで歪めてしまったにちがいない。

頭の片隅に思い浮かべていたのはハルノのこと。

ぼくを呼び泣き叫んだ姿。いつまでも彼の声はぼくの中に響き続けている。

知らず知らずのうちに、取調室内をうろうろしながら笑みを浮かべるその捜査官の姿とハルノの姿を重ね合わせていた。

表面は正義、内面は悪の人間と、表面は悪、内面は正義だった人間。

ハルノ。どうして彼があんなことに。どうして彼のときに限って、ぼくは……。

「要するに、あなたは罪を見逃すかわり、ぼくに稼がせるつもりだと」

「俺とおまえ、どっちにとっても悪い話じゃない。しかもだ、もしおまえが殺人と首輪除去罪で捕まったとしよう。当然その事実は公表される。そしたら最後、治安局は本腰を入れておまえを調べ尽くすだろう。公になった以上、見過ごすわけにはいかないからな。首輪除去の方法、除去作業が可能な仲間……。洗いざらい吐かせる。知らないと言ってしらを切り続けることはできない。最終的には首輪がすべての真実を暴く」

「それはぼくに対する脅しですか。あなたの提案を断ればぼくのみならず知り合いさえ痛い目に遭うという」

「脅しじゃない。想定される事態に対してのしごくまっとうな警告だ」

捜査官の言葉はどう考えたってぼくをびびらせようとして発せられたものだったが、発言の内容についてはたしかに彼の言うとおりだった。

「ちなみに首輪をひとつ外すごとにどれくらいの報酬をもらってたんだ」

「たいしてもらってない。ぼくは人助けのためにこの技術を使おうとしていただけです」

「人助け、正義か」捜査官は豪快に笑った。「ここまで青いガキとは思わなんだな。困っているひとを前に技術を差し出し美辞麗句を並べてヒーローを気取ってたんだろう。これからはその技術を金のために使え。おまえは自分の希少性ってものをわかってない。金がほしくねえのかよ」

「ほしくないわけじゃない。でも巻き上げるべき相手とそうではない相手がいると考えてるだけ」

「きれいごとはうんざりだ。おまえがその気になりゃ半端じゃない額が動かせる」

ぼくは反抗的な視線を投げかけたい衝動を抑えた。意味ないってわかってるからだ。この議論の行き着く先はもはや明白。

「それで、ぼっちゃん。どうするよ。俺に手を貸して金を稼ぐか、仲間を巻き添えにして豚箱で死ぬか」

「選択肢は残されてないみたいですね」ぼくは言った。「やるしかないでしょう」

彼はぽんと手を叩いた。「決まりだ」

捜査官は上機嫌だった。彼は目の前の欲に目が眩《くら》んで知恵が回らなくなっていた。首輪というツールの効用を活かすことをわすれていたみたい。ぼくがなにを「やるしかない」と思っているかについて追及されずに済んだのは幸運だった。

「じゃあまず手はじめに俺の首輪に手を加えろ。レコーダーの記録を消去するんだ。妙な細工するんじゃないぞ。次、センターに行ったときに不具合が指摘された日にゃただじゃ済まさない」

「お願いするのなら頼み方ってものがあるんじゃないですか」

「生意気は言うな。いいか。おまえの人生なんて簡単にひねり潰せるんだ」

「きょうはいやです」ぼくはやる気のない学生みたいにだらりと椅子に座ったまま答えた。

「治安局内で作業を行うのは互いに都合がいいとは言えない。あなたにもリスクがある。だから明日、ここではない場所にしましょう」

「いや、ここでやれ」捜査官は言った。「おまえにとってはリスクがあるだろうが俺にはない」

「いいえ。治安局内はだめです。作業中、万が一首輪がハザードイエローを灯した場合、別の捜査官がすぐにこの部屋に飛んでくることになります。場所と時間はこちらに指定させてください」

「いや、だめだ」

「なぜ。ぼくの提案どおりやればリスクを減らせるのに」

「ちがうな。おまえの提案を鵜呑《うの》みにするのがもっとも危険だ」

この捜査官、頭はそんなに鈍くはないらしい。あるいはぼくの首輪が赤く光ったりしただろうか。

「とにかくきょう、いまここでだ。俺の首輪を加工しろ。裏切ったとわかったらその時点で大声を上げて仲間を呼んでやるからな」

「この部屋の監視カメラは？　手は打ってあります？」

「そんな初歩的な手順を踏みわすれるわけないだろう。映像は差し替え済みだ」

「とりあえず首輪を確認させて。種類があるんですよ、それをまず確認したい」

ぼくは捜査官に後ろを向くよう促した。ぼくの右手はジーンズのヒップポケットを探り、鋼製へらを握った。

彼は「おかしなことをするなよ」と言いながらぼくに背を向けて椅子に座った。

「もちろんですよ」

このまぬけな捜査官はぼくがそう言うのを見届けたあとで背を向けるべきだった。

そうすれば、首輪が赤く光ったであろう瞬間を見逃すことはなかったのに。

ぼくは首輪の種類を確認することなく、すばやくバッテリーボックスに鋼製へらを滑り込ませ、カバーを外した。ピルルルルル。小さな警戒音が鳴り響く。もちろんその音は部屋の外までは届かない。

背を向けた直後のことだったから彼は驚いていた。自身の優位を確信して警戒を怠っていたにちがいない。

「おまえ、あれだけ言っ……」

捜査官が立ち上がろうとした瞬間、ぼくは彼の脳天に肘鉄を見舞った。

彼は短いうめき声を上げて椅子の上に崩れた。

「いいか、よく聞け」ぼくは意識的に低い声を出して言った。

捜査官は頭を打たれた痛みのせいで目が開けられないみたいだった。怒られている最中のこどもみたいに両掌を脳天に当てていた。

「警戒音を聞いてわかってると思うが、つい今し方、あんたの首輪のバッテリーボックスのカバーを外した。あと四分のうちにカバーを閉めなけりゃあんたの首輪は締まる。開けたカバーを閉じることができるのは道具を持つぼくとセンター専任の役人たちだけ」

捜査官は細く目を開けてぼくを睨みつける。

痛みのせいか、目は真っ赤に充血し、端にはいくらか涙が溜まっている。

「おまえ、ただで済むと思……」

「黙れ」ぼくは捜査官の言葉を遮《さえぎ》った。「もうあんたに主導権はないと知れ。ぼくがカバーを装着しなけりゃあんたは死ぬ。状況はそのひとことですべて説明できる。あんたが喚こうが、仲間を呼ぼうが、ぼくを逮捕しようが、それだけは決して変わらない。ぼくの助けがなけりゃあんたは死ぬ」

「ほざけ！ 俺がここで死ねば発信器の記録で俺を殺した人間がおまえであることはわかる。別の捜査官がおまえを捕まえるぞ！」

「あんた以外に首輪の事件の捜査に熱心な人間はいないんじゃなかったか」

「局内で捜査官が死んだとなればどんな腐敗した組織だって動くさ！ おまえも終わりだ！」

捜査官は精いっぱい、顔に余裕の笑みを浮かべようとしたみたいだった。しかし彼が意図していたであろう凄みや余裕が実際に演出できていたとは言い難かった。ついには、そのつくりものの表情は消えた。たぶん、ぼくの顔つきがすこしも変わっていないことに気付いたのだろう。

「局内で死んだ捜査官が汚職捜査官だったとしたらどうかな。腐敗した治安局はその事実を公表するだろうか。まして首輪による死亡なのに」

彼はぼくの言葉を聞いて固まった。

「あんたの首輪にはレコーダーが無傷、無加工の状態で残っている。記録を探ればあんたが汚職捜査官だってことがすぐに判明するだろう。犯罪者は死んで当然、かつてこの国がスローガンのように掲げたその思想に鑑みれば、あんたの死が大きく扱われるなんてことはないはずさ」

捜査官は唇を嚙みしめた。自分の置かれた状況がわかりはじめたようだった。

「この野郎！」

彼は立ち上がり椅子を蹴り上げたけれど、もう迫力はなかった。

それから情けなく床に膝をついて小さな声でぶつぶつ言った。

最後には時間がないことを思い出したみたい。観念して訊いてきた。

「……俺は、俺はなにをすればいい」

「あんたにできることはひとつ」

ぼくは捜査官に背を向け、ドアの前に立って言った。

「ぼくをこの建物の敷地外まで送れ。もちろん人気《ひとけ》のないルートを通ってだ。そしたらカバーを装着してやる。急いだほうがいい。残り時間は約三分」

捜査官はぼくの手を引いて建物の内部を急ぎ足で歩いた。

移動中、ぼくはこの捜査官を尋問にかけることについて考えた。レンゾレンゾの機構について、治安局の人間ならなにか知っているかもしれない。この男がなにも吐かなくとも、質問を積み上げればランプの色で求める情報が手に入ることだってありうる。が、結局そうすることはあきらめた。時間が少なすぎた。それにいくらこの捜査官が金儲けに熱心であったとはいえ、末端にまでレンゾレンゾの秘密が感知できてしまうほどずぼらな組織でもないはずだった。

門を出て敷地外に辿り着いたとき、残り時間は二分以上残されていた。

「さあ。着いたぜ。はやくカバーを戻せよ」

捜査官の息はあまり乱れてない。さすが、普段からからだを鍛えているんだろう。

「ほら。さっさとしろよ。カバーだよ。はやく装着しろ」

「あんた、まぬけだな」

ぼくは捜査官の手を振り払い、距離を置いて言った。

「ここまできてあんたを助けるメリットがどこにある」

捜査官は目を見開いた。いまにも摑みかかってこんばかりの形相だった。

「おい、おまえ！　正義を気取ってるんだろ、助けろよ！　捜査官殺しの罪は重いぞ！」

「あんたは捜査官なんかじゃない。ただのちんけな悪人だよ」

「この野郎！」捜査官の怒りと焦りは頂点に達しはじめていた。

「冗談だよ」ぼくは言った。「死に至らないようにいいことを教えてやる」

残り時間は一分半。そろそろいいだろう。

「ぼくはカバーを戻せない。さっき道具を失くしたんだ。あんたがあんなに急ぐもんだから途中で落としたのかも」ぼくはおどけて両手をひらいた。

「これ以上ふざけたことを抜かすと殺すぞ！」彼は腰の拳銃に手を当てた。

「落ち着けよ」ぼくは言った。「首輪が締まらないようにする別の方法を教えよう。消火器だ」

「……消火器？」

捜査官は眉間《みけん》に皺《しわ》を寄せた。

「消火剤を首輪にかけろ。それで反応は収まる。カバーが外れたときのための裏マニュアルだ」

「ほんとうか？」

「ああ。非常手段だ。一般には公表されてないから知ってるひとは少ないけどね」

ぼくの言葉を聞くと男は消火器を求めて一目散に建物に戻っていった。

――消火器を！　消火器を寄越してくれ！

捜査官が叫ぶ声が聞こえる。すごく遠い声だ。

彼はきっと、じきに消火剤まみれになるだろう。首輪も、からだも、目も鼻も口も、ぜんぶ粉で覆われるだろう。

でも、それで彼の命が助かるってことはない。消火器の粉をかけたところで首輪の反応は止まらない。時間が来れば締まる。残りは数十秒といったところだろう。それで彼は終わりだ。

あの捜査官、最後は完全に冷静さを失っていたようだ。もうすこし冷静でいられたのなら、消火器のことを喋っているくだりでぼくの首輪が赤く光っていたであろうことに気付けただろうに。

消火剤それ自体はレコーダーのデータ破壊には有用なものだ。

しかしそれで首輪の締め付けが止まるということは決してない。

ぼくは部屋にたくさんの消火器を保有している。

消火剤を水で薄め、レコーダーチップ側部の記録端子に付着させればレコーダーの記録はブランクにできる。師匠が教えてくれた知恵。ぼくはこの手法を使って自分の発言記録を定期的にからっぽにしている。消火器の中身を首輪の外殻の上からぶちまけてもデータは消えることは消えるのだけれど、それをやってしまった場合、録音用の孔から異物の侵入を確認したワームが破壊試行と見なしてしまう可能性がある。ゆえに実際的な手段とはいえない。よってぼくのようにバッテリーカバーを外すことができ、安全なかたちで端子に到達できる人間だけがレコーダーの記録を消すことができる。

動きはじめたモーターはどんなことがあったって止まらない。消火剤なんて関係ない。そんなことなど露知らず、彼は生きる望みを抱いて消火剤まみれになっているのだろう。おかげで手間がひとつ省けた。

これでレコーダー内の彼の発言からぼくという存在が浮かび上がる恐れはない。

ちょっと残酷な嘘をついてしまったかな。

まあいい。あの捜査官が死んだところでぼくのこころは痛まない。

同僚たちはゴゴウという捜査官が狂ったと思うことだろう。

自ら消火剤にまみれながら彼は死ぬ。なるほどたしかに狂気に満ちた最期だ。

ぼくは道を歩きながらこれからどうしたものかと考えた。

それで思い浮かんだのはハルノのこと、それから残された彼の妹のこと。

サクラノに会いに行こう、ぼくはそう考えた。

サクラノにどうしても謝りたかった。すべてを話したかった。
ハルノのため、サクラノのため、そしてぼく自身のために。

A3／18歳

コニービルの地下倉庫で医師を殺した数日後のこと。部屋にいるとき、携帯電話が鳴った。ディスプレイの番号に見覚えはなかったが、相手がだれなのかは声を聞いた瞬間にわかった。

「やあ。しばらく」

師匠。このひとは毎回ちがう番号からかけてくる。

「どうも」会話をするのは数週間ぶりのことだった。

「元気だったかな」

「ええ、まあ」

師匠はいつものそのそした喋り方でぼくに語りかける。たぶん、電話の向こうでは馬が牧草をむしゃむしゃ食べるみたいに口をゆっくり動かしているんだろう。ぼくにはその画が想像できる。これまでいやというほど見てきた姿だったから。

「ゆっくり談笑したいところだが忙しいんでね、単刀直入に言わせてもらおう。さて。今朝ニュースを見たよ。おまえさんは見たかな」

「見てません。なんのニュースですか」

「ビルの地下で医師が死んでいたという事件についての報道だよ」

ニュースになっていたなんて。地下倉庫でやったのにもう発見されているとは、ぼくも少々運が悪い。

「具体的にはなにも答えんでよろしい。しかしニュースを見た瞬間にぴんときたよ。あれはおまえさんの仕業だろうとな」

「捜査の進展はどんな具合でしたか」

「自殺として扱われていたよ。自ら首輪の破壊を試みて死んだのだと。ほかのケースと同じくな」

「治安局の対応はいつもどおりってわけですか」ぼくはすこし安心した。「しかしどうしてぼくに思い当たったんです」

「死体の首輪が映らなかったからな。素人が破壊や除去を試みて死んだ事件はこれまでにもたびたびニュースになってきた。そういうケースでは首輪への粗末な加工の具合が現場の状況として映されたものだ。しかし今回の件では首輪は映されていなかった。だから思ったのだよ。素人ではない人間が首輪に細工したのだと治安局が気付いて、敢えて映さなかったのだと」

たしかにあの医師のバッテリーボックスのカバーは戻さなかったし、本来現場にあるべきレコーダーだって抜き取ってしまっていた。除去者の存在を仄《ほの》めかす材料だらけだ。

「以前におまえさんが死に至らしめた捜査官の件もある。治安局もおまえさんを探しはじめてるころだろう。気をつけて行動したほうがいい。私からの忠告だよ」

「ご親切にどうも」

「相手はよく選べ。金のためだけに仕事をしろ。正義のためにその術を使おうなどと思うな。偽善はいつか己の身を滅ぼす。おまえさん自身、これまで何度も痛い目を見てきた」

「そのとおりです」

「偽善といったって所詮は嘘だからな。それよりどうだ。数はこなしているか」

「ぼちぼち」

「数をこなさないと腕が鈍る。技術が落ちる」

「師匠」ぼくは言った。「あれ以来、ぼくはまだあの首輪をつける依頼人に出会えていません」

「あの首輪とは」

「レンゾレンゾです。ぼくはどうしたってあれを攻略できるようにならなきゃいけない」

「レンゾレンゾか。出回っている数は多くはない。巡り合える可能性は低い」師匠は咳払いを挟んで続けた。「フラノ、よいか。私はおまえさんにレンゾレンゾの攻略法を教えないのではない。そもそも攻略法が存在しないのだ。昔言ったとおりだ。いまでもそれは変わらない」

「せめてどういう機構かだけでも教えてください」

「自分の目で直接確かめればいい。またその機会があればだが」

「しかしなんの情報も持ってないと次対峙したとき手の施しようがない」

「なに、そんな心配は無用だよ。あの首輪の前では知識の有無など状況を左右せん。レンゾレンゾは攻略できない。機構を知っていてもいなくてもそれだけは変わらん」

「ぼくはどうしてもそれを外さなくちゃならないんです」

しゃりしゃり、しゃりしゃり。

受話器の向こうから音が聞こえる。短く刈り込んだ鬚《ひげ》を撫でている音だ。昔から考え事をするときはいつもそうやって鬚を触る。いまでもその癖は健在のよう。

「よし、なら仲介人に私から頼んでおこう」

「ほんとですか」ぼくは言った。「でも希少性が高いだけに、それをつけるひとを見つけるには、やはり時間がかかるんでしょうか」

残された時間は多くなかった。すこしでもはやくヒントを掴まないと。

「焦る必要はない。じきに仲介人からの紹介を受けた依頼人がおまえさんに電話をかけるだろう。くれぐれも気をつけるのだよ、フラノ。おまえさんはただでさえうっかりしていることが多いからな。私はいつだっておまえさんのことを心配している。それじゃあな」

「あ、ちょっと待って師匠。まだ訊きたいことがあ――」

電話は切れた。

いつだってこんな感じであっさり電話を切っちゃうんだ。タイミングがない。

＊

師匠は用心深い。

首輪除去なんてやってるからか、師匠曰く、いろんなひとから恨みを抱かれてる、らしい。

警戒ゆえ、かつて一緒に暮らしていたぼくでさえ、いまじゃ会ってもらえない。どこにいるかはわからない。こっちから連絡もつかない。

それに、だ。お願いしたってぼくの首輪を外してはくれない。

＊

次の日には依頼人から電話が来た。

「あんたに連絡すれば首輪を外してくれるって聞いたんだが」

野太く、よく響く声の男。体育会系って感じがした。

ぼくは声と喋り方から電話の相手を想像する。たぶんからだがでかくて、あご鬚が生えてる。二の腕はがっしりとしていてTシャツなんかを着ると上半身がぱんぱんになるタイプの筋肉質なひと。

「仲介人から聞いていると思いますが」ぼくが言うのはいつもの文言。「直接会って確かめないことには外す外さないは決定できません」

「確かめるって、なにを確かめるんだ？」

みんな決まってこういうことを質問する。知ってどうなるわけでもないのに。

「知る必要はないと思います。こっちのことなので」

「ああ？」

電話の向こうの男は声を荒らげた。こっちが生意気な受け答えをしたのが気に障《さわ》ったのかもしれない。でも犯罪者ばかりを相手にしてきたぼくはそんなの慣れっこだから、相手の不機嫌には構わずに話を進めた。

「それより質問させてください。単刀直入に伺いますが、あなたはなにをしているひとなんです」

「関係ねえだろうが」

「犯罪者なのか、犯罪者ではないのかだけでも教えてくれませんか」

「犯罪者じゃねえよ」

「ならどうして首輪を外そうと」

「理由なんか言ってどうなる」

なんだこいつ、とぼくは思った。まあとりあえず会うだけ会ってみよう。安全じゃないと判断すれば断ればいいだけの話。もっとも仲介人が見つけてきた人物、断るにしたって会うだけの価値はある。

「最寄駅を教えてください。明日の午前十時に行きます。近くのカフェでコーヒーでも飲みながら話を聞かせてください」

相手はごにょごにょ駅の名前を言った。ぼくの住んでいる町からさして遠くはなかった。列車で三、四十分のところ。

「詳しいことはまた明日。いいですね」

で、ぼくは相手がうんともわかったとも言わないうちに電話を切った。

その時点ではなにも期待はしなかった。

しかし、実際に会ってみたら事態は意外な方向へと流れはじめた。

相手の男はおおよそぼくが声から想像していたとおりの巨漢で、一九〇センチ近くあり、胸や腕は隆々とした筋肉で覆われていた。年齢はぼくより数歳上くらい。頭はシェイブンヘッド。カミソリに負けた傷がいくつか赤く滲《にじ》んでいる。プロレス系の格闘家だと言われれば疑うことなく信じるだろう。予想と唯一ちがったところと言えば蓄えていたのがあご鬚ではなく口髭であったことくらい。

ぼくたちはお互いぶっきらぼうに挨拶してから近くのカフェに入ったわけだけれど、この際どんなカフェに入ったかとか、カフェでなにを話したかっていうのはどうでもいい。この男がどんな男だったかってこともそんなに重要じゃない。そこでの会話もその男の性格も大方ぼくの予想どおりだったし、とりわけ印象的で意外な事実もなかった。強いて言えば、彼はほんとうに犯罪者ではないようだった。質問してもランプは赤く光らなかったし、首輪はロールシャハではなくブルーノに見えた。

犯罪者でもない彼がどんな理由で首輪を外したがるのか興味がないわけではなかったけれど、敢えて訊きはしなかった。いろんなひとがいろんな理由で外したがることは過去の仕事で知ってる。

ぼくは男の背後に回り、その首輪をさまざまな角度から観察した。

さてじゃあいくらふっかけよう、なんて考えたときのことだ。

彼の首輪に手を触れると、空白とは異なるノイズを感知した。

なんだ、この首輪……。

ただのブルーノ製ではないようだった。しかしレンゾレンゾということもあるまい。いくら師匠や仲介人と言えど、昨日の今日でその装着者を見つけてくることはできないはず。

……それなら、この首輪はいったいなんなんだ。

ぼくはその男が装着していた首輪に惹かれ、男の話はろくすっぽ聞かないままに、適当に金額を設定して決行日時を指定した。

*

「よう。よう！」

「……はい？」

「いつまでじろじろ見てんだ、こんなとこで」

「ああ、すいません」

「はやく外せや」

「まあ落ち着いて」

ぼくたちはいま、ウインスラービルの屋上にいて、これから首輪を取り外そうというところ。

ビルの屋上に吹く風は強い。額や目にかかる前髪がうざったいと感じる。目の前でぼくに背を向けて座っている男の頭が羨ましい。シェイブンヘッドなら前髪も襟足も気にしなくていいもの。

「ではこれからカバーを開けます。特に気張る必要はありません。ポジティヴなことであればなにを考えていても結構。思い浮かべることがなければ自分のこれまでの人生を声に出して振り返ったりするのがいいと思います」

「声に出すだと？　阿呆くせえ。聞かれたくねえことを言いたかねえな」

「なら黙っててもいいです。とにかくいらいらしないで。ランプが赤く光ると面倒なんで」

「なにがいらいらするなだ、てめえのせいでいらいらしてんだろうが」

「はいはいごめんなさい」

「本心で謝ってねえことは鏡越しに首輪見りゃわかんだよ。ふざけやがって」

いつもどおりのガイダンス、いつもどおりの道具の準備、いつもどおりのアプローチ。

いつもとちがうのは違和感あるブルーノの首輪だけ。

「じゃあいきますよ。いいですね」

ぼくは鋼製へらでバッテリーボックスのカバーをこじ開けた。

ピルルルルル。小さく警戒音が響いた。


男は思いのほかリラックスしていたようだった。

ランプは青色で安定していたし、呼吸も乱れていなかった。作業しやすい。

ワームに一本目のスピアーを突き刺す。破壊試行を感知されないように回路を遮断するためのもの。普段はこの時点でおおよその空白到来間隔が把握できるはずなのに、今回は鈍かった。

さらに具体的な異変に気が付いたのは二本目のスピアーを刺して層の深さを測ったときのこと。


一……二……三……四…………五？


五層？　おかしい。ブルーノでこんな多いなんてありえない。

それになんだ、ワームを這うこの微弱なシグナルは。

空白じゃない。空白以外のなにかが一定の周期で走っている。

……。

……いや。このノイズの正体をぼくは知ってる。まさにあのときの首輪と同じだ。

……ちがう、ちがうぞ、この首輪。……ブルーノじゃない、レンゾレンゾだ！


首輪の外殻は精巧なカムフラージュ。

ああ。どうして気付かなかった。よくよく探せばワームの表面にはごく小さな紅い点。

きっとこれこそがハザードオレンジシステムの証《あかし》。ハルノの首輪にも同じものがあった。

残り時間は……あと四分もない。

四分未満で五層を除去なんてむりだ、そんなペースでやったことはない。

ぼくの背中を生温かい汗が伝う。スピアーとリウムピンセットを握りしめる手が濡れる。

一層目に触れるリウムピンセットの先端は手の震えが伝わって小刻みに揺れている。焦りのせいか、空白をまったく感じ取れない。

「……だいじょうぶか？」男は訊くがぼくは答えない。

黙ってろ。いまは集中してるんだ。

ようやく最初の空白がやってきて一層目を剝がすことに成功する。

あと四層、残り三分半。

もうほかのことなんて考えるな。集中しろ。

ぼくは必死だった。あとがないことはわかっていたから。


しかし、とうとうそれはやってきた。

鏡の中で灯るふたつの光。ハザードオレンジ。

まだ一層しか剝がしてなかった。どうやったって間に合いっこない。

自分の首輪を見てハルノが死んだ日のことを思い出した。

あのときのかなしみと恐怖が蘇り、手に持っていたスピアーとリウムピンセットを落とした。

「おい、おい！　どうしてやめるんだ！」

逃げようと考えた瞬間には、たしかにこころが痛んだ。

すくなくとも犯罪者ではない依頼人だった。

しかしその痛みは、自分を救うために彼を犠牲にすることをぼくに思いとどまらせたりはしなかった。

「ごめん」ぼくは言った。「……ほんとうにごめん。もう救うことができなくなった。ぼくはここを去る。悪いとは思ってる」

ぼくは摑みかかってきた彼の手をすり抜け、階段に通じる扉へ駆けていった。

「ちくしょう！　やっぱりおかしいと思ってたんだ、こんな話が持ちかけられるなんて！」

モーターが起動する音。もうすぐワイヤが彼の首を絞め上げる。

彼は獣のように叫んだ。

ぼくが扉を閉めて階段を降りているあいだも、その声はしばらくは聞こえていた。

そして、ある時点で、ぶつりと聞こえなくなった。

＊

ぼくはちょうどビルの真ん中くらいまできた。

バックライトの消えた携帯電話の液晶で自分の首輪を確認するとハザードオレンジは消えていた。

まもなく発報を受けた治安局の捜査官たちがあの屋上に駆けつけるだろう。

……しかし、いますぐ戻れば、彼らより先に現場を見ることができるかもしれない。

もしかしたらレンゾレンゾ解法のヒントだって摑めるかも。

ぼくは降りたばかりの階段を駆け上がり、再び屋上に向かった。

＊

男はやはり息絶えていた。

首輪は完全に停止していた。いまやランプもハザードも消えていた。ぼくは男の横に腰を下ろし、亡骸をいじくりまわして申し訳ないと思いながらも、からだをひっくり返しうつぶせにした。それから開きっぱなしのバッテリーボックスにリウムピンセットをねじ込んで、乱暴にワームを除去した。もう被除去者は死んでるし首輪は動力を失ってる、慎重にやる必要はなかった。

五層目を剝がしたあと、現れたのは接合部のないワイヤだった。

……なんだ、これは。……なにがどうなってる。

繫ぎ目のないワイヤは解けない。

レンゾレンゾの首輪のワイヤはきれいな環状をしていてどこにも接合点がない。

どんなふうに首輪が装着されたのかさえわからない。いったいどうやって繋ぎ目を作らずにワイヤを首に巻き付けることができる？

ぼくはしばらくのあいだ、放心していた。

しかしやがて治安局のサイレンが聞こえて、こうしていつまでもここにいるわけにはいかないことを思い出した。彼を仰向けに直し、瞼を閉じ、両手を合わせた。

申し訳ないことをした。死なせるほどのことはしていないひとだった。

*

普通、首輪のワイヤには繋ぎ目がある。

ワイヤは「1」字型を丸めて輪のかたちにしたもの。首輪を人体に装着したときにワームの内部でワイヤが接合されるのだ。

レンゾレンゾ製の首輪のワイヤには繋ぎ目がない。

ワイヤのかたちが「o」字型なのだ。装着するときはまずワイヤだけを冠《かぶ》るようにして首にはめ、そのあと外殻を通常の首輪と同じように周囲から被せる。

ワイヤを冠るようにしてはめたあとでどうやって首に密着させるのかについてはまるで

見当がつかない。センターでさえ、一度装着されたそれを主から外すことが困難な構造に思える。耐用年数を迎えても更新可能なようには見えないのだ。

レンゾレンゾ製の首輪とそれ以外では機構が異なる——。

それが男の首を絞めたレンゾレンゾを観察してわかったことだった。

除去が困難とか困難ではないとかいう話じゃない。除去それ自体が不可能だ。

師匠が言っていたのは、つまりそういうことだったのだ。

そしてなにより、とぼくは思った。やはり師匠や仲介人は割り当ての法則を知っている。だれがどんな理由でレンゾレンゾをつけているのかわかっている。でなければ昨日の今日でそれをつける人間をぼくに寄越すことはできない。

しかし、ワイヤの構造からして、他社製の首輪とは装着方法も異なるはず。

装着された人間は自覚があるはずではないのか。

つまり、首輪種を変更するタイミングで、これは普通の首輪ではない、と。

だが実際、レンゾレンゾをつけるだれにもその自覚はない。これはどういうことか。

ともあれ、いまやぼくが心配すべきことはレンゾレンゾのことではないようだ。またビルの屋上で首輪除去を試みた人間が死んだ。いよいよ捕まってしまうかもしれない。

＊

部屋に戻っても混乱は収まらなかった。

現場に痕跡を残していないだろうか。あいつのレコーダーは？　第一手順で除去したから回収される恐れはない。でも治安局は、またもレコーダーが除去されていることを不審に思うだろう。ぼくの首輪の発信器は？　現場からまっすぐこの家に帰ってきたのはまずかったんじゃないのか。迂回するとか、どこかで一日を過ごすとか、もっと良い方法があったのでは。

ただでさえ医師殺しの件で治安局は除去者の存在に目を光らせてる。ここにきてさらにこの事件だ。タイミングが悪いったらありゃしない。

狭い部屋の中をわけもなく徘徊した。どうしてかそうせずにはいられなかった。カーテンを閉めていない窓のガラスに自分の姿が映る。背を丸め、下唇を噛み、髪の毛を掻きながらふらふらしている、なんとも情けない姿。首輪のランプは赤く光っている。当然だ。

いまのぼくは疾しさのかたまりみたいなもの。こころの器は事実を否定したい気持ち、事実を覆い隠したい気持ちで溢れかえっている。

師匠と話したい。でも話せない。師匠のほうから電話をかけてきてくれないと。ぼくは師匠のほんとうの電話番号を知らされてないんだ。かかってきた電話番号にこっちからかけ直してみたって通じたことは一度もない。

パニックだった。直近二件の首輪除去において依頼人を死に至らしめてしまった。しかも最近は油断していたところがあって、今回の件についても現場からぼくの痕跡を消しきれていない可能性は否めない。たかが治安局などと侮《あなど》っていたことがそもそものまちがいだったんだ。

レンゾレンゾの首輪。ようやく再会できたのに、うれしさなんてこれっぽっちもない。むしろ味わったのは絶望だ。そう、絶望。

あの首輪を除去する術を身につけるために、ずっとそれをつけてる人間を探し求めていたっていうのに、いざ対峙したらあのざま。情けない。これじゃあのひとを救えない。

ぼくはその夜、家を出た。たぶん、戻ることはもうないだろう。

黒いボストンバッグにわずかばかりの荷物をぎゅうぎゅうに詰めて、小さなそのアパートを引き払った。首輪関係の極秘資料はキッチンのコンロで火を点けてシンクで焼き払った。灰はビニール袋に入れて近所のごみ捨て場に捨てた。

行く当てはなかった。

ぼくは駅前のベンチに腰掛けて、夜のまちを見つめながら寒さに身を震わせていた。

B3／16歳

ゴゴウという捜査官を始末したあと、その足でサクラノの家に行った。

彼女は思いのほかすんなりとぼくを家に招き入れてくれた。彼女のぼくに対する振る舞いはあまりにも自然だった。実の兄の死に直接的に関与した人間だとわかっているにもかかわらず、怒りや憎しみを抱いてはいないようだった。

リビングの、かつてハルノが座っていたソファの上にはたくさんの花が手向《たむ》けられていた。カーテンレールにはサクラノが着たと思しき喪服が掛けられていた。その黒い衣装が吊るされている様子はどこか不吉な感じがした。首のない人間が窓際で首を吊っているみたいだった。

サクラノはコーヒーの入ったマグカップをふたつ持ってリビングにやってきて、ローテーブルの上に置いた。

「ハルノのこと、ほんとうにごめん」ぼくはサクラノにまた謝った。すでに家の門のところで謝っていたからこれで二度目だ。「ぼくのせいだ。結果的にお父さんと同じ道を辿らせてしまった」

「謝らないで」彼女は言った。「謝りすぎるのは、かえって誠意のないこと」

「きみのお父さんの故郷の話だね」ぼくは言った。「一回も謝らなかったら傲慢。一回謝ったら普通。二回謝ったら臆病。三回謝ったらうそつき」

「どうして知ってるの？」

「ハルノが教えてくれた。故郷についてのおもしろい話の数々を」

「大半はしょうもない作り話。私は好きじゃないな」

そしてまた、からだを折って咳き込んだ。

その日はなかなか止まらなくて、彼女は一度キッチンに行き、薬を飲んだ。

咳は、水を含んで閉じた口をこじ開けようとしたけれど、彼女は耐えた。

サクラノを待つあいだ、先程の話題は場にふさわしいものではなかったのではないかと反省した。兄の死を悼む彼女の裡に兄を蘇らせるような話をすべきではなかったのだ。

「フラノが悪いわけじゃない」キッチンから戻ってきた彼女は言った。「こういうことが起きる可能性があるってことは私にも兄にもわかってた」

なにを言えばいいかわからなくなった。ぼくはカップを手に取り、コーヒーを飲んだ。

「……兄は苦しみながら死んだの？」

どう答えたらよいものか迷ったけれど、正直に答えることにした。ぼくには首輪がついてる。真実は隠せない。

「苦しみながら死んだと思う。直接死ぬ場面を見たわけじゃないんだ。でも楽に逝《い》けたとは思えない」

「つまりフラノは兄を置いて逃げたんだね」

質問する声には決してぼくを責めようとするニュアンスは含まれていなかった。彼女はただ純粋に事実を確認したくてぼくに訊いていた。皮肉でも嫌味でもない。しかしそうわかっていても正直に答えることはつらかった。あのときのことを思い出すと、自分がひどくさもしい人間に思えるから。

「……うん」

ハザードオレンジのことは説明しなかった。説明したらぼくが現場から逃げた理由を理解してもらえたかもしれない。でもそれは言い訳のように響きそうでいやだった。

「大事な家族を奪ってしまった。きみはこれからどうなる？」

「母方の親戚に引き取られることになりそう。じきにここを離れるんじゃないかな」

「この家は？」

「私ひとりで住むには広すぎるよ。管理もできない。この家は手放すと思う。売却もその親戚にお願いする予定なの。私の療養費にでも充ててもらうつもり」

サクラノはぼくのほうを見てかなしげに微笑んだ。

「もうすぐおわかれだね、フラノ。出会ってまだまもないのに」

「……いつごろ行くの」

「具体的な日程はまだ決めてない。たぶん、一か月以内にはぜんぶ片がつくはず」

「でも、新しい家族ができてサクラノがしあわせならぼくも安心だ」

「しあわせ……か。そういうのとはあまり縁のない生活だと思うけど」

「どうして。サクラノを引き取りたい親戚がいて、そのひとたちに望まれて行くってことだろう？」

「必要とされてるのは私じゃない。父の遺した資産だよ。私はその不都合なおまけ」

「……」

「私、再来年の十二月には死ぬの。十六の誕生日を迎えるのは難しいかもって医者には言われてる。だから親戚が引き取ってくれるの。あとちょっと我慢すれば私も消えて財産だけが残る」

彼女はカップを置こうとして姿勢を変えた。

前髪が垂れて目にかかり、彼女がぼくを見る目をさらに物憂げにした。

「行かなきゃいいって思ってるんでしょ。でもだめなの。ひとりで生きていくにはあまりにも無知だし、無力なの。なんにもできない人間だからね」彼女は目にかかった前髪を払った。そしていくらか明るい声で言った。「フラノが羨ましいよ。専門的な技術を持っていて、それでお金を稼いでる。私とはえらいちがい」

「……ぼくは児童養護施設で育った。高校には行っていないから教科書的教養はほとんどない。自立してるといったって首輪外しみたいな法外なことをして稼いだお金だ。胸を張れることとじゃない」

「けど、どうして養護施設にいたフラノが首輪外《そ》し《ん》の《な》技術を身につけることになったの」

「いまは話す気分じゃないな」

「話したほうが楽になる。塞ぎ込んでたからこそ、私に会いに来たんでしょ？」

「語りはじめると長い。その割にあまりおもしろくもない話だ、例によって」

「話して」サクラノは言った。「あなたの過去を知りたい」

＊

「そもそもなんで児童養護施設なんかにいたかってことだけど、ぼくには親がいなかったんだ。母さんはぼくを産んですぐ死んだ。父さんはいるにはいるらしかったけど、どうやらぼくからは引き離されていたらしい。父はたぶん親として問題のある人間だったんだ。

幼少期のぼくに対して『ある種の虐待』とも言える所業を繰り返していたみたい。最後には病気で死んだらしい。ぼくらが再会することはなかった」

「うちと同じだね」サクラノは言った。「子を残して逝っちゃう親」

「施設での暮らしは、たしかにいろんな不自由はあったけど、そんなに悪いもんじゃなかった。職員さんはみな優しかったし似たような境遇の仲間もいた。施設で育ったとか言うとまわりのひとたちはしばしば同情したりするけど、実際そんなに不幸とは感じなかった。だってぼくはそこ以外での生活を知らなかったもの。幼いころは比較する対象を持たなかったんだ。

けど、さすがに歳を重ねると疑問を抱くようにもなった。自分が特殊な存在だと気付いたんだ。まわりのみんなにはパパやママがいて、自分の家があって、ほしいものが買ってもらえていた。ぼくにはそのどれも叶わなかった。学校はあまり居心地よくなかった。ぼくはあまりともだちを作れなかったし、作らなかった。たぶん自分の裡にコンプレックスや卑屈さがあったんだと思う。

国民が首輪の着用を義務付けられたのはたしか小学二年のときだった。当時は過渡期で国全体がそわそわしていた。首輪装着については特になにも感じなかった。うれしいとかいやだとか思わなかった。施設で暮らしているとそういうのには慣れっこなんだ。ああしなさいこうしなさいっていうルールに従うことに抵抗がない。そこに私情を挟み込んじゃいけないってことも知ってる。理由を理解する必要はなし、ただただ言われたとおりにやればいい。とにかく、当時は首輪への関心はほとんどなかった。だからまさかその後、自分がその装置を外す人間になるなんて想像だにしてなかった」

ぼくはまたコーヒーを飲んだ。喉が渇いていたわけじゃない。でもちょっと一息つきたかったんだ。昔のことを思い出すっていうのは、ぼくにとっては、精神的にたいへんな作業だから。

「大きな転機はぼくが十三歳のときにやってきた。施設に父の友人を名乗る男が現れたんだ。あご鬚を蓄えたのそのそした喋り方の男。彼はぼくに会いたいと言ったらしい。ぼくはその男がだれなのか知らなかった。施設の職員はぼくに訊いたよ。どうする、フラノくん。会いたくなければ断ることもできるけど。ぼくは迷った。正直会いたくない気持ちもあった。知らないひとと喋るのがそんなに好きじゃないから。だけど結局、会うことにした。どうしてそうする気になったのかはもう思い出せない。たぶん、会って失うものもないって気付いたのかもしれない。なにせ当時はうんざりするくらい時間が余っていた。

お父さんは病気で亡くなってしまったよ、と彼はぼくに会うなり言った。最後まで息子であるきみを案じていた、だが健やかに育っているようでほっとしたよ。お父さんもあの世でよろこんでることだろう。

正直、父さんが死んだと聞いてもかなしくはならなかった。もともといないも同然の人生だった。抱くべきどんな感情もない。

ぼくに面会に来たその男には少々不気味なところがあった。いきなり背後に回ってぼくの首輪に手を当てたり、じっと瞳を覗き込んできたり。ちょっと怖かったよ。だけど、どこか親しみを覚えざるをえない雰囲気と愛嬌もあった。喋っているうちに根は優しいひとなんだろうなとも思った」

「その男こそが、あなたがいつだか言っていた師匠だった」

ぼくは頷いた。

「ぼくは当時から臆病者だったから用心深く男を探った。その男を査定するにあたって頼ったのは、善人、悪人を見抜くこどもながらの鋭い勘と、彼の首輪のランプの色だった。前者はともかく、後者はかなり信用していた」

「首輪《これ》ほど信用できるものはない、ってのが当時からのこの国全体の認識だもんね」

「ぼくと話をしているあいだ、その男の首輪のランプは一度も赤く光らなかった。だから思ったんだ、このひとは信頼できるって。でもやはり、簡単に信用すべきじゃなかった。なにせ師匠はその時点で本物の首輪をしておらず、装着していたのはダミー。ランプの色はあてにならなかった。あの日師匠が施設に来なかったら、ぼくはそのあともあそこで平凡に暮らしていたと思う」

「つまり師匠はフラノを除去者《そういうひと》に育てるために施設から引き取った、と」

「そうみたい。師匠はぼくと面会をしたときにいくつかテストをしていたらしい。で、その結果、ぼくに除去者としての資質があるとわかったから引き取ることにした、師匠はそう言っていた」

師匠はぼくが「嘘をつくときの反応」を観察していたという。

ぼく自身はまったく記憶にない。試されてるなんて思いもしなかった。

師匠は雑談しているように見えてぼくを品定めしていたのだ。

「嘘をつくときの反応を見てなにを推し量るの？」

「これはかなり専門的な話になる。除去者の資質について説明するにはまず首輪の構造を理解する必要がある。いいかい。こころっていうのは常に動くもの。ぼくたちは一瞬のうちにかなしくなったりうれしくなったりする。こころが疾しさを抱えているかどうかの判定は一連のこころの動き、コンテクストに基づいて行われるシステムになっているんだ。ランプが青いあいだもずっと、首輪はぼくたちのこころの動きを探り続けている」

サクラノはわかったような、わからないような顔をして頷いた。

「首輪には破壊試行探知機能がついているから、普通の人間には除去は不可能だ。むりやり外そうとして破壊を試みれば、絶えず回路内を流れる信号が断絶された瞬間に首輪は締まりはじめるだろう。首輪には除去防止のために何重もの保護機能が搭載されているけれど、除去が困難であるもっとも大きな要素がこれだ。回路内を絶えず走る信号。

でも首輪だって機械だ。機能や品質を維持するためには休息も必要になる、永遠に動き続けることはできない。だから嘘探知のための信号を発するワームと呼ばれるユニットは複数の層から成り立っている。いずれかの層が休むあいだは別の層が信号を発する。ユニットとしては絶えず信号を出しているけれど、ひとつひとつの層についてはちゃんと休憩の時間が設けられているんだ。ぼくたちは層のその休憩のことを『空白』と呼んでいる。信号と信号のあいだの切れ間、空白を捕らえることができれば層を攻略することができる。つまり、除去者に必要な資質っていうのは空白を捕らえる才能ってことなんだ。師匠はぼくとの面会の中で、それがあるかどうかを探っていたんだよ」

「そんな専門的な才能があるかなんてちょっと喋ったくらいでわかるの?」

「師匠にはわかるんだ。さっき言ったとおり、師匠はぼくに会話の中で敢えて嘘をつかせた。それでなにを観察していたか。一連のぼくの目の動きだ。目は口ほどにものを言う、って諺があるように、目というのはそのひとの考えていることや本心を現す重要な機能を備えている。反射的に動くがゆえに、とりわけ嘘を露呈しやすい部位でもある。そういう意味では目は口よりもずっと素直だ。首輪の嘘判定システムの構築にも嘘と瞳の動きの関係性についての研究が大いに活かされたと聞いている。特にさっき話に出した空白は大きな関係を持っている。

師匠はぼくが嘘をつくときの目の動きと首輪のワームの各層に訪れる空白とのあいだに、

ある種のシンクロニシティがあることを読み取ったらしい。無意識であれ首輪と身体が共鳴する関係にあるってことは、ぼくには除去者としての資質があるってことだ。師匠はそう確信するに至った」

「ふうん。なんだかなあ」サクラノは言った。「どうして師匠はピンポイントでフラノのもとを訪れたの？　フラノ以外の人間じゃだめだったの？」

「師匠が訪問したのはべつにぼくひとりってわけじゃないと思う。全国のいろんな孤児院だとか児童養護施設だとかを回って、除去者としての後継を探していたんじゃないのかな。親がいないとなれば引き取りやすいし、自分の思いどおりに育てることができる」

「理由はそれだけじゃないんじゃない？　フラノの施設にだってたくさんこどもはいたわけだし」

「正直ぼくもそう思う。どうして師匠がぼくと面会したのか、その理由はわからない。でも、なんとなくだけどひとつの仮説は持ってる。ひょっとすると、師匠はぼくの父さんといい、いい、ほんとうに友人だったのかもしれない。自分の父親と師匠がどこでどんなふうに繫がっていたのかは知らないけれど、そんなふうに考えればなんとなく説明がつく気はするんだ」

こんな話をするまでぼく自身わすれかけていたけど、思い返せば師匠にはずいぶんと謎が多い。

ぼくには親切にしてくれる。師匠のところを離れたあとも気にかけてくれている。

なのにぼくの首輪を外してはくれない。除去のときに危険が訪れるにもかかわらず、だ。

「そんなこんなでぼくは十三歳のとき、師匠に引き取ってもらうかたちで施設を出た。施設のひとたちは師匠にいくつか質問して、彼が適当にでっちあげた話が真実であると信じた。騙されたのもむりはない、首輪がダミーだってことに気付けるひとなんていないだろう」

師匠の家は電気屋だった。よく商店街にあるような家電を売ってる小さなお店だ。家電量販店ってほどの規模でもないやつ。すくなくとも表面的にはそういう商売で生計を立てている人間に見えた。ぼくは師匠に連れられて、型の古いテレビやばかでかい洗濯機に囲まれた通路を通り、店を突っ切るかたちでリビングへと通された。

師匠は当時すでに四十か、五十くらいだったか。年齢は訊いたことないから詳しくは知らないけど、ぼくから見ればおじさんというかおじいさんに近いような年齢だった。リビングの壁には師匠以外の人間の写真も飾られてた。奥さんや息子と思しきひとの写真。でも離婚していたのか、家の中には奥さんも息子もいなかった。

師匠のところで暮らしはじめたときはとにかく居心地が悪かった。施設暮らしのルーティンがからだから抜けるには時間を要した。まわりに同年代の子もいないし、時間を知らせるチャイムやアナウンスもない。テレビはいつまでも見放題だしお風呂の時間も決まってない、眠りたくなったら寝ればいいし、眠くなければいつまでも起きていていい。そういう自由はぼくをなんとなく不安にさせた。制限がなさすぎる生活ではなにもかも持て余してる感じだった。

おかしな話だけど、ぼくはなんで師匠についていくことに決めたのかまったく覚えていない。なにか明確な目的や目標があったわけじゃない。なんとなく施設を出てしまった、そんな感じ。もしかしたら外での生活に漠然とした憧れを抱いていたか、あるいはだれかに必要とされることを望んでいたのかも。施設に長いことといるあいだに、だれかに必要とされたいって想いは人一倍大きく膨らんでいたと思うから。

師匠は自ら望んでぼくを引き取ったわりにはそれほど熱心に構ってはくれなかった。昼も夜もだいたいどこかに出かけていたし、帰ってきても自分の身の回りを整理して眠るだけ。そもそも家に帰ってこない日のほうがずっと多かった。もちろんぼくが人並みの生活を送れる環境は与えてくれていたから、それで不都合や不便はなかったのだけど。

そんなわけで、ぼくは家にいるあいだはだいたい映画を観たりゲームをしたりしていた。電化製品を扱う店だったから娯楽には事欠かなかった。

ぼくは当時毎日のように握っていたゲームコントローラの感覚を懐かしく思い、指を擦り合わせた。あのゲームたちはまだあそこにあるのだろうか。古い物だからとっくに捨てられてるかな。

不思議なこともあった。家の付近にときどき不審なひと、それは大人だったりぼくと同い歳くらいのこどもだったりしたんだけれど、とにかくそういうのがうろうろしていて、睨まれたりじろじろ観察されたりした。店と一体型の住宅だとこういう面倒なこともあるんだなって思った。

いまでもわからない。あれはいったいなんだったたんだ。

「一緒に暮らしはじめて一か月くらい経ったころのことだ。寒い冬の夜、師匠が十二時過ぎに全身血まみれで帰ってきた。ぼくはびっくりした。そりゃそうだろう、同居人が血まみれでリビングに入ってきたんだ、驚かないわけない。だいじょうぶ？　どうしたの？ぼくは怯えながらも訊いたよ。血の量が尋常じゃなかった、倒れないのが不思議なくらいだ。でも師匠はけろっとしてた。私か？　みたいな顔して。ぼくは師匠のからだを指差しながら言ったよ。だってこんなに血が出てる、って。そしたら飄々と答えたんだ。ああ、これか。だいじょうぶだよ。私の血じゃないから、ってね。

要するに師匠はその日、首輪除去に失敗してだれかを死に至らしめていたんだ。返り血を浴びたまま帰ってくるとは神経が太いというか大胆というか、さすがはベテランって感じだ。小心者のぼくにはできない。とにかくその日だ。師匠が他人に言えないような秘密の仕事をしているってことに気付いたのは」

「フラノと、首輪除去《いまのしごと》との出会い」

「そう。ぼくはその日から師匠のほんとうの仕事に興味を持つようになった。ある日には好奇心から師匠の留守時に部屋を探ったりもした」

師匠の部屋はきれいだった。部屋自体は古くてぼろなんだけど資料の整理は行き届いていて、隅から隅まで秩序が保たれているようだった。こどもながらに感心したことはよく憶えている。

ぼくは師匠の本棚からファイルを何冊か取り出して、中のスクラップを眺めた。資料はすべて、国民が装着を義務付けられている嘘発見器、首輪についてのものだった。首輪メーカーの極秘カタログ、論文、新聞の切り抜き、謎の言語で書かれたメモ……。このときにはさすがに師匠がなにをやっている人間なのかわかった。ぼくはそんなふうにして師匠の素性を知るに至った。

棚の最下段には大きなボックスが五つあり、AからEまでナンバリングされていた。中には首輪に関する資料が入っていた。でも、Eだけはからっぽ。箱の底には封筒が一通残っていたきりだった。

差出元は《ミンスクロック・レイクサイドホテル505》、差出人氏名はなし。

封筒の中には湖の前で佇《たたず》む少年の写真。

師匠は帰ってくるなりぼくを問い質《ただ》した。部屋に入ったことがばれた。本棚に戻したファイルの位置が正確ではなかったらしい。

——勝手に部屋に入ったのか？

ぼくは首を振った。ぶんぶん、ぶんぶんと。たくさん振れば振るほどに信用度が増すとでも思ってたのかもしれない。でもだめだった。当然だ。師匠はぼくの首輪のランプを見てぼくがなにをしたのかを知った。

——おまえさんもとうとう私の秘密を知ったのだな。

師匠は言った。それからだ。すべてが変わりはじめたのは。

ぼくはもう一度指先を見つめた。どうしてか昔を思い出すときはいつだって手を見つめたくなる。この手がどんなことをしてきたかって考えると感慨深い。いろんな試練、いろんな苦労を乗り越えてきた。一方でいろんな罪も重ねてきた。だから複雑な気持ちにもなる。でも過去ってそんなもんなのだろう。昔を懐かしむときはいつだってややこしい気分だ。

「ぼくは師匠のもとで首輪の構造を学び、首輪を外すためのメソッドを習得し、何百という数のレプリカを攻略した。中学校で習ったことなんてほとんど覚えてない。ぼくにとっての勉強とは師匠が教えてくれる首輪についてのことだった。ぼくにとっては首輪がすべてだったんだ」

長い話を終えたとき、サクラノはぼくの瞳を見つめて静かに頷いていた。

「これがぼくが首輪除去者になったおおよその経緯だ。おもしろくもなんともない話だったと思うけど」

「フラノにはすべての種類の首輪《これ》が外せるの?」

「五社のうち四社の製品は外せる。残りの一社についてはわからない」

「例えば私のも外せる?」

ぼくは驚いた。予期しない質問だったから。

「……なんでそんなこと訊く?　きみも首輪を除去したいと考えてるの?」

「例えばだよ」サクラノは口元に淡い笑みを浮かべながら言った。「そんなに意外だったかな」

「きみはやっぱり故郷に帰ることを望んでるの?　首輪がじゃまなの?」

「ううん。べつに。兄や父とちがって生まれの地に未練はない」

彼女の首輪のランプは赤く光っていた。ぼくはそのことには触れなかった。

「……外せると思うよ。きみがそれを望むなら」

「……そう。深い意味はないから。ほんとうに訊いてみただけだよ」

「なら、なんでそんなに浮かない顔してるの」

サクラノはぼくに向けて深く頷いた。それがどういう返事なのかは理解しかねた。

とにかくそれで首輪についての話は一段落して、話題はほかのことに移った。

やがて話すこともなくなって、ぼくは彼女の家を出た。

帰り道、首輪の除去が可能かと問うたときの彼女の訳ありげな笑顔を思い出し、どうしてかさみしい気分になった。

彼女は首輪の除去を望んでいるんだろうか。わからない。それにどうして故郷に未練がないなんて嘘をつく。嘘にしてはあまりにも意味がないじゃないか。

もし、もしもだ。

彼女が首輪を除去してほしいと頼んできたらどうする？

もちろんぼくはよろこんで外すだろう。

どうして？

どうしてだろう。ぼくは彼女になにか特別な想いを抱いているのかもしれない。

サクラノのちからになりたい。彼女がよろこんでくれるならなんだってしたい。

だって彼女はぼくに残された、たったひとりの大切な存在だと思うから。

A4／18歳

たしかにぼくはろくな生活をしてこなかったけど、すくなくともこれまでに安全な寝所《ねどこ》を失ったことは一度もなかった。施設には硬いけれどあたたかい布団があったし、師匠のところには簡素なスチールベッドがあった。さっき引き払ったばかりのアパートにはスプリングの入ったマットレスがあった。いつだってぼくにはそれなりに思い入れのある機能的な寝場所が確保されていたんだ。

それがいまはどうだ。自分自身の判断、決断とは言え、ぼくはアパートを飛び出した。自ら帰る場所を捨ててしまったんだ。

秋の寒空の下、どこへ行けばいいかわからない。ただじっと駅の前のベンチに座ったきり。アパートを放り出した判断はまちがっていなかったと思う。あそこにいたらいつまた捜査官がやってくるかわからない。次こそは逮捕を免れないはず。

それに、だ。もし治安局がぼくという個人にターゲットを絞りはじめていたとしたら、もうバッテリー交換のためにまごころ保全センターに行くのだって危険だ。

ぼくはボストンバッグを開いて中を確認する。

……十、十一、十二。

よし。ぜんぶ持ってきている。すくなくともあと三か月は生きていられる。

ぼくは十二個のバッテリーのストックを持っている。もちろん自分で交換作業もできる。いよいよ指名手配されている可能性が高まったらセンターに行くのを避け、これを使ったほうがいいかもしれない。ストックに手を出したら最後、自分で病院に盗みに入るなりなんなりの方法でバッテリーを調達し続けなけりゃならないという面倒はある。死ぬまで、あるいは首輪が外れるまで、ずっと。だからこそややこしい。安易に予備のバッテリーに手を出すことはできない。

いまになって、首輪を外してくれなかった師匠が憎い。

どうして、どうして外してくれなかったんだ。こんなにもじゃまくさい枷を。

除去者に会いたい。ぼくと師匠以外にも存在しているかもしれない除去者に。そして首輪を外してもらうんだ。これさえなくなればハザードオレンジを気にしながら除去作業をしなくて済むようになるし、発信器やバッテリーのことで気を煩わされることもなくなる。金はいくらでも出す。そのかわり自由がほしい。

これまでぼくを訪れた依頼人たちの気持ちが、いまなら痛いくらいによくわかった。

冷たい風が吹いた。駅周辺のネオンがジーンズを赤や紫や桃色に染めた。

とりあえず宿を探さなくては。このままここで夜を越すことになるのは耐えられない。

近くのホテルはどこも満室だった。いつもそう。驚かない。

電話帳を検索し、直近の路線外のものも含めて片っ端から電話をした結果、空きのあるホテルを見つけた。当日キャンセルがあったらしい。列車で三十分ほど移動しなくてはならないけど、このベンチで夜を越すよりはよほどましだった。

駅の改札は無事に通れた。

よかった、まだ指名手配はされてない。もうしばらくは安全みたい。


ホテルはオフィスビルが立ち並ぶエリアからすこし離れた地域、湾沿いのエリアにあった。

外観を見るに十四、五階はあった。その建物のすべての部屋がほぼ毎日宿泊客で埋め尽くされるなんてにわかには信じ難い。

ぼくはベイストリートと称される歩道を歩きホテルへと近づいていった。夜の通りにはランニングしているひとがちらほらいた。夫婦でのジョガーもいたし、ひとりでトレーニングに勤《いそ》しむ青年もいた。夜だから彼らの首輪のランプは離れた場所からでも確認することができた。だいたいのランプは青。でも中には赤いひともいた。走りながら、なにかよくないことを思い出したのかもしれない。

ホテルのラウンジは豪華だった。大理石のフロア、三層の吹き抜け、ぴかぴかのグランドピアノ。とりわけぼくが好感を持ったのは窓の外にあるライトアップされたプール。秋で、ほとんど利用されていないはずなのに清掃が行き届いている。水が濁っていないばかりか水面に落ち葉ひとつ浮いていない。

高級ホテルはセキュリティが厳しいので、たいてい客にくぐらせて首輪のIDを控えるためのゲートがある。危険人物のIDが確認されたらすぐにサイレンが鳴る。

ぼくはおそるおそるゲートくぐった。怖かったけれど、だいじょうぶだって確信もあった。だってさっきまで列車に乗れてたもの。予想どおり、ゲートは反応しなかった。その後、フロントでチェックインの手続きをした。対応したのは二十代と思しき女性だった。

「質問なんですけど」

ぼくはその女性に訊ねた。

「できれば明日以降もここに泊まりたいんですが、空室ってありますか」

「きょうだけでなく明日も？」

「ええ。明日以降も」

女性は首を傾げた。

「きょうと明日だけではない、ということですか？」

「ええ。もっと長く泊まりたい」

「いつまででしょう」

「特に決めてません。可能な限り長く」

それでまた女性は変な角度に首を曲げた。彼女の視線は冷たかった。しばらくぼくの着ている服、手、髪などをじろじろ見た。靴も確認したかったことだろう。しかし残念ながらぼくの足元はカウンターの死角になっていて彼女には見えない。

女性は手元のモニターを数秒眺め、それから事務的な口調で言った。

「申し訳ございません。明日以降も予約がいっぱいでご案内できる部屋がない状態です」

でもそれは嘘。首輪のランプは赤く光っている。ぼくは自分が客としてまっとうに扱われていないと感じる。たしかに薄汚い小僧が来るランクのホテルじゃない、それはわかってる。でもそんな接客ってない。

「ほんとうに？　たったの一室も？」

「はい」

まだ赤。開き直ってるんだ。あるいは業務マニュアルにあるのかもしれない。面倒な客には堂々と嘘をついてランプの色で断れ、とか。ともあれ、ここにまだ空室があることはまちがいないみたい。首輪が証明してくれている。

「スイートも？」

「埋まってます」

ずっと赤。

「すいませんがスイートルームの空き状況についてもう一度調べてもらえませんか」

ぼくは床に置いていたボストンバッグをカウンターの上に載せ、ジッパーを開いて中から現金の詰まった封筒を取り出した。お金くらい持ってる。というかそのへんの大人よりはずっと金持ちだ。

フロントの女性はぼくが取り出した札入りの封筒を見て驚いていた。

「もう一度、空き状況の確認をお願いします」

彼女はまたモニターを覗き込んだ。たぶん確かめるふりをしているところなんだろう。

「……失礼しました。スイートでしたら一室だけご案内できるお部屋がありました」

「じゃあそこに泊まります。きょうも空いてるんでしょ、その部屋」

「……ええ。確認したら空いておりました」

ほら、これだ。空いてるってわかってるくせにスイートはオープンにせず隠してたんだ。

「次の予約が入っている日まではぜんぶぼくが予約します」

「……でしたら土曜までの三日間は滞在していただけます」

「じゃあ土曜まで」

ぼくは現金で三日分の宿泊料を先払いした。そして彼女の手からカードキーをもぎ取って最上階へと上がっていった。


スイートルームはたしかに豪華であったけれど、その飾り付けやきらびやかさはいかにもはりぼてと言った感じでうすっぺらだった。おまけに部屋が三つあるわ、そのどれもが広すぎるわで、ぜんぜん落ち着けそうにない。これならスイートの料金を払うからもっと狭い部屋に移してほしいくらい。

ミニバーには高級酒ばかり。お菓子も酒のつまみみたいなものが多い。部屋にはたくさん飲み物や食べ物が置いてあったけど、なにひとつとしてぼくが好んで飲み食いするようなものはなかった。

ろくでもないそのスイートでたったふたつだけすばらしいものがあった。ひとつは窓からの眺望。夜の海はきれいだった。もうひとつは巨大なお風呂。バスタブは小さなプールくらいの大きさがあった。ボタンひとつでバブルまで出た。田舎者みたいで恥ずかしいけど、ぼくはそういう現代的に過剰な機能に触れたことがなかったから、刺激的な体験だった。

大きなベッドの上でひとりで眠るときはこの上なくさみしい気分になった。これからの自分の生活のことを考えて気が滅入《めい》りそうにもなった。

＊

目が覚めると電話が鳴っていた。

最初は携帯の目覚ましアラームかと思った。しかし手を伸ばし携帯を取ろうとしたところで、そもそも昨晩はアラームなんてセットせずに寝たってことを思い出した。そこでわかった。鳴っているのは携帯ではなく、ベッドサイドの固定電話のほうなんだって。

ぼくは眠い目を擦りながらディスプレイを確認した。フロントの番号が表示されていた。受話器を持ち上げ、耳に当てた。

「おはようございます。お客様宛のお電話が入っております。お繋ぎしてよろしいでしょうか」

女性の交換手の呼びかけに、ぼくは寝起きの掠《かす》れた声で、はい、と答えた。

「それではお話しください。どうぞ」

交換手は去った。繋がれた電話には不自然な沈黙があった。

「もしもし？」

しばらくして電話の相手が言った。女の声。聞き覚えはない。

「……もしもし？　どちら？」ぼくは訊いた。

「フラノ？」女はぼくの名前を呼んだ。「まだホテルにいるみたいだけど、寝てた？」

ぼくは目を閉じて思い出そうとする。この女はだれだ。たしかにぼくが知っているひとのはずなんだ。でなきゃいきなりファーストネームで呼ぶわけがない。そして相手がだれであれ、どうしてこのホテルにいるとわかったんだ。

「ねえ、聞いてる？」

ぼくがあまりにも長く黙っていたからか、女がまた呼びかけてきた。よく通る声。滑舌がいい。アナウンサーみたい、あるいはラジオのパーソナリティ。言葉のひとつひとつが明瞭に聞き取れる。たぶん気が強いひと。なんとなくそんな感じがする。

「どうしてぼくの名前を知ってるんです」

「あなたのことをずっと前から知ってるから」

「それじゃ理由になってない」

「なってるわよ」

「じゃどうしてあなたはぼくをずっと前から知ってるんです」

「仕事仲間だから」

「……仕事仲間」ぼくはひらめき、そして驚いた。「……まさか、そんなことって……」

「私はあなたが仲介人と呼ぶ存在。いつもあなたに仕事を回してる」


どうして仲介人がぼくに接触したのか、その目的や詳細は電話では教えてくれなかった。直接会ってでないと話さない、というのが向こうのスタンス。なるほどいつもぼくが依頼人に対してやっていることをやられている気分だ。

まさか自分が仲介人と直接関わりを持つ日が訪れるなんて思っていなかったから胸が高鳴った。まるで憧れのアイドルに会うみたいだ。すこし現実離れしていて気持ちが浮つきそう。

ぼくと彼女はその日の午後に会う約束をした。

「いろいろ教えてほしいことがあります」ぼくは興奮を抑えきれずに彼女に言った。

「午後にも直接会って話すんだからこれ以上電話で話す意味はないでしょう」

彼女は淡々と言った。クールだ。

「そういえば名前」ぼくは言った。「名前はなんて呼べばいいんです？」

「私のさっきの言葉、聞いてなかった？」

電話は切れた。

＊

午後一時。

指定されたベイサイドレストランの前の歩道で、ぼくは携帯電話片手に胸を躍らせながら彼女が来るのを待っていた。歩道のアスファルトは真上からの陽を受けて白く輝いていた。レストランの中のミュージックは外にいても聞こえた。郷愁を誘うメロディアスなギター、女性の柔らかいボーカル、リズミカルなタンバリン。湾から吹き付ける潮風も相まってノスタルジックな気分になってきた。

午後一時三分。

ベージュのトレンチコートを羽織りサングラスをかけた小柄な女性が歩いてくる。

ぼくはそのひとを見て、電話の女であると直感でわかる。

試しに手を振ってみる。相手は戸惑う様子もなくずっとぼくのほうを見ている。

ほら、やっぱりそうだ、あれが仲介人だ。

ぼくは彼女に向けて微笑む。

午後一時五分。

ぼくはしゃがみ込んで、アスファルトの上にばらばらに散った携帯電話の残骸を掻き集めていた。どうしてそんなことになったかって？　決まってるじゃないか、彼女が地面に叩き付けたからだ。ぼくに会うなり、むりやり奪って。

ひどくかなしかった。ふいうち、暴力、器物破損。

でもぼくのそんな嘆きも彼女にとってはどうでもよいことだったみたい。

彼女は特に悪びれることもなく、バッグから新しい携帯電話を取り出してぼくに差し出し、これからはそれを使いなさい、と言った。なんだかもう、泣き寝入りみたいな感じだった。

「めそめそしないでよ。うっとうしい」

彼女は言い、長く連れ添った携帯電話の死を嘆くぼくをばっさりと切り捨てた。

「ひどいですよ、いきなり。挨拶もしないうちにひとのものを壊すなんて。どうかしてる」

「たかが携帯電話ごときで。おおげさね」

女性は首を左右に振り、潮風が乱した前髪を整えた。それからしゃがみ込んだぼくを見下ろし、顎でレストランを指すと、すたすた店内に消えていった。

ぼくは携帯電話の残骸を掻き集めることをあきらめ、彼女を追って店に入った。拾いきれなかった細かな破片たちは、申し訳程度にブーツの側面でざっと歩道の端に寄せておいた。

店内はコンクリートと木の素材感を前面に押し出したおしゃれな内装だった。アトリウムの天井からは四つのサーキュレーターが吊るされていて、みな同じ方向に回っていた。彼女は湾を望める窓際の席に座っていた。ぼくは彼女の正面に腰掛けた。

「なに食べる？」彼女はサングラスを外しながら言った。「昼はまだでしょ」

メニューを手渡されたぼくは戸惑った。正直、食事なんてどうでもよかった。というか食事どころじゃなかった。訊きたいことや教えてほしいことがいくつもあったから。

「あなたが仲介人なんですよね？　ぼくと依頼人たちの橋渡し役の」

「ええ」

彼女の首輪のランプは青色のまま。嘘を言っていない、つまり彼女は本物だ。

「名前はなんていうんです？」

「そうね……じゃあ、名前はピッピ。ピッピって呼んで」

それは明らかに偽名だった。首輪のランプは赤く光っていたし、彼女自身、偽名であることを隠す素振りもなかった。じゃあ、とか言ってしまっているし。

まあべつに構わない。本名を知ったところでどうということはないのだから。

ピッピの素顔は思いのほかあどけないものだった。明るい茶色の巻き髪、すべすべの日焼けした肌、細すぎず太すぎない薄い眉、そして厚みのある唇。サングラスをかけていたときの威圧的な雰囲気は、外したと同時に消えてしまった。ぼくとたいして歳が変わらないようにも見える。

「もしかしてぼくたち、同い歳くらい？」

「まさか」ピッピは言った。「私は二十七。あなたよりずっと歳上」

彼女の首輪のランプが青いままであることから察するに年齢もほんとうなのだろう。でも首輪さえ見なければ高校生と言われたって疑わずに信じたと思う。彼女はそのくらい若々しい。

水を注いだグラスをふたつ持ったウェイトレスがテーブルにやってきて、ご注文は、とぼくたちに訊いた。彼女は、アボカドバーガーひとつ、と言った。ぼくは、同じやつで、と言った。

「あとビールを。大きいグラスのやつ」

去り際のウェイトレスを引き留めてピッピはビールを注文に付け加えた。ウェイトレスはピッピの顔をまじまじと見た。

「恐れ入りますが、年齢を確認させていただいてもよろしいですか」ウェイトレスはかしこまってピッピに訊いた。「質問にお答えください。お客様は二十歳以上ですか」

「はい」

ピッピの首輪のランプは青のまま。

「失礼いたしました」ウェイトレスはピッピに微笑みかけ、慎ましく厨房へと消えていった。

「話題が脇に逸れましたけど」ぼくは言った。「どうしてぼくのところへ」

「あなたを助けに来たの。いろいろと困ってるんだろうから」

「どうしてそれを。……もしかして師匠？　師匠になにか頼まれてここへ？」

「そうかもしれない、そうじゃないかもしれない」

ピッピの首輪のランプが赤く光った。しらばっくれようとしてる証拠だ。たぶん彼女は師匠から頼まれてぼくの前に姿を現したのだろう。

「あなたのことはよく知ってる」彼女は言った。「首輪除去者フラノ。十八歳。十三のときにあなたが師匠と呼ぶ男により養護施設から引き取られ、除去の技術を授かる。仕事をはじめたのは二年前から。かつては善き市民のために働き、挫折を経て、いまじゃ犯罪者ばかり相手にしてる」

「いつもへんなやつを送り込んでくれて助かってます」ぼくは言った。「ああいうひとたちが依頼人だと死の心配をせずに除去できる」

「依頼人の死はこりごりだものね」

「……」

「かつて除去を担当した善き市民たちのことを考えるとこころが痛むでしょ。あの養護施設の少女とか、血の繋がっていない息子を想った母親とか」

「……その話はしたくない」

「後者の件についてはさすがに同情した。私も母親と血が繋がってないからね。感情移入するところもたしかにあった。しかしまさか、失敗するとは」

「そんなことより」ぼくは言った。はやく話題を変えたかった。「ぼくを助けるって、具体的にどんなことをしてくれるんです」

「除去よ」彼女は言った。「その首輪を外してあげる」

「……ぼくの首輪を？」

「ええ。私が別の除去者を手配する、あなたが依頼人になる」

ぼくは呆気《あっけ》にとられた。つい最近望みはじめたことが、こんなにあっさり叶えられることになろうとは。

「でもどうして。なんでこのタイミングで。だって師匠はぼくの首輪が外れることなんて望んでいなかったはずなのに」

「さあね。それは私が知るところじゃない」

ピッピは手元でサングラスのテンプルをぱかぱか開いたり折り畳んだりした。

「そういえば、どうしてぼくの携帯を壊したんです？」

これも確認しておかなきゃいけない。首輪の話につられてわすれてしまうところだった。

「ああすることが必要だったの。治安局の捜査の手を逃れるためにも」

ピッピの首輪のランプは赤く光った。意識的な嘘なのか無意識の嘘なのかは図りかねるが、とにかく嘘にはちがいなさそう。それでぼくは携帯の件についてこれ以上の質問はやめようと思った。たぶん、無意味なんだ。なにを言ったところで適当にはぐらかされて終わる。まして相手は仲介人、ぼくなんかよりずっと世慣れた人物。

アボカドバーガーが二皿運ばれてきた。

こんがりと焼けたパンの芳《こう》ばしいにおい。ペッパーのつんとした香り。

「あともうひとつだけ。なんでぼくがホテルにいるってわかったんです？」

「私にはわかるの。あなただけじゃない、首輪をつけるすべての人間の居場所がわかる。そのための機器を持ってるから」

「装着者位置情報図、通称『マップ』ですね。首輪の発信器の信号を受信し、平面に図視化する装置」

「ええ。治安局が使ってるやつとほぼ同じの」

たしかに仲介人ならマップのひとつやふたつ所有していてもおかしくはない。

「それで、いつぼくの首輪の除去を？」

「まだ決めてない。そのうち、よ」

ピッピは両手で大きなバーガーを摑んで口いっぱいに頰張った。その様子はあどけない少女そのもの。彼女が自分よりずっと歳上だなんて、いまだにちょっとぴんとこない。

「待ちきれないな」ぼくは言った。そわそわした。手のひらは意味もなく太腿を擦っていた。「どうしても首輪を外してあげたいひとがいるんです。ぼくの首輪が外れればハザードオレンジを気にせずに除去できるようになる、それがうれしい。まあ、ほかにも除去作業にあたって乗り越えなきゃいけない壁はいくつもあるんだけど」

「はやく食べなさいよ。冷めちゃうから」

「あ、ああ。ええ」

ぼくはバーガーを持った。そしていざかぶりつかんというタイミングで、彼女がまた喋りだした。

「あなたの首輪を外すのは構わない。でもひとつ、条件がある」

ぼくはバーガーを顔の手前に構えたまま固まった。

「ある人物の居場所を突き止めて殺してちょうだい。それが首輪を外す条件」

ぼくが持ったバーガーからアボカドがこぼれた。

皿に溜まっていたソースが跳ねてテーブルを汚した。

「……ある人物を、殺す？」

「その首輪を外すかわりに暗殺を頼まれなさい、って言ってるの。居場所を調べられるのはあなただけ」

「……いやだよそんなの」ぼくは言う。「暗殺なんて引き受けない。ぼくじゃないひとに頼んだらいい」

「もうすでに何人もの死に絡んでるくせに。いまさらなにを潔癖ぶってるの」

「なんでぼくなんだよ。ぼくの仕事は首輪の排除だ、人間の排除じゃない」

「人間の排除だってしたことあるでしょう。ひとを死に至らしめることに胸の痛みなんて感じるの？」

「たしかに依頼人について自分の正義を貫くために手を尽くさなかったことはある、それは認めるよ。でもそれはぼくの信念が彼らを救うことを許さなかったからだ。どれだってすき好んで殺したわけじゃない。他人から暗殺を頼まれて殺すなんてもってのほかだ。そんな依頼は受けない」

「事情は込み入ってる。あなた以外に適任者はいない」

「なにを言ってるんだよ」

わけがわからなかった。

ぼくはバーガーを持ったまま、じっと皿の手前を見つめていた。焦点はぶれぶれだった。

「とにかく選択肢はない」彼女は口を拭ったナプキンを握った右手でぼくを指して言った。「あなたは決断しなきゃならない。やるか、やらないか。自分の首輪の除去を望むなら選択肢はひとつ」

「やらない、って言ったら」

「そのときはあなたを処分するでしょう。マニュアルどおり。あなたはすでに一線を越えてしまってる、私に会ってこの話を聞いてしまった時点でね。今回はあなたが依頼人の立場なの」

「……そんなのってない、理不尽すぎる！」ぼくは声を荒らげた。

「しかたないのよ」と彼女は言った。「そうするほかないの」

そのとき、彼女の首輪は赤く光った。この発言になにかしらの嘘が含まれてるってことだ。もっとも、どんな嘘かはわからない。いまはこの女がなにを言おうと信用したくはない。

「ほかに言っておくことはありますか」ぼくはバーガーを皿に戻し、席を立ちながら言った。「これ以上あなたと話していてもろくなことにはならなそうだ」

「落ち着きなさいな。みっともない」

彼女はポケットから取り出した小さなクマのぬいぐるみのキーホルダーをいじくっていた。ぼくが帰ろうとしてるのに表情はまったく変わらなかった。

「うんざりだ」ヒップポケットから紙幣を一枚取り出してテーブルの上に投げた。「失礼する」

ぼくは出口に向かって進み、振り返らずに店の外へ出た。

ホテルへ続く歩道を歩きながら、結局アボカドバーガーはひとくちも食べられなかったってことを思い出し、すこしだけ残念な気分になった。

＊

携帯電話を壊されたことの重大さに気が付いたのはスイートルームに戻ったあとだった。サクラノの連絡先がわからなくなってしまった。

これはぼくにとっては大きなこと。

なにせぼくはサクラノとの再会を常に頭の片隅に思い描きながら日々を過ごしていた。連絡する手段を断たれたら、ぼくはもう、彼女に会うことができないかもしれない。

予めサクラノの引越先の住所を聞いておくべきだったし、電話番号は手帳に控えておくべきだった。

携帯電話を壊されたせいで、ただでさえ暇を持て余すぼくはいっそう退屈することになった。

普段だって携帯電話はそんなに鳴らないし、鳴ってもだいたいは依頼人からの電話だ。でもたまに師匠からかかってくるし、サクラノからかかってくる可能性だってあった。いつぼくが待つ相手からかかってくるかもしれないという可能性があるだけで、いくらか胸を躍らすことだってできてたんだ。

それがどうしたことだろう。

いま、手元にあるのは、ピッピから渡された見慣れないかたちの真新しい携帯電話。この電話の番号をピッピ以外にだれが知っているんだろう。

師匠は知ってるんだろうか。ぼくに電話をかけてきてくれたりはしないかな。


ぼくはキングサイズベッドの上でごろごろしながら白い天井を眺めた。

退屈だし、どうしよう。これからどうなるんだろう。

ピッピは首輪除去を手配する条件として暗殺業務を引き受けることを提示してきた。

彼女は仲介人。要求を拒めば、ぼくはなんらかのかたちで処分されてしまうだろう。

だれかを殺《あや》める、か。

ピッピが言ったとおり、ぼくはこれまでだって多くの人間を死に至らしめてきた。

いまさらその数がひとつ増えたところでどうということはないのかもしれない。

それにぼくはここで処分されてしまうわけにはいかない。

……しかし、自身の目標を達成するためにならだれか殺してもいいってもんじゃない。

やはり人殺しだけは引き受けられない。断ろう。

それ以外の条件で首輪の除去をしてもらえるように、うまいこと話を運ばないと。

寝返りを打つたびにベッドは軋《きし》んだ。

ベージュのカーテンの隙間から午後の陽射しが射し込んでいた。

グレーのカーペットの上には光の筋ができていた。

その輝く一本の線は、なにかの導きみたいに、ドアに向かってまっすぐ伸びていた。

光で照らされた空間には埃が舞っているのが見えた。

ぼくは新しい携帯電話をマットレスに叩き付けた。

やり場のない怒りを感じていた。悩むべきことが多すぎていらいらしてもいた。

携帯電話はマットレスの上で弾み、表を上に向けてとまった。ぼくはそれを睨みつけていた。

するととつぜん、携帯電話のディスプレイが光り、着信音が鳴った。

まるでぼくの怒り、ぼくの念が通じたみたいだ。

師匠かな、ピッピかな、それともほかのだれかかな——。

ぼくは期待しながら、同時になるべく期待しないようにしろと自分に言い聞かせながら、携帯電話を手に取り通話ボタンを押した。

「もしもし、どこにいるの？」

ピッピの声。ほらみろ。期待なんかしたぼくが愚かだった。そもそもこの電話番号を彼女以外に知っているひとがいるかどうかだってわからないのに。

「まだなにか」ぼくは不機嫌を隠さずに答えた。

「レストランを勝手に出てっといて失礼ね。話はまだ終わってないのよ」

「そっちに話があったとしてもこっちにはない」

「強がりを言っていられるのもいまのうち。あなたはいま袋小路にいるの。だれかの助けなしにはそこを抜け出せないって、ほんとうは自分でもわかってるんでしょ」

たしかにそのとおり。ぼくはだれかの導きを必要としてる。ひとりだといまみたいにベッドの上でごろごろすることしかできない。

「べつに。大きなお世話だ」

「鏡を見てごらんなさいよ。強がりを言うあなたの首輪は赤く光ってるはず」

図星だ。ドレッサーの鏡に映ったぼくの首輪のランプは赤く光っている。

「で、用件は。話がまだ終わってないというならさっさと喋ってくださいよ」

「覚悟は決めた？　暗殺は引き受けるの？」

「ぼくはやらない。さっきも言った」

「それが結論ということでいいの？　後悔はない？　こっちはいつまでも待ってられないの」

「……ぼくはやらない。何回も言わせないで」

「ああそう。なら別のやり方を考えるまで。覚悟しておいてね」

「……なんだよ、別のやり方って」

彼女はぼくの質問には答えず電話を切った。

プー。プー。

耳には不通を示す電子音がむなしく響いた。

スイートルームの窓際には木製のデスクが置かれていて、手前にはアームチェアがあった。

ぼくはそれに腰掛け、デスクの上に両肘をついた。

湾がよく見えた。波は穏やか。水面は陽を反射してきらきら輝いていた。

ひだまりの中で目を閉じてみた。

瞼の裏に光が透けて、なんだか赤い霧雨の中にいるみたいだった。

＊

ピンポーン、ピンポーン。

……ピンポーン。ピンポピンポピンポーン。

コンコン、コンコン。コンコンコンコンコンコン。

ドンドンドン、ドンドンドン。ドンドンドン！　ドンドンドンドン！

ぼくのいるスイートルームのドアをノックする音が聞こえた。

その叩き方だけで、訪問者はすくなくとも従業員ではないとわかった。入室確認なんて優しいものじゃない。もっと暴力的なもの。

西陽が照らすドアに向かって歩いた。

ドアスコープを覗くまで、ドアの向こうにいるのは当然ピッピだと思っていた。ところが実際にいたのはネイビーのスーツを着た坊主頭の男。

「……だれです？」ぼくは言った。「あなただれなんです？」

「治安局だ。ドアを開けろ」

坊主頭の男の首輪のランプは青色のまま。ほんとうに治安局の人間のようだ。

坊主頭の男の後ろには、ぼくのチェックインを担当したフロントの女性が右手にカードキーを持って立っていた。たぶん、この部屋の予備のキー。

ぼくはドアに背を当てて考えた。そしてようやく、これがどういう状況かを理解した。――ピッピが治安局にぼくの居場所をちくったんだな。なるほどこれがぼくを処分する手段ってわけか。捕まれば拷問は免れない。ピッピ自らが手を汚さなくともぼくに苦しみを与えられる。

ドンドンドン！

「開けろ。のろのろしていると勝手に入るぞ」

しかしピッピがぼくを治安局に売ったとして、それは彼女自身にもダメージがあるんじゃないか。

治安局はぼくに仲介人含め首輪除去に関するすべてを吐かせるだろう。

彼女はそのことを考えた上でぼくを治安局に売ったのだろうか。

もう一度ドアスコープを覗いた。フロントの女性がカードキーを差すところだった。彼らはまもなくこの部屋に押し入ってくる。

ぼくは急いでドアから離れ、リモコンで室内の照明を落とし、バスルームの扉の陰に身を隠した。

小さな電子音のあと、ドアは開かれた。ぼくは身を隠した扉の蝶番《ちょうつがい》側に生まれた隙間から坊主頭の男が室内に入ってくる様子を観察した。

彼はまずベッドルームのほうへ進んでいった。手に拳銃らしきものを構えていた。フロントの女は部屋の中には入ってこなかった。外で待つよう指示を受けているのかもしれない。

「隠れても無駄だ。出てこい。このくず野郎」

男は部屋全体に響く大きな声でぼくにそう呼びかけた。見つかるのは時間の問題、やがて彼はぼくが潜むバスルームにやってくるだろう。そして見つかったら最後、ろくな目に遭わないことはわかりきってる。

ぼくは考えた。時間に余裕はなかったから結論はわりとあっさり出た。

戦おう。相手は拳銃を持ってる、状況は不利だが不意を衝いて強襲しよう、それしかない。

ぼくは隙間からタイミングを窺い続けた。男はかなり用心して室内を動き回っていた。足音は聞き取れない、衣服が擦れ合う音もしない。でもぼくには坊主頭の男の気配を探る手段が残されていた。西陽だ。窓から注ぎ込む光が室内で拡散し、床、天井、壁、いたるところに薄く男の影を作っていた。

まもなくリビングルームを確認し終えた男がこちらにやってくる。

姿勢を低くして強襲の準備をする。

三、二、一、いまだ。

ぼくは身を潜めていた扉に思いきり体当たりして、まさにバスルームに侵入せんとしていた坊主頭の男に鈍い一撃を見舞った。板一枚挟んではいたものの確かに手応えがあった。扉を回り込み、案の定、床に倒れ込んでいた男に飛びかかった。一瞬、男が鼻から血を垂らしているのが見えた。顔からもろにドアを受けたらしい。

男は扉の陰から出てきたぼくの姿を確認するなり拳銃を構えようとしたみたいだったけれど、こちらのほうが速かった。相手に覆いかぶさったぼくは両目に爪を突き立て、目つぶしを試みた。男は堪《たま》らずぼくの指を外そうとした。ぼくは注意がおろそかになった彼の手から拳銃を弾き、床の上を滑らせて彼の手の届かないところにやった。それから何度か拳で側頭部を殴った。

やがて抵抗が鈍くなると男から離れ、拳銃のもとへ転がった。

安全装置は解除されていた。銃の扱いについては師匠が昔教えてくれた。

依頼人の中には銃を携行するやつもいる、取り扱いを知っていて損はない、と。

「動くな」ぼくは言った。「おかしなことしないで」

坊主頭の男は、擦った目の隙間から拳銃を構えるぼくの姿を見た。

「くそが」彼は悪態をつきながらも両手を上げた。

「そこに正座しろ。手は一瞬たりとも隠さないように」

坊主頭の男は上着の袖で鼻血を拭った。

目つぶしが効いたのか、左目はほとんど開いていなかった。

彼は指示どおり、ところどころ血で紅く滲んだカーペットの上に正座した。

彼はぼくと同い歳くらいに見えた。凛々《りり》しく精悍《せいかん》な顔つきをしていた。

細いストライプが入ったネイビーのジャケットは先程揉み合ったせいでよれよれになっていた。ノーネクタイの白いワイシャツには血が垂れていて、充血した右目はずっとこちらを睨んでいた。

「ぼくの質問に答えろ。まず、あんたはほんとうに捜査官か」

「ああ」男の首輪のランプは青。

「どうしてぼくのところに来た」

「その理由はおまえ自身がよく知ってるんじゃないか」

そう言われてしまうとぼくには返す言葉がない。

「どうしてぼくの滞在先を知ってる」

「情報の垂れ込みがあった。首輪除去犯がここにいると」

「だれから」

「言うわけないだろう」

言わなくたっていい。ピッピにちがいないのだろうから。

「廊下にはまだフロントの女が待機してるのか」

「ああ」ランプは青。

「帰らせろ」

男は立ち上がるとドアに向かい、すこしだけ扉を開いて一言二言女に声をかけた。受付の女性は部屋の前から去った。ぼくもその様子はちゃんと確認した。

あらためて銃を向けると、坊主頭の男はなにも言わずに先程の場所に戻った。

「ここに来た捜査官はあんたひとりか」

「そうだ」

男の首輪は赤く光った。つまりこのホテルには捜査官がうじゃうじゃいるかもしれないってことだ。困ったな。ぼくは男に銃口を向けたままアームチェアに腰掛けた。

「無駄なあがきはやめろ」男は言った。「いずれ逃走にも限界がくる。捕まったらおまえはひどい拷問が待ってる。ざまあみろ」

そのとき、彼の首輪のランプはまた赤く光った。

この発言がとりわけ嘘を含む種類のものとは思えない。むしろざまあみろという感情は本物のはず。だからわからない。なんでこの男の首輪は赤く光った？

ぼくはあれこれを考えながらアームチェアで回った。その直後だった。

坊主頭の男はぼくがチェアごと彼に背を向けた一瞬の隙を衝き、突進してきた。

物音に気付き振り向いたときには二、三メートルにまで距離を縮められていた。

手にはジャックナイフ、隠し持っていたんだろう。

しかしぼくがある事実に気付いたのもそれとほぼ同時だった。

とつぜんのひらめき。どうして先程の男の発言でランプが赤く光っていたのか、自身のまわりでなにが起きていたのかを理解した。

ぼくはためらわず男に銃を向け、引き金を引いた。ずどん、と大きな音が立った。

反動は想像以上だった。ぼくはアームチェアからころげ落ちそうになった。

坊主頭の男は床に崩れ、悲鳴を上げた。カーペットにみるみる血が滲んでいった。

ぼくは念のために倒れた男の首輪を確認した。

やっぱり。思ったとおりだ。


そのあとぼくは男に一声もかけないまま急いで荷物をまとめ、その部屋をあとにした。

不審に見えることがないよう、廊下をゆっくり、堂々と歩いた。

ロビーに降りていったときにあの受付の女性に見つかったりしないか、それだけが心配だった。

ホテルの中に彼以外の捜査官が控えてないってことはわかりきっていた。

首輪除去に関係ないかたちで他人を傷つけたのは初めて。

また治安局に追われる理由がひとつ増えた。

とりあえず、首輪を外す手段をはやく見つけないといけない。

ぼくはホテルのゲートを通ってる、首輪のＩＤは確認されてる。

発信器がある限りぼくは安全ではない。

ベイストリートを早足で歩きながら電話をかけた。先程かかってきた番号が彼女の電話からなら通じるだろう。

呼び出し音が三回、四回鳴って、五回目が鳴り終わらないうちにピッピは出た。

「なに」声は相変わらず冷淡だった。

「なに、じゃない。ずいぶんとんでもないのを寄越してくれたな」ぼくは言った。「あいつ、確実にぼくのことを殺そうとしていた」

「あいつってだれ」

「撃ってやったよ。死んじゃいないが重傷だろう」

「なに言ってるの」

「詳しく知りたきゃ駅で待ってたらいい。じきにそこへ行くから」

ぼくは電話を切った。

B4／16歳

ひとつのことだけをやり続けてきた人間が、自信を折られたり、その物事に対する情熱を失いかけるきっかけのようなものに直面したとき、なにもかもがいやになってしまうことはしばしばある。

この時期のぼくはまさにそんな感じだった。

首輪除去についての自信を完全に失いかけていた。

もちろんハルノを死に至らしめたことがきっかけだ。

ぼくの技術が未熟であったがゆえに彼は命を落とした。

でも、いま感じるストレスは過去の失敗に起因するものだけじゃない。

ぼくはこれからサクラノさえ失おうとしている。

彼女はこのまちを離れて遠くへ行き、ぼくはまたひとりぼっちになるかもしれない――。

いろんな不安、いろんな憂鬱があった。

なにもかもがどうでもよくなりかけていた。

師匠はたまに連絡をくれた。

ぼくは電話でもおとなしかったと思う。あまり首輪のことについて話したくなかったから。

しかし師匠とぼくが喋れば必然的に話題は首輪のことになるわけで、結局、ぼくは一連の出来事を語るに至った。ハルノのこと、ゴゴウという捜査官のこと、サクラノのこと。

「正義のためなんかに技術を使おうとした結果だよ」師匠は言った。「あれだけ技術は金のためにのみ使えと言っただろうに」

そうかもしれない。そのとおりかもしれない。

「にしても、そのハルノという少年はレンゾレンゾをつけていた。確認するが、その少年からおまえさんには直に連絡がきたんだな？」

「はい。少年は妹から、妹は仲介人からぼくの電話番号を聞いたと言っていました」

「ふむ……」師匠は言った。そして鬚をこすった。しゃりしゃり。

「……なにか気になることがあるんですか」

「いや。どうしてそのサクラノという少女は仲介人と接触できたのだろうと思ってな」

「兄妹の父親は首輪除去に失敗して死んだんです。おそらくは仲介人が派遣した除去者がミスをして。だから一家と仲介人が繋がっていてもおかしくはないかと」

「なるほど、なるほど」師匠は言った。「すべて合点がいったよ」

「なにが引っかかっていたんです？」

「いやいや。たいしたことではない」師匠は言った。「ともあれ、少年が死に至ったことからもわかっただろう。首輪除去の技術を正義のために使おうなんて考えは傲慢だ。そんなことを考えるからこそまっとうに生きている人間を面倒に巻き込むことになる。余計な死やかなしみを生む」

「……やはりぼくはまちがっていたんでしょうか」

「もちろんそうだとも」師匠は言う。「自身のちからを過信していたんだな」

「……ぼくはこれから先も首輪除去を続けていいんでしょうか」

「おまえさんはそれ以外に生きる術を持たないだろうに」

「これから高校に通って普通に生きるのも悪くないかも」

「本心からそう望むのならそうするのがいいだろう。本心から望むのならな」

自分のこころに問いかける。

ぼくはなにを望んでいる？　ほんとうはなにを望んでいる？

「まあとりあえず」師匠は言う。「仲介人には私から伝えておくよ。おまえさんに回す依頼人の種類を変更するようにとな」

「……というと？」

「おまえさんはいままで依頼人の種類について誤った希望を出していた。要するに正義を行使したいというエゴのために首輪の弊害に苦しむ善人の紹介を仲介人に頼んでいたわけだ。しかしこれからもそういう人間を依頼人として相手にすれば、いつまでもおまえさんは同じ苦しみに悩み続けることになる。すなわち自分の技術が善良な市民を傷つけてしまう苦しみにだ」

ぼくは頷いた。でもこれは電話だから師匠にその様子は伝わっていないだろうな。

「だからこれからはターゲットを変えるのだよ。そもそも私が言っていたように、たとえ死に至らしめてしまっても罪悪感を覚えずに済むような悪人を相手にするんだ。そうすればおまえさんは技術は技術、感情は感情と割り切ることができる。首輪除去はあくまで金を稼ぐ手段であってそれ以上の役割はなにひとつ持たない、そういうふうに考えることができる。ちがうかな？」

ぼくは、そうかもしれませんね、と答える。師匠の言うことはいつだってだいたい正しい。

「フラノ。いまのおまえさんに必要なのは自信だよ。首輪除去についての、そして自分に対しての自信を取り戻すことが最優先だ。自信さえ取り戻せばあとはどうにでもなる。過去の失敗についても、これから先の自分についても、それからサクラノという少女についても。いいか。くれぐれも自棄《やけ》になってはだめだ。自分自身を大切にするんだよ」

「ええ。わかってます」

「私はいつだっておまえさんが心配だ。冷静さを失わないようにな」

そんなわけでぼくは当面、犯罪者を相手に首輪除去を行うことにした。とにかく数をこなして腕を磨く、自信を取り戻す、師匠が言うようにそれが最優先事項なのだと思いはじめていた。

＊

除去対象者についての方針を変更してから最初に回ってきた依頼人は強盗犯だった。

現在は逃亡中なのだと彼は言った。

「首輪《これ》つけてるとまずいんでっしゃろ？　発信器みたいなので居場所がばれちまうって話でねえですか。おまけにもう身元は割れてるからセンターにだって行けねえですし。バッテリー交換は明後日に迫ってるっつうに」

グレイスタワービルのラウンジに面会にやってきた小男は独特の喋り方でぼくに事情を説明した。

首輪を触る指先は汚かった。身長は一五〇センチもなかった。頭のてっぺんは禿げかけていた。年齢は三十七と言ったが、顔だけなら四十半ばくらいに見えた。

「そこまでわかってるのにどうして強盗なんてやらかしたんです？」

「ちげんですよ。やらかしたあとに知ったです」

小さな男は椅子に座り、貧乏揺すりをしながら言った。

「この業界の仲間が教えてくれたんですわ、首輪《こいっ》は本気でやばいって」

ぼくは溜息をついた。

まったく。こんなの助けてなんになるんだ。報酬以外のなにも得られない。無事に作業が完了したところで達成感はないだろう。だいたいぼくがいまからしようとしていることは犯罪幇助《ほうじょ》みたいなもの。この男の逃亡を手伝うに等しい。やはり電話の段階で断っておけばよかったかもしれない。

とりあえず師匠からの教えに従って安全な人間かどうかを確認しよう。

「これからする質問に答えてください。返答は短く、最小限に」

どう見ても小物なので無用な心配とは思うけど、念のため。

「一。あなたは犯罪者ですか」

「さっきそう言わねえでしたか」小男は言う。

たしかに、とぼくは思う。どうもマニュアルみたいなものがあるといけない。

「二。首輪を除去したあと、ぼくに危害を加えないと約束しますか」

「外してくれりゃ危害なんか加えねえでさ」小男は言う。首輪のランプは青。

「三。ぼくが首輪を除去したことを他言しないと約束しますか」

「話さねえです」首輪のランプは青。

とりあえず相手にしても問題はなさそう。なにか起きそうだったら見捨てればいい。この小男がどうなったって構いやしない。

「お金、払えるんですか。作業料、高いですよ」

「払えまさ、当然です」

「なら先に。あんたみたいなひとはばっくれかねないから。お金用意してきてください。いますぐ」

小男は銀行にお金を下ろしに行った。

ぼくはひとりきりになって考えた。というより自分自身にもう一度問いかけた。

ほんとうにあんなやつを助けていいのだろうか。

しかし結論を出すには時間が足りなかった。答えを探している途中で小男は戻ってきて、ぼくは流れに圧《お》される格好で除去を引き受けることになった。

結局、小男が具体的にどんな犯罪を行ったのかについては細かいことを訊かなかった。強盗でどこに押し入ったとか、いくらせしめたのかとかは質問せずじまい。そもそもこんな弱々しいやつに強盗なんてできるものなのだろうか。

まあいい。小男がなにをやらかしたのかを知ったら、除去するしないについての判断がさらに鈍る可能性がある。そういうこころの葛藤はもうじゅうぶんだ。


ぼくらは一緒にグレイスタワービルの屋上へと上がった。

ほんとうは面会当日に除去なんてすべきではない、それはわかっている。でもむりだった。また日をあらためてこの小男に会うなんてとても我慢ならない。きょうを逃したらやる気も失せる。

面倒な作業、いやな仕事ほどはやく片付けてしまいたい。この日ぼくを駆り立てていたのはそういう心理だった。

「念のために言っておくけど」ぼくは屋上で、周囲のビルからこぼれる無数の明かりに目を輝かせている小男に言った。「おかしなことをしたらたちまちあなたは地獄行きですからね」

「作業のじゃまはせんです、もちろん。こっちも危ない目に遭うですし。そうでっしゃろ」

「よくご存知で」

「業界の仲間が言ってたんですわ。首輪を除去するのはおっかねえ行為だって」

「賢明な仲間だ。あなたはその忠告についてもっと真剣に考えるべきだったのかもしれない」

「あんさん。首輪を外す作業中に死んだりすることってほんとにあるですか」

「ありますよ。ぼくは経験済みだ、つい最近ね」

小男は怖《お》じ気《け》づいたようだった。ただでさえ貧相な顔が蒼くなり、さらに貧相になった。

「怖いならやめたほうがいい。強盗の罪で治安局に捕まったほうがあなたのためだし、世のためだ」

「馬鹿言わんでくだせえ。牢屋はもうごめんですよ」

小男の言葉が示したとおり、この男は前科持ち。

装着されている首輪はロールシャハだった。

道具はすでにセッティング済み。小男は正座して東を向き、ぼくはその背後に中腰で立っている。

鋼製へらを握る手がすこしだけ震える。ぼくはそれを自分で情けないと思う。

ばかばかしい。いったいなんだって緊張なんかしてるんだ。

ぶんぶん両手を振った。

いま目の前にいるのは護りたい人間じゃない、消えたって構わない犯罪者だ。

緊張なんかするな、リラックスしろ。すべては自信を取り戻すための過程だ。

「あんさん、見てくんさい」

小男が振り返って首輪を見せる。ランプが赤く光ってる。彼自身は鏡で気付いたらしい。

「赤く光ってたらまずいんでっしゃろ？　作業に支障が出るんでっしゃろ？」

なんでそんなこと知ってるのか疑問に思ったけれど、それを訊いたりはしなかった。

返ってくる答えは予想できる。業界の仲間に教えてもらった、と言うにちがいない。

「なにか疾しいことがあるんですか」

「疾しいことけ？」

「例えば首輪を除去するにあたってぼくにまだ隠し事をしているとか」

「隠し事なんかしちゃいねえですよ」

「ならどうしてランプが赤い」

「あれですわ、たぶん、あの言葉のせいです。よくわかんねえですが」

でた。すりこみの被害者。

「センターのひとたちが言っていた言葉ですね」

「そうです、あれでさ。気持ち悪いぐらい頭にこびりついてるんしゃ」

――あなたは首輪を外そうとしていますか。

「べつのこと考えましょう。その言葉を考えてる限りランプは青に変わりませんので」

「なにを考えりゃいいです」

どうしよう。過去を語らせる？ いや。犯罪者の昔話ってあまり聞きたくもないな。

悩んだ結果、自己報告法でない手段、「回答作成法」を使うことにした。

自己報告法にしなかった理由はこの小男の過去を知りたくないから。予防的アンガーマネジメント。自己報告の結果、相手がろくでもないやつだって判明しようものなら助ける気も失せるというもの。

「例えば時速八〇キロで走る列車があります」

ぼくはこんなふうに話をはじめる。

「Aさんはそれに乗って三駅離れた目的地まで移動しようとしています。BくんはAさんと同時に家を出ましたが、列車ぎらいなのでタクシーで移動しようとします。でもそのまちのタクシーはどれもぽんこつで最大四〇キロしか出ません。おまけに赤信号だらけです」

小男は目をぱちくりさせながら鏡越しにぼくを見つめた。

「さて、BくんがAさんよりもはやく目的地に着くためにはどうすればよいでしょう」

「……そりゃなんです？　いったいなんの話で？」

「単なるクイズですよ。さあ、考えて」

回答作成法は、具体的な問いに考えさせることにより、余計な着想を一時的に追い払う手法である。

与える問題は簡単すぎてはいけないが難しすぎてもいけない。解がわかりそうでわからない、そのくらいの塩梅《あんばい》がちょうどいい。

ちなみにぼくは先程のクイズについて解答を持っていないけれど、それはそれで問題ない。大事なのは相手が回答する過程で熟考すること。正解だろうが不正解だろうが効果は変わらない。だからそもそも解はあってもなくてもいい。被除去者が答えを求めて悩みさえすればそれでじゅうぶん。

制限時間のある除去作業とクイズの回答作成は相性がいい。残り時間が少なくなるほどに集中力は増す。限られた時間内に正解を見つけなければいけないという錯覚がどんどん回答作成作業に没頭させる。

師匠はこの手法をほとんど使わなかった。

こどもかまぬけにしか通用しない方法だ、と彼は言った。

「ちゃんとした大人はこんなやり方では誘導されない」

でも目の前の小男はまぬけに見えた。だから使ってみようと思った。

「……列車は途中でふたつの駅に停まるってことでっしゃろ。それぞれ何分くらい停まるですか」

問題文の内容が漠然としていることもたいせつ。

相手が詳細を求めて質問してくるくらいのほうがいい。

条件を絞ろうとして考えているうちに、ますますクイズに集中していくことになる。

「ひとつめの駅では一分、ふたつめの駅では二分」

適当にそれっぽいことを言って深みにはめていくのが出題者であるぼくの役割。

「列車は時速八〇キロでっしゃろ……そいなら……」

小男はクイズに集中しはじめたようだった。すりこみの言葉は追い出せたみたい。いまでは首輪のランプが青く光っている。

答えのないクイズについて真剣に悩む小男の姿は、答えがないことを知っているぼくから見れば滑稽なわけだけれど、そんなことになっているのはそもそもぼくのせいだから、笑ってはいけないのだろう。

小男が回答作成に気を取られているうちにバッテリーカバーを外し、作業を開始する。ぼくはワームにスピアーを突き立て、リウムピンセットを握りしめて空白の訪れを待つ。ロールシャハ。ワームは三層、残り時間は約四分。反応を待つぼくの右手は震える。

空白はちゃんとやってくるだろうか。

あのときみたいに、それがわからなくなったりはしないだろうか。

不安を見透かしたみたいに、空白はぜんぜんやってこない。

三十秒、一分と、一層も剝がすことができないまま時間だけが過ぎていく。

「……あんさん。三駅先の目的地ってのは、スタート地点から何キロくらい離れた場所で？」

小男がのんきな質問をしてくる。こっちの苦しみなんか知らずに。

「一〇〇キロだ」ぼくはぶっきらぼうに答える。どうせ正しい答えはない、返事は適当で構わない。

「一〇〇キロ?」彼は言った。「たった三駅で一〇〇キロ移動するですか? ずいぶん駅間が離れすぎな気が……」

そう言われるとたしかに不自然な距離だったとは自分でも思う。

でも真剣に向き合っている余裕はない。

「田舎なんだよ。このあたりみたいな都会じゃない。それだけだ」

ぼくが答えると、小男はぶつぶつ言いながら回答作成に戻った。


残り二分になった。

時間が少なくなるにつれ、不思議とぼくのこころは落ち着いていった。

どうして今回に限り落ち着いていられたか。

その理由は自分でもぼんやりわかっていた。目の前にいるのがまったく重要な人間じゃないからだ。

最悪、相手は死んでしまったっていい。

倫理観を欠いたぼくのそういう開き直りが、自分をリラックスさせていたのだと思う。

そして集中力が最大まで高められたころ、空白が、ようやくそれとわかるかたちでぼくのもとを訪れた。

――きた。

そこからはなんでもない作業だった。

ぼくはひとつの大きな壁を乗り越えた。

＊

除去は成功した。作業は二十秒を残して完了し、ダミーのセットも難なく終わった。

小男はうれしそうに帰っていった。

屋上を去る彼にぼくは励ましも注意喚起の言葉もかけなかった。

どうでもいい、それが正直な感想だ。あの男がどこでなにをしようと、首輪がないことでどうなろうとぼくの知ったこっちゃない。

今回の除去作業に着手する時点では、完了後にぼくのもとに残るのは金だけだと思っていた。

でも実際には金以外のものも生まれていた。ぼくは自信を取り戻しはじめたのだ。

師匠の言ったことは正しかった。ぼくは最初から犯罪者を相手にすべきだった。磨ききっていない技術で人助けなんかしようとしたがためにハルノを失うことになったのだ。まだまだ成長していける、そう思った。
そうさ、その気になれば彼女だってきっと救える。

屋上に吹く風は冷たかったが乾いてはいなかった。どこか懐かしい、胸を締め付けるような湿っぽさがあった。周囲はコンクリートでできた建物ばかりなのに、自然の香りが風に運ばれてぼくに届いた。風はいまが季節の境目であることを知らせてくれた。大地のにおい、植物のにおい。深く吸い込めば苦しくなりそうなじっとりした空気。まるで雨が上がったばかりの草原に立っているような気分だった。

＊

小男の件が終わった次の日、ぼくはサクラノの家を訪れた。
土曜の朝八時、住宅街がまだがやがやしてない時間帯。
サクラノは白い花柄のワンピースの上にベージュのカーディガンを羽織った格好で玄関

に現れた。彼女の服装はパジャマのように見えたし、パジャマでないようにも見えた。

「おはよう」ぼくは言った。

彼女はおはよう、と返してきたりはせず、かわりにこんな言葉を投げかけてきた。

「どうしたの、こんな朝はやくに」

「……いや。どうしているかなと思って」我ながらまぬけなことを言っているなという自覚はある。もっと気の利いたことを言える人間になりたい。

「どうもしないよ。どうかしたのはフラノのほうでしょ」

「ぼく？」

「そうだよ。だってわざわざこんな時間にうちに来たりするくらいなんだから」

たしかにそうだ。

「きみの父さんの故郷では、神聖な時間たる他者の休日の午前を侵す人間はばちあたり扱い。たしか処罰されるんだっけ」

「それも兄に聞いた話でしょ」

「でも処罰といったってからだを痛めつけたり長い期間無視したりとかはしない。ただ次の日、町人たちがよってたかってそのひとの家のチャイムをやたらに鳴らす。それだけ。明後日が来れば遺恨はなし。おふざけとしての風習」

「ほんとくだらない作り話だよね」

「でもハルノはこれは真実のほうだって言ってた」

「だとしたらお父さんがほんとうだと思い込んでただけじゃないかな」彼女は言った。

「そんな社会、想像できないもの」

サクラノはきょうは髪を結っておらず、長く伸びた髪は肩にかかっていた。朝の陽の光に透けて、黒いはずの髪は茶色がかって見えた。あらためて見る彼女は以前よりさらに細くなった気がした。病気のせいかもしれない。顔だってすこし蒼白い。

「それで、どうしてここに来たの？」彼女は言った。「なにか用事があった？」

「……うん。サクラノのことが気になってた、だから様子を確かめたかった。それだけ」

「私は元気だよ。だいじょうぶ。もう兄のことも落ち着いたし」

ぼくは口の中に溜まった唾を呑み込んだ。緊張しているわけじゃない、きまずいわけでもない。なのにどうしてだろう。あらたまって話を切り出すときにはいつだって言葉を探しすぎてしまう。

「……サクラノは、やっぱり首輪を外してほしいと思ってる？」

「どうしたの、急に」

彼女はぼくがとつぜんそんなことを言い出して驚いているようだった。

「サクラノはどうしたい？　ぼくに本心を聞かせてよ」

彼女は目を逸らし、玄関の手前にある鉢植えを見つめた。それから髪を一房、指先で摘んで梳いた。長いこと彼女はその状態で黙っていた。言葉を発しない彼女の首輪にはしばしば赤い光が灯った。

「……私がもし、首輪《これ》を外してほしいって言ったらどうなるの」

「やっぱり望んでるんだね」

「外してくれるの」

「もちろん。きみがそれを望むなら」

ぼくがそう答えてもサクラノの表情は晴れなかった。彼女は俯いたまま鉢植えを見つめるばかり。

「……いやな予感がする。首輪《これ》は外れないと思う。たぶんだけど」

「……どうして？」

「あるひとが言ってた。私のは特殊なやつだって」

「特殊……ってどういうこと？　そもそものあるひとってのはだれ？」

サクラノはなにも答えなかった。

ぼくは彼女の背後に回り、首輪を確認した。一見ルルのように見える。でもちがうかもしれない。

ヒップポケットから鋼製へらを取り出してカバーを外し、バッテリーボックスの隅に開いた孔にスピアーを潜らせて空白を探ってみた。空白の到来間隔は一般的。でも別のノイズがある。

「変わってるでしょ、私の」サクラノが背中を向けたまま言った。「そのひとは言ってた。これは決して外れることのない種類だって。センターにも外すべはなし。変更も更新もできない。そして耐用年数を迎えたら、首輪は誤作動を起こし、死に至る」

……決して外れることのない種類。

……それに……このノイズはあのときと同じ……。

ぼくは驚きのあまり口を開けたまま言葉を失った。

「……ね」彼女は言った。「むりでしょ？」

レンゾレンゾ……。ハザードオレンジで除去試行を挫《くじ》かせる首輪。

まさか兄妹のふたりともがそれを装着していたなんて。

呆然としたままバッテリーボックスのカバーを閉めた。小さく響いていた警戒音は鳴り止み、あたりにはまた土曜の朝らしい静けさが戻ってきた。

「でもね。べつに外れなくたっていいの。私の余命は再来年いっぱい。十二月の十六歳の

ない。

どれもほんとうの感情で、どれも誤った感情だ。だからぼくは自分の首輪がどんな反応を示してしまうのか、そればかりが気になった。どれかひとつの感情が支配的になれば首輪を赤く光らせることになるだろうし、そうなったら彼女の誤解を招きかねないから。

「……いつかきみがぼくに首輪を外してほしいなんて望む日が来たりすること、あるかな」

「先のことはわからないよ」と彼女は言った。

「いや、言ってみただけなんだ。深い意味はない」ぼくは言った。「わすれて」

朝の陽はうんと強くて、サクラノの家の庭は陽が当たっている部分といない部分でくっきりふたつに分かれていた。明るい部分は眩《まばゆ》く輝き、暗い部分は塗り潰したように黒い。ぼくたちはそんな庭を眺めながら雑談し、さよならをした。いつもどおりのさよなら。ひょっとしたらこれきりになる可能性もあったけれど、お互いそのことについては触れなかった。しばらく会えなくなるかもしれないにもかかわらず、わかれ方があまりにもあっさりしていることを残念に思うべきか、それともよろこぶべきかについては判断がつかなかった。

サクラノは最後に重苦しくなった空気を変えようとして、たわいもない話でぼくを和《なご》ませようとしてくれたけど、それは意味のないことだった。

彼女の首輪のランプが青くなったり赤くなったりするのが怖かった。どうでもいい会話の中にこそ現れる本心が見えてしまいそうな気がした。ぼくはほんとうに臆病な人間だ、自分が傷つくことをなにより恐れていた。

庭から道路に出たところで、サクラノはぼくを見送った。

バイバイ、元気でね。

さよなら、そっちも元気で。

帰り道は、降り注ぐ陽射しがこの上なくうっとうしかった。

A5／18歳

ホテルからベイストリートを歩き、辿り着いた駅ではピッピが待っていた。

サングラスをかけた彼女は改札前の時計柱に寄りかかって、ガムをくっちゃくっちゃ噛みながらヘッドホンで音楽を聴いていた。

ぼくはピッピの前まで行き、重いボストンバッグをタイルの上に置いたあと、彼女のサングラスに映り込む自分の顔を見つめて訊いた。

「あの男の心配はいいのか」

「だれのことよ」彼女はヘッドホンを外しながら言った。

「あの坊主頭の男さ。ネイビーのスーツの」

「だからそれってだれ。なんの話をしてるんだか」

「とぼけたって無駄だよ」

「疑ってるなら私の首輪を見て質問してみなさいよ。あなたの想像どおりだとしたら私の首輪は赤く光らないはずだから」

「あの男はきみの仲間だろう」

「そうよ」首輪のランプは赤。

「彼はほんとうは治安局の捜査官じゃないんだろう」

「ええ。捜査官じゃない」ランプは赤。

彼女は質問の答えとランプの色の組み合わせでぼくを論破したことを得意に思ったようだった。

「どう、満足した？」

「残念だけど」ぼくは言った。「もうその手には引っかからない」

彼女はサングラスをずらし、ぼくの瞳を覗き込んだ。

「たしかにあの男は治安局の人間だと名乗ったし、そのときの首輪のランプは青かった。たぶんホテルの人間もランプの色を確認して治安局捜査官と信じたんだろう。彼に対してキーまで提供していた。でも実際、彼は捜査官じゃなかった。本物の捜査官はジャックナイフ片手に殺しにかかってきたりはしない」

駅構内には列車の到着や出発を告げるアナウンスが絶えず流れていた。改札からどっとひとが流れ出ては入り込む、その繰り返し。まるで潮の満ち干みたいだった。

「もちろん首輪が嘘を見抜けないなんてことはありえない。それでわかった。あの男の首輪のランプはダミーなんだって。念のため彼が倒れたあとに首輪を確認したよ。加工の形跡があったどころかワイヤまで除去されていた。彼は除去者の手にかかったことのある人間なんだ」

「それはその男の事情であって私にはまったく関係がないこと」

「彼のダミーの首輪は赤く光る瞬間もあった。ここがポイントだ。ダミーのモデルは数えられるほどしかない。そしてどのダミーも特定のフレーズでランプを赤く光らせることができる仕様になっている。それでぴんときた。今回のケースにおいてその『特定のフレーズ』がなんであったのか。最近話した人物もそのフレーズを口にするたびに首輪を赤く光らせていたなってことに思い当たったんだ。ピッピ、きみだよ。記憶を遡ったらきみがなにを言ったときに赤く光ったかはぜんぶ思い出せた」

「……ばれてたってことね」

ピッピは髪の毛を掻き上げた。見方によってはセクシーと言えなくもない仕草、しかし彼女はセクシーという言葉で形容されるにはあまりにも顔立ちが幼い。

「さらに重要なことに」ぼくは続けた。「きみの首輪もダミーってことは、きょうの昼レストランで語った内容はなにひとつ信用できないってこと。きみは仲介人じゃないかもしれないし、師匠の知り合いでもないかもしれない、そもそもぼくの首輪を外す気なんてないかも」

「そうなるわね」

ピッピは言った。やはり彼女の首輪は赤く光った。

彼女自身、もはやダミーであることを隠す気もないみたいだった。

そうというフレーズ。これこそがダミーの首輪のランプを赤く光らせていた言葉。

あの男そしてこの女。会話の中で「そう」という音《おん》を発した瞬間はすべてランプが反応していた。

「教えてほしい。きみはどこのだれなんだ。ワイヤの除去やダミー機構の設置はだれに頼んだ。ぼくに語ったことはどこまでがほんとうでどこからが嘘なんだ。なんの目的があってぼくに近づいた」

「質問が多すぎる」

「答えられるものから答えていけばいい」

「いろいろと面倒で込み入った話よ。あなたが思うよりずっと」彼女は言った。「それでも私がどこのだれでなんであなたに近づいたのかを聞きたい？」

「ここまできて聞かないなんて選択はできない」

彼女は首を数回縦に振り、駅構内を見回した。

「とりあえず私の車で移動しましょう。あなたは追われててもおかしくない身なんだし」

「どこに」

「ここ以外のどこかに」

陽は完全に水平線の向こうに沈んでいた。ベイストリートを走る四駆車はびゅうびゅう風を切った。窓は隙間なく閉まっているように見えるのに風の音はずっと車内に響いていた。難破した船から海に放り出された船乗りが助けを求めて吹くホイッスルみたいな、細く、切実で、かなしい音だった。

ピッピの四駆車は女性が乗り回すにはいささかいかつすぎるように見えた。ボディは真っ黒で、タイヤはばかみたいにでかい。マフラーは何個もついていて、そこからは野獣の唸りのような腹に響く音が吐き出されていた。

「あなたは車に乗らないのよね」

彼女は慣れた手つきでステアリングを回しながら助手席に座るぼくに言った。

「ぼくは車も免許も持ってない」

「知ってる。ほんと、首輪外し以外なにもできないひと」

「大きなお世話だ。そんな雑談をするためにこの車に乗ったわけじゃない。とにかく、ぼくの首輪を除去するための手配をさっさとしてくれよ」

「あなた、まだ首輪を外してもらえるとでも思ってるの」

「……」

「むりよ。その首輪を外すなんて」

やっぱり。期待なんかしたぼくがばかだった。こんなに都合のよいタイミングで目の前に仲介人が現れるわけなんてないってこと、すこし考えればわかりそうなものなのに。ぼくは変なにおいのするシートに沈んだ。いろんな疲れがどっと出てきた。からだがだるい。希望を抱いたぶん、絶望が深くなった気がした。

「この際はっきり教えてくれよ。きみはいったい、どこのだれなんだ」

「まず私は仲介人じゃない」

「だろうね」

「そして二十七歳でもない。ほんとは十八」

「……十八？」

「そう。あなたと同い歳」

「どうりで若く見えると思った」

「それからあなたが師匠と呼ぶ男の差し金でもない」

「それもわかる。けど、ならどうして師匠のことを知っていた？」

「私はね……」ピッピはそこで一度、言葉を切った。

彼女はフロントガラスの向こうに続く道を見つめていた。西の、空と海のふたつの藍が混じり入る境目には鮮やかなオレンジの線が走っていた。残り火みたいにうっすら輝く光はぼくを感傷的な気分にした。一日の終わりを告げる、はかない光。

「……私はあの男に恨みを抱いているの」

「恨み？　どうして？」

ピッピは黙ったまま頷いた。

「師匠はむやみに知り合いを作らない人間だ、そんな師匠の知り合いなんだからきみとぼくはある意味で同志のはず。話せばわかることだってあったかもしれない」

「わかりっこない。私とあなたじゃ利害が一致しないもの。私があなたに接触したがったほんとうの理由を知りたい？　私はね、あなたをある人物の殺しに利用できなければ、あなたを殺すつもりだったのよ」

ぼくは息を呑んだ。「……わけわかんない。なんでぼくを殺すんだよ」

車を降りたくなった。隣にいるひとは想像以上にぶっそうなやつだった。

「あの男は私の親にひどいことをした。私はそれが許せない」

「首輪除去を失敗でもされた？」ぼくは言った。「師匠をフォローするわけじゃないけど、除去にミスはつきものだ。依頼する側だってリスクを承知だったはず。気持ちはわかるけど、もしそうなら逆恨みもいいとこ」

「そんなくだらないことじゃない」彼女は言った。「それに私の親だけの話じゃない。あなたの父親だってあの男のせいでひどい目に遭った」

「……父さん？」ぼくは言った。「……ぼくの父さんを知ってるの？」

「直接会ったことはない。でもひとづてで話には聞いてる」

「ぼくの父さんはどこにいるの？」

「あなたの父親はもう死んでる」彼女は言った。「私の父親と同じ目に遭って」

「……きみの父さんとぼくの父さんはどういう知り合いだったの？」

「ほんとうになにも知らないんだね」

「べつにそこまで無知じゃない。師匠が教えてくれた知識はたくさん持ってる」

「ばかね。あの男こそ一番危険なのに」

「……」

「私やあなたの父親はね、あの男に殺されたも同然なのよ」

舗装と舗装の繋ぎ目にさしかかるたびに、車は大きくがたんと揺れた。

ヘッドライトの先端の光は激しく揺れ、薄闇に歪な光の軌跡を描いた。

「あなたは自分が首輪を外せる人間であったことが偶然だと思う？　あの男にたまたま巡り合い、たまたま資質を開花させてもらったと思う？　ワームの空白を聞き取る才はたまたま天に授けられたものだって信じてる？」

「……そうじゃないの？」

「実際には必然。あなたはなるべくして首輪除去者になった。もっと遡ったところから話をはじめましょう。あなたはあの男が首輪を外せる人間であったこともたまただと思ってる？」

「ぼくに師匠のことはわからない」

「おかしいとは思わない？　普通のひとには決して外すことのできない強固な構造の首輪がどうしてあの男には外せるの」

「師匠にも特別な才能があったんだろう。それ以外の理由なんて存在しないんじゃないか」

「あの男が首輪を生み出したとしたら？」

「……」

汗が背を伝った。動悸が激しくなった。

「あなたが師匠と呼ぶあの男は首輪開発機関のスタッフのひとりだった」

「……そんな話、師匠からは聞いたことがない」

「言うわけないでしょ。隠してるのに」

彼女の話によればこういうことだ。

いまから十五、六年前に発足した首輪開発機関の中心には九人の人間がいた。プロジェクトのリーダーだったのが師匠で、その下に配置された八人のスタッフの中にいたのがピッピの父親とぼくの父親だったらしい。なるほど彼女がマップほか首輪関係のアイテムを持っていることからも、彼女の父親がスタッフだったというのはありうることのようだ。

八人のスタッフのうち七人は死んだ。

いまなお生きてるのはひとりだけ。それが現在「仲介人」と呼ばれる人間とのこと。

首輪の開発は秘密裏に行われていた。

スタッフは最小限。人数が多ければ多いほど情報の管理は難しくなる。

八人のスタッフは基本的にはみな研究する側の立場だったけれど、場合によっては被験者として開発に貢献したらしい。機密性の高さゆえに外部から被験者を連れてくるわけにはいかなかった。

スタッフになるための条件はふたつ。

各研究分野において秀でた専門家であること。

被験者として参加可能な幼いこどもを持つ親であること。

ピッピによれば、嘘判定機構の開発には小さなこどものデータが必要だった。

特に、こどもの持つ「純粋性」こそが研究の目当てだったという。無垢なこころ、その中に混じり入る疾しさの感情を抽出することが首輪開発には必須だった。

秘密組織ゆえ、他所から被験者は連れてこられない。

だったら最初から身内で調達できるよう人選の段階で考慮していたというわけ。


「首輪の中枢を担うワームに搭載された嘘判定システム。あなたも知っているとおり、人間の瞬きや無意識下での反射反応がこのシステムの判定基準に反映されている。そのための基礎情報としてワームのベースに埋め込まれているのが、被験者としてのスタッフとそのこどもたちの実験データ」

「親たちは自分のこどもを巻き込むことを認めたの？」

「べつに害があるようなテストじゃない。いくつか測定器を身体につけて反応のデータをとるだけ。いやがる理由はなかったんでしょう。首輪計画は当初クリーンに見えていたみたいだし」

「戦争兵器みたいな話だ」

「補足すると、あなたの場合は周辺で騒ぎ立てられたらしい。父親がこどもにおかしなことをやらせてるって。児童相談所まで動き出す始末。結果的にあなたは父親からある種の、虐待を受けている可能性があると認定されて養護施設へと身を移すことになった」

ぼくが施設に入ったのにはそんな経緯があったのか。

ぼくの父さんは自ら進んでぼくを捨てたものだとばかり思っていた。

それがちがうとわかってうれしいような、こんなことになってかなしいような。

「つまりピッピ。きみの言うことが正しいとすると、首輪の嘘判定システムにはぼくらの身体反応のデータの一部が反映されている」

「そう。いずれにせよあなたには聞こえるべくしてワームを這う空白が聞こえる」

「だからきみも空白を捕らえることができる」ぼくは言った。「にせ捜査官、あのネイビーのスーツの男の首輪を除去したのはきみだったんだな」

「そのとおり。でも除去できるのはルルやブルーノの簡単な型だけ。技術を授けてくれた人間の技術が未熟でね。私にたいした腕はないの。あなたのほうが優秀」

ぼく以外にも存在していた除去者、ピッピ。こうして出会うことになるなんて。

しかし彼女はいったいだれから除去の技術を授かったのだろう。

「きみが除去者なら話がはやい」ぼくは言った。「ぼくの首輪を外してくれよ。金なら払う」

「いいえ。外せない。むりなの」

「なんで」ぼくは言った。「ぼくが師匠の弟子だから？」

「先を急かさないで」彼女は言った。「順を追って話してるんだから」

「とにかく、シンクロニシティがあったのは偶然じゃないってことはわかったよ」ぼくは言った。「でもおかしいな。ぼく自身にそんな実験に参加したなんて記憶はない。いくら幼かったとはいえだよ。きみは当時のことをなにか憶えてる？」

「いいえ、憶えてない。記憶力のせいじゃない。私たちはどのみち憶えてないの。被験者は一部の記憶を飛ばされている。強力なマインドコントロールにかけられてね。彼らは記憶に干渉できる技術まで確立していたの」


研究機関では首輪を欺く技術をも研究していた。

目的はもちろん、嘘判定システムの完全性を証明するため。

スタッフは装着者個人が単独で首輪のランプの色を制御する手段を模索したが、有効な手段は発見されなかった。結果、「装着者単独では首輪のランプは騙せない」という結論を出した。

一方、他者が「すりこみ」や「思い込ませ」を行うことで首輪の色のコントロールが可能であることは確認された。スタッフたちはこの分野を極限まで掘り下げた。

そうして完成したのがある種の忘却技術だという。

あったことをなかったことのように思い込ませる、錯覚させるための技術。

「人間には、自分の都合の良いように記憶改変が行われているなんて認識もないままに自分の記憶を絶対的なものだと信じる習性があるでしょ。その習性に現代の技術を掛け合わせてパッケージ化したものが彼らの忘却技術。嘘と記憶は深い関係を持つもの。記憶のほうが事実をわすれてしまえば嘘の概念はシフトする。一度そうだと思い込めば人間はとことん妄信的になる。信じることに脆《もろ》い生き物なのよ」

「極度の『すりこみ』や『思い込ませ』はひとの記憶そのものにまで影響を及ぼす……一種の洗脳か」

自分では自分の首輪を騙せないけれど、他者には他者の首輪を騙せる。パラドクス的な話だ。

「レンゾレンゾの首輪を装着する際にもこの忘却技術を利用してる。レンゾレンゾはほかの首輪と装着方法が異なる、そのことを装着者本人に確認させないために」

「でもわかんないな。どうして父さんは師匠に殺された？」

「首輪完成直後、制度施行よりわずかに前のこと。スタッフたちはテスターとしてむりやり首輪を装着させられた。過去の多くの拷問器具の最初の犠牲者は開発者だった。身を以《もっ》て証明させるのよ、欠陥がないことを。それに開発者を被験者にするというのは都合がいい。テスト中の事故を装えば秘密を知る優秀な人間を確実に消せる。八人のスタッフのうち、あなたの父親ほか何人かは首輪をむりやり外そうとして死んだ。私の父を含む残りの何人かはむりに外そうとはしなかった。でも結局、装着から一週間後にバッテリーが切れて首輪が締まった。生き残ったのはあの男に服従の意思を示した仲介人だけ。ほかのスタッフは、首輪をつけられてなお、服従はしなかった」

「……父さんは首輪のせいで死んだのか」

「外せなかったのもむりはない。あの男がスタッフたちに装着を強いた首輪こそ攻略不能のレンゾレンゾ。外観は他社製のものに似せて作られてる。装着の時点ではスタッフたちでさえそれが特殊な首輪であることはわからなかったんでしょう」

レンゾレンゾ。絶対に外れない首輪……。

「これまでに三人、レンゾレンゾの装着を確認できた人間がいた」ぼくは言った。「首輪には空白以外のノイズがあった。ぼくの推察が正しければ、その正体はハザードオレンジシステムだ」

「ご明察」ピッピは言った。「で、その装着していた人間のひとりがサクラノ、でしょ」

「……なんで知ってる？」

「あなたが好意を寄せる女の子」

「好意を寄せてなんかない」

「首輪、赤く光ってる」

ぼくは顔を背けた。首輪ってほんとろくでもない。

「ずっとマップで追ってたからね。あなたがだれと会ってなにをしてたかは把握してる」

管理社会の弊害ってやつを被《こうむ》ってる気分だった。

言葉の切れ間でウインカー点灯音が響いた。カッチカッチ。ひどく乾いた音だった。

「首輪を外そうとした人間の末路って知ってる？」

ピッピは目を細めて遙か前方を見やった。

「自分でちからずくで外そうとしたにせよ、除去者の手に委ねたにせよ、自身の首輪の除去を試みた人間は死してなお屈辱的な仕打ちを受ける」

「……なにが起きる？」

「自分の家族に充てがわれる首輪がレンゾレンゾになるの。央宮は首輪開発当初から、いずれ首輪を外して利益を得ようとする除去者なる存在が現れることを想定していた。ゆえに除去者排除手段を予め講じてもいた。言わばレンゾレンゾは首輪除去者の排除を目的として作成された首輪なの。除去者と接触する可能性が高い人間にレンゾレンゾを割り当て、除去試行を失敗させ、ハザードオレンジによって被除去者のみならず除去者をも葬る」

それって、つまり……。

「あなた、自分の首輪はブルーノ製だと思ってたんでしょ」

「……そうだよ」

「あの男があなたにそう吹き込んだのね」

「……」

「あなたの首輪もレンゾレンゾ。父親が首輪を除去しようとして死んだから。私にあなたの首輪が外せない理由」

ぼくは自分の首輪に手を当てた。

攻略不能の首輪、レンゾレンゾ。こんなに近くにあった。

オフロードで、車はがたごと揺れた。タイヤが浮いたり沈んだりするたびにシートの下から尻を突き上げられた。ちょうどそのときのぼくの心境も似たようなもの。不意に思いもよらぬ方向から矢で射抜かれたような、藪《やぶ》から棒に側頭部を殴られたような、そんな感じ。外傷それ自体もなかなかのダメージだけれど凶器の先端に付いた毒は内側からぼくを蝕《むしば》んでいく。

「これで合点がいったでしょう。ハルノ、サクラノ。どうしてあの兄妹の首輪がレンゾレンゾだったのか。彼らの父親が首輪を外そうとして死んだからよ。こどもたちの首輪種はセンターでの診断を経て更新された。装着してる本人は当然それに気付いていない。装着時の記憶はもうないからね」

これがレンゾレンゾ割り当ての規則性の正体というわけか。なんてかなしい理解だろう。自分自身や自分の大切なひとたちがそれをつけていたなんて。

「レンゾレンゾ……レンゾレンゾか……」

ぼくは意味もなくその言葉を繰り返した。自分がそれを装着しているという事実を受け入れられなかったのかもしれない。

「気持ちが整理できないのもむりない。こんな話を聞かされたらだれだって呆気にとられる」

「……師匠はぼくらの父さんを利用するだけしたあとで切り捨てた」

「あの男はそういう男」ピッピは言った。「そんなふうに見えないでしょ。でも実際そう。うそつきのろくでなし」

胸が痛かった。

師匠。ぼくはあなたをほんとうの父親のように思ったこともあったのに。ほんとうの父親が死んだのがあなたのせいだったなんて。

B5／16歳

　サクラノがまちを出ていってから数か月のあいだに、ぼくはおよそ三十人の犯罪者の首輪を外した。

　細かな数字は覚えていない、でもざっとそんなもんだったと思う。

　正直、自棄を起こしていた。首輪外しについて金銭獲得以外の目的を失ったからだ。

　自分はなんのためにこんなことをしているのか、何度も疑問に思った。

　しかし最終的に辿り着く結論は毎回同じだった。

「自分にはこれしかできないから。ほかになにをやればいいのかもわからないから」

　だからぼくは考えることをやめて首輪除去の仕事をし続けた。仲介人から紹介される依頼人の首輪を雪かき的に排除していく単純作業装置と化したのだ。

　ぼくのところに来た犯罪者にはいろんなのがいた。窃盗犯、麻薬業者、汚職隠しの政治家、悪徳法律家、とにかくいろいろ。ついている首輪もそれぞれちがった。ブルーノが多かったけど、ロールシャハもいたし、ルルもいた。ぼくは相手にしたどの人間の首輪の除去にも失敗しなかった。

十七歳になる夏には、十分に実戦の経験を積んでいた。

首輪を外して得た収入の大半は師匠に上納していたけれど、それでも手元にはぼくらいの年齢の人間が持つにはあまりにも大きな額のお金が残った。回を重ねるごとに技術は向上した。悪人たる依頼人たちと対等に渡り合うための度胸だってついた。

十七になる夏。

八月のある日、ぼくは空調のないアパートの自室で仰向けになって天井を見ていた。汗だくだく。開けた窓から風はほとんど入ってこない。稼ぐ金のわりには質素な暮らしをしていたと思う。施設暮らしが長かったぼくは最低限の物品で文化的な生活が営めることを知っている。

十七になる夏。

なにをするにも暑すぎる時期だった。ぼくはひどい無気力感に襲われていた。もはや金のため、という目的さえ失くしかけていた。その気になればここで横になったままでも生きていくことができる。生活費は尽きたりしない。お金ならたくさんある。

十七になる夏。

なにかを決定するのにふさわしい時期のように思えた。これまでは未熟だったがゆえに冷静な判断を下せない部分があった。しかしこれからではなにかを変えるには遅すぎるかもしれない。なにかを変えるとしたらいましかない、そう思った。これまででは早すぎた、これからでは遅すぎる。

十七になる夏。

自分でなにかを決めるには、たぶん、最適な時期だった。

数日後。師匠から電話があった。ぼくはまず自分の考えを言った。

「師匠。たしかにあなたはどんなときも正しかった。いつだってぼくに適切なアドバイスをくれた。知識だってすばらしい。これからもあなたから学んでいくことは多いはず。そのことは進んで認めます」

ぼくはそんなふうに話を切り出した。師匠は熱心に耳を傾けてくれていたと思う。電話だから実際の様子がどうだったのかはわからないけれど。

「ここ数か月でずいぶん数をこなしました。ルル、ブルーノ、ロールシャハ。いまではぜんぶ朝飯前です。自分で言うのもなんですが技術はかなり向上しました。自信だって取り戻せた。それで思ったんです。そろそろぼくにも自分でなにかを決定すべきタイミングが来たんじゃないかって」

　師匠は黙っていた。

「あなたは技術を金のために使えと言った。たしかにそれは正しい。そのことはぼくも身を以て学んだ。正義のためなんかに使おうとするとろくなことにならない。実際そのせいでぼくは何人ものひとを傷つけることになった。直接にも、間接にも」

　電話を押し付けた頰からは汗がしみでた。汗は手首を伝って、灰色いシャツに垂れた。滲んだ部分の色が濃くなった。

「ですが、やはり」とぼくは言った。「ぼくは正義のためにこそこの技術を使いたいのです。愚かなことを言ってるってことは自分でもわかっています。それでも、ぼくは、首輪の弊害に苦しむ善良なひとたちのために働きたい」

「正義のためにとおまえさんは言う」と師匠は言った。「だがそれは自己満足の域をでない主張だ。また同じあやまちを繰り返すかもしれない」

「だとしてもです。ぼくには覚悟がある」

「おまえさんだけが覚悟してもなにもはじまらん。かなしい想いをしたり傷ついたりするのはおまえさんだけじゃない。依頼人、その周囲の人間、すべてを巻き込んで悪い方向に事が動く。私はその危険性を指摘しているというのに、どうしておまえさんは頑《かたくな》にそのことを理解しようとしないのか。それに自分の力を過信している。おまえさんは自分が思うほどには成長していない」

「なんでわかるんです?」

「その話し振りからさ。まだまだこどもだよ」

「そんなことない。ぼくはもう一人前です。そのうち技術でだって師匠を超えられる。いや、ひょっとするともう超えているかもしれない」

「ばかを言うのはやめなさい」

「ぼくは真剣です」

それからふたりとも黙った。電話だから向こうの表情は見えない。でも刈り込んだ鬚をしゃりしゃり擦る音が聞こえる。昔からの癖だ。考えるときはいつだって鬚を擦る。

携帯電話を押し付けているせいで耳が痛かった。長い沈黙だった。師匠にはやく次の言葉を発してほしいと思った。返事を待つ時間はいつだって不安だ。

「……おまえさんがほんとうにそれを望むなら」と師匠は言った。「私から仲介人に話してやってもいい」

「ほんとうですか」

「せいぜいがんばってみればいい。遅かれ早かれ、自分の非力さを思い知ることになるだろう」

がんばります、とぼくは言ったけれど、たぶんその言葉は届いていなかったと思う。師匠は電話を切ってしまった。

とにかく、再び正義のために技術を使える目処《めど》がついた。

これでもう、ろくでもない犯罪者たちの罪の片棒を担ぐこともない。

自分のちからを正しく活かすことができる。ぼくはそれがうれしかった。

次の依頼人からはその二日後に電話がかかってきた。

ぼくの要望どおり、犯罪者ではなく善良な市民だった。

＊

「あたしの息子もあなたぐらいの年齢よ。今年で十五。優しい子よ、とっても。だけど最近のあの子ときたら、あたしに対してよそよそしい態度ばかりとるの」

四十二歳のマミとは彼女の家の近くのケーキ屋で会った。大きなからだに似つかわしくない小さなフォークでミルクレープを切りながらぼくに近況を語った。

「反抗期になってからは特にそう。ぜんぜんあたしに懐かなくて。お見舞いに行くとすごくいやそうな顔をするの。返事は、ああ、とか、んん、ばっかりだし。このごろじゃお母さんと呼んでもくれない。虫の居所が悪いときなんかはあたり散らすの。そのくせ自己主張はできない。大声で怒鳴ったかと思えば縮こまって自分の殻に閉じこもったりする、そういうところは情けない子よ。だからときどき言ってやるの、しっかりなさいな男の子でしょう、って」

マミという女性は初めて電話で話をしたときにぼくが思い描いたとおりのひとだった。どっぷりした感じというかなんというか、図々しい盛りの中年女性って感じがした。くるくるに巻かれた短めのパーマがふくらんでいるせいで実際よりも頭が大きく見えた。皺を隠すための粉が顔にたくさん振りかけられていて、なんだか冬のお菓子みたいだった。爪にはオレンジ色のマニキュアが塗られていた。シャツは豹柄でパンツは白黒のストライプ、靴はパープル。数十メートル離れたって見失いはしなそうな服装だった。個性的といえば個性的ななり。でも親しみやすいというか、こう、明らかに悪いひとじゃなさそうってのはすぐにわかった。

「息子って難しいものよね。なにを考えてるのかも、なにを望んでいるのかもわかんない。反抗期なんて化け物みたいなときがある。あなたにも反抗期はあった？」

「なかったと思います」ぼくは言った。「反抗したいと思うような相手がまわりにいなかったので」

「あら。おりこうさんだったのね」

反抗すべき親を持ってなかったんです、なんてもちろん言わなかった。言ったところで無駄話に終わることはわかりきっていたから。

マミはぼくをおっとりした目で見つめ、ふふふと笑った。

「でも、どうして息子さんはあなたに懐かないんです？　たしかに反抗期というのは理由の一部ではあるでしょうが全部ではないはずだ。あなたにだってそれがわかってるからこそ、ぼくに首輪除去を頼みに来てる、そうでしょ」

ぼくが訊くと、マミはフォークを皿の上に置き、ペーパースタンドから紙ナプキンを取って折り畳んで口元を丁寧に拭った。容姿とアンバランスな品のある仕草。とんちきな服装と相まって、なんだかすごくシュールに見えた。

「息子はね、たぶん、秘密に気付きかけてるの」

「秘密とは？」

「自分がほんとうはあたしのこどもじゃないってことよ」

マミは紙ナプキンをくしゃくしゃに丸め、テーブルの隅に置いてあった灰皿に放り入れた。

「よくある話。ちょっと複雑な家庭の事情でね。父親はほんとうの父親だけど、母親はそうじゃない。産みの親はあの子がまだ三か月にもならないときに他所に男を作って家庭を捨てた。旦那があたしと再婚したのが息子が一歳のときだった。以来、あたしがずっと母親役を務めてきたのよ」

「しかし気付きかけたきっかけはなんだったんです？　どうしてこれまで隠してこられたことがばれそうになったのか」

マミはティーカップを持ち上げ、紅茶を啜《すす》り、言った。

「旦那が数か月前に亡くなったの。あのひとの家系にはびこる遺伝的な病気でね。まだそんな歳でもないのに」

お気の毒に、とは言わなかった。ハルノのときに学んだから。表面的な慰めの言葉は、首輪のランプの色ひとつで、こころが宿っていないことがすぐばれる。

「葬式に来た親戚が余計なことをあの子に教えたのよ。こっちがひた隠しにしてきた内容を仄めかすようなかたちで」

マミはカップを置いた。そして自分の派手な色の爪をいじった。

「息子はいま入院しているの。このまちで一番大きな病院に。あの子にも父親と同じ種類の病気が見つかって。遺伝てほんとうにあるものね。医者に言わせればあの子の場合はもっと状況が悪いらしい」

遠くを見つめるマミの瞳は潤んでいた。

「あと二か月か三か月。それで終わりってこともありうると言われた」

ぼくはなんだかいたたまれなくなって皿の上のプリンに視線を落とした。ぼくには母親がいなかったから、母子の愛みたいなものを正しく認識できているとは思えないけど、マミのかなしみは理解できる。自分のこどもの、たとえ生物学的には繋がりを持たなくとも、余命がわずかと宣告されたときの彼女のショックは相当なものだっただろう。

余命。

ぼくだってサクラノの未来を想うとかなしくなる。

「どんなものにだって終わりはある、それはわかってる、わかってるのよ。息子だって例外じゃない。あの子だって永遠に死なないわけにはいかない。でも、いくらなんでもはやすぎる」

ぼくは、うん、と頷く。これは本心だ。十五歳。死ぬにはまちがいなくはやすぎる。

「事実は事実として受け入れなきゃいけない。あたしはね、そこは割り切れたのよ。でもせめてきれいにおわかれをしたい。ふたりのどちらの思い出も濁らないようなきれいなかたちで」

「つまりあなたは息子さんがあなたをほんとうの母親だと信じたまま逝ってほしいと思ってる。そのために首輪がじゃまだと、そういうことなんですね」

「ええ」マミは声を詰まらせながら言う。「あの子が最期を迎えようとしてるの。そのくらいの嘘をついたってばちは当たらないでしょう」

「でもマミさん。正直に真実を言ったって息子さんは受け入れてくれたんじゃないですか。首輪を外すのはリスクを伴う行為ですよ。生活がすごく不便にもなるかも」

「息子は、思春期で、反抗期で、しかも重い病気を抱えてる。常にたくさんのストレスと一緒なの。だからこれ以上、あの子を刺激したくはない。なるべくこころ安らかでいてほしい」

「そのためにも嘘をつき続けるのが一番、と」

「首輪を外すことのリスクは承知の上。息子のためだもの。母親っていうのはね、こどものためならいつだって自分を犠牲にできるもんよ。どんな不便にだって耐えてみせる」

「そういうことならわかりました」ぼくは言った。「外しましょう」

純粋にちからになりたいと思った。彼女の願いはまっとうだった。こういう善良な人々を救うためにこそぼくのちからは行使されるべきだと思った。悪人どもの逃亡の手助けをしてやるより、よほどやりがいがある。

マミはぼくが首輪を外すと決意したことをよろこんでいるようだった。

「ありがとう、うれしい。ほんとうにありがとう」

声は上擦っていた。先程までの会話で気が昂《たかぶ》っていたのかもしれない。

「これまで息子と会話をするとき、すごく怖かったの。いつ恐れている質問が飛んでくるのかって。母さんはほんとうの母さんじゃないんだろ、って、もしそんなこと訊かれたら、あたしの首輪の色であの子はすべてを悟ると思うし、よりこころを開かなくなると思う。これからおわかれかもしれないのに、そんなのってさみしすぎるものね」

「もうその心配はなくなりますよ」ぼくは言った。「あなたの首輪を除去したあとはダミーを設置します。基本的には青く光る首輪です。それをつけて息子さんに言ってやったらいい、自分はほんとうの親なんだって。息子さんが首輪の色を見ればなんの疑いを持つこともなくなるはず」

話がまとまってマミはようやく心配から解放されたようだった。

彼女はミルクレープを食べ尽くし、ショートケーキとモンブランを追加注文し、紅茶を二杯おかわりした。恰幅に見合った食べっぷりだった。元気を取り戻した彼女はぺちゃくちゃ唾や食べかすをテーブルの上に飛ばしながら喋った。これまでずいぶん息子のことを気に病んでいたんだってことが、現在のリラックスぶりから伝わってきた。

ぼくはふと思った。もしぼくに母親がいたらこんな感じだったのかな、と。

でもすぐにそういうことを考えるのはやめた。

むなしくなるだけだし、強がりたくなるだけだから。

ぼくとマミは除去実行の日時と場所を決めた。その日はそれでさよならした。

A6／18歳

車は暗い道を進んでいった。信号はほとんどなかった。ヘッドライトの照らす先には通行人も車もない。ぼくとピッピを乗せた四駆車はそのひっそりとした車道を時速九〇キロで駆けていった。

「師匠が八人の部下に首輪の装着を強いたときみは言う」ぼくは言った。「百歩譲ってそれがレンゾレンゾであることには気付けなかったとしよう。にしたって、言われるがままに首輪を装着するものだろうか。テスターになることを、父さん含めスタッフがむざむざ受け入れたとは考えにくい」

「そうせざるをえない事情があったとしたら？」

「自分の生命の安全と引き換えにでも受け入れざるをえない事情なんて存在するかな」

「スタッフの条件はこどもを持つ親であること。それは嘘判定機構の開発のためだけじゃなかった、と言ったら?」

「……なにが言いたいのかぜんぜんわからない」

「首輪制度施行以来、この国のすべての人間には識別番号としてのIDが設定されている。首輪は各個人のIDを読み込み、その情報を首輪に関する各種機能に反映してる。発信器やレコーダーの情報と各個人をリンクさせる基礎番号みたいなもの」

「さすがにそれは知ってる」

「じゃあIDを利用して特定の個人の首輪を締める信号を発する装置が存在するかもって考えたことは?」

「……」

「首輪制度施行当時、多くの人間が首輪の『原因不明の誤作動』により命を落としたのは知ってるでしょ。あの事件の正体がなんだかは考えなかった?」

「……ただの誤作動だったんじゃ」

「ちがう。意図的に特定の人間の首輪に信号を送って殺していたの。たぶん政治的に危険な勢力の排除を央宮の権力者に頼まれたんでしょう。あの男は恩を売れるところで売っておいたにちがいない。難しいことじゃないしね」

「……つまり、そういう装置はほんとうに存在する……」

「ええ」

「師匠が持ってるの?」

「当時はあの男が持ってた。現在は仲介人が持ってる。あなたに断られた依頼人を仲介人がどんな方法で処分しているのか疑問に思ったことが一度くらいあるでしょう。その謎の答えがこれ。仲介人はまず依頼人のIDを探るの。マップさえあれば無加工の首輪のIDの特定は容易い。遠隔操作で依頼人は死ぬ。直接会う必要もない」

たしかに仲介人が持っていると考えると、依頼人の処分のしかたについて筋は通る。首輪普及当初の誤作動によって死んだとされる人々のレコーダーがいずれもブランクだったという話と照らしても齟齬《そご》はない。

「あの男はスタッフたちに将来的な不利益をほのめかした。スタッフはみなそういう装置があることを知っていたから、制度施行後に首輪誤作動による事故死を装ってこどもたちが殺されることを危惧した。あの男の言いなりになるしかなかった」

「事実上の人質を取ったのか」ぼくは言った。「ピッピ。きみの話を聞いていると頭がくらくらしてくる。師匠という人間がとことんくずみたいな人間に思えてくる。ぼくが知ってる人間ときみの語る人間が同一人物とは思えないくらいにだ。きみがうそつきであってくれたらいいとさえ思える」

「でも残念ながら」ピッピは言った。「うそつきはあっち」

「きみが師匠を恨む理由は理解できなくはない気がしてきた。きみの話が真実なら、ぼくらの親は師匠によって殺された。復讐を企てるには十分な動機だ。きみがぼくを殺そうとしたのも、ぼくが師匠の弟子だからか」

「そう。あの男に通じる人間をすべて死に追いやってやるの。炙り出すためにもね」

「で、きみはぼくの命と引き換えにだれの暗殺を依頼するつもりだったんだ？　師匠？」

ピッピは首を振った。そして「あの男の息子」と答えた。

彼女の言葉を聞いて、ぼくは師匠の家にあった少年の写真のことを思い出した。

「金と権力以外であの男が唯一愛している存在」

師匠から写真の少年についての話は聞いたことがなかった。たぶん質問したところで答えてはくれなかっただろう。しかし師匠からも一切話が出なかったところを見るに、やはり息子の存在は隠しておきたかったのかもしれない。

「つまり、肉親を奪われたきみは肉親を奪うかたちで復讐を遂げたい」

「そんなとこ。しかし私にはあの男の息子の居場所がわからない。だからあなたに調べさせ殺させようとした。あの男と繋がりのあるあなたは唯一息子の情報を探りうる人間だったから」

「だからきみはこれまでのぼくの一挙手一投足を追い、出てくるタイミングを探ってた。行き詰まってるところに登場し、言葉巧みにぼくを騙して利用する。それがきみの計画だったわけだ」

「あなた、死にたい？　それともまだ死にたくない？」

「……死にたくない」

「だったらあなたがやるべきことはただひとつ」

「つまり、標的はやはり……」

「あなたが師匠と呼ぶ男の息子。クールハース。暗殺に成功すればあなたの無事を約束する。クールハースはこの国のどこかに身を隠してる。あなたが探し、処分するの」

断れば彼女はぼくをなんらかの方法で殺すのだろう。またジャックナイフを持ったにせ捜査官を送り込んでくるかもしれない。

「でも残念ながらぼくは治安局に追われてる身なんだ。いつ捕まったっておかしくない」

「これを持っていきなさい」ピッピはそう言ってぼくにクレジットカード大のプラスチックカードを寄越した。ぺらぺらで赤い色をしていた。顔に近づけると耳鳴りにも似た甲高い音がした。「発信器の信号を打ち消す信号を出す道具。一か月くらいは保つ。おそらくはクールハースも父親に同じものを持たされてる。万が一見つかってもマップからＩＤが割れたりしないように」

いつだか師匠からこういう道具があるってのは聞いたことがあった。

管理が厳しくなればなるほど、管理を逃れるための発明が意味を持つ。

なるほど、師匠が首輪で管理された社会で金儲けを企むに至ったのもむりならぬことみたいだ。

「……師匠もこれを持っていたならひとつくらいぼくにくれたってよかったのに。治安局に捕まるリスクがぐっと減るじゃないか」

「あなたにこれを持たせなかったことこそがあの男があなたを管理していた証拠。いつだってどこにいるかを把握していたのよ」

師匠。そうか。ぼくは師匠から信頼されてはいなかったんだな。

いまとなってはさしてかなしくもない。いや。さしてかなしくもないことがかなしい。

「ぼくだって師匠の息子の居場所を知らない。見当もつかない」

「調べなさい。かつてあの男と一緒に暮らしていたんでしょ。当時の暮らしを思い出して。なにかヒントがあったはず」

「自分で調べればいいじゃないか」

「調べられるところはぜんぶ調べた」ピッピは言った。「かつてあなたが暮らしていた電化店は別の人間の手に渡っていたし、大事な資料はすべて移されていた。あの男はおそらく息子とともに首輪に関する重要資料の一部をどこかに隠してる。隠れ家に心当たりはない？」

「……」

「あなたにだってメリットはある。その場所を突き止められれば資料からレンゾレンゾの解法のヒントが得られるかもしれない」

「……あ」

ぼくは師匠の部屋の棚にあったからっぽのボックスE、そして封筒と写真のことを思い出した。


――ミンスクロック・レイクサイドホテル505。息子と思しき少年の写真。


「……場所はわかる……かもしれない」

「だったらそれを私に教えるだけでもいい」

「教えたら彼を殺すの？」

「当然」

ぼくは迷った。罪なき人間の死にこれ以上加担したくはなかった。

「……わかった。ぼくが行くよ。そこにレンゾレンゾのヒントもあるかもと言うのなら。ただし彼を殺すとは限らない。真に悪いやつじゃなかったらぼくは手を下さない。だからきみも余計な手出しはしないで。これは約束だ」

「わかった」とピッピは言った。「約束する」

師匠の息子、クールハース。まさか師匠と敵対する日がくるなんて。

いまならピッピがベイストリートのレストランの前でぼくの携帯電話を破壊した理由がわかる。彼女はぼくと師匠がこれ以上繫がらないようにしたんだ。

「でも、どうしてこんなにも詳しく知ってる？」ぼくは言った。「きみだって父親から直接でなく他人を経由して聞いたんだろう。しかしその経由した人物だって相当詳しく状況を把握してなけりゃ、こんなに仔細に語り継げなかったはずだ」

「いまは話したくない」とピッピは言った。「だけどその理由を知ったとき、あなたはどうして私があの男に異常なまでに執着し、復讐を遂げようと考えるのかを理解することになるでしょう」

B6／16歳

面会を行った二日後の夜七時、ぼくとマミはグレイスタワービルにいた。

数か月前、強盗犯の小男の首輪を除去してやった場所だった。屋上の様子はあのときとほとんど変わらず、そのまま。強いて言えばそこから見える夜のまちに浮かぶ電飾広告の種類が変わったくらい。

マミはおしゃれをしてきていた。この前のような妙ちきりんな着飾り方じゃなく、まともなおしゃれだった。品のいい白いブラウスにベージュのサマーニット、下はグレーのパンツ。黒いパンプス。

「除去作業が終わったら、その足で息子のとこにお見舞いに行きたいの」とマミは言った。

「どう。きれいに見えるでしょう。なんだか女優みたいでしょう」

ええ、とぼくは言った。たぶん首輪は赤く光ってないと思う。いや、光ったかな。

「おととい面会のときにぼくがした忠告についてはよく考えてもらっていますよね」ぼくは本題に入った。「首輪を外しても後悔はない、そういう覚悟ができてるってことでいいんですね？」

「ええ、もちろん」マミは晴れやかな顔で言った。「時間がないんだもの。いつまでもうじうじ迷うわけはないわ」

「一度外してしまったら取り返しがつきませんよ」

「だからって、もうあたしに選択肢が残されてるってわけでもないんでしょ」

ぼくは肩を竦めた。そのとおり。除去しないという決定は事実上ないに等しい。ぼくが除去をやめたら仲介人がマミを処分してしまう。

「正直に教えて。あなた、これまでに失敗したことってあるの？」

ぼくはほんとうのことを言った。首輪がある、嘘をついてもしかたない。

「あります。ぼくは自分のミスにより友人を死に至らしめた」

「あら、まあ……」

「だけどそれは除去が難しいタイプの首輪だったんです。避けられなかった」

「あなたはだいじょうぶだったの？」

「……ぼく？」

「だってともだちが死んでしまったんでしょ。よく立ち直れたわね」

「……そうですね、実際のところ、かなり落ち込みました。まだときどき彼の叫び声が聞こえるような気がする。でも時間の経過とともにこころも癒えてきた。いまはもうへいきです」

「そう。偉いのね」マミは我が子の成長を愛《め》でるような目でぼくを見て微笑んでくれた。

「偉くなんかないです。そもそも自分が原因だったから」

「偉いわよ。ちゃんとこうやって自分の足で立ち上がったんだから。強いのね」

「強くもないです。もう二度とあんなのはごめんだ」

「それによく治安局からも逃げ果《おお》せてる」

「一度は捕まりかけましたけどなんとか逃げられました。でもそれはただ単に運がよかっただけ。これ以上、ビルの屋上でだれかが死んだらまずいかもしれません。そろそろほんとうに捕まっちゃうかもしれない」

「なら、今回は失敗できないわね」マミはそう言った。「頼んだわよ。あたしもがんばるから」

「期待してます。ぼくもがんばります」

そして除去作業に移った。

マミが装着していたのはブルーノの新型だった。

「つい先々週よ。バッテリー交換のためにセンターに行ったとき、首輪自体も交換してもらったの。サイズが首に合わなくなってきてたからね」マミは正座して正面のビルのほうを向いていた。「首回りの贅肉のせいかしら」

ぼくはマミの背後で中腰になって首輪を見ていた。たしかに彼女の首回りは肉だらけでぶよぶよだった。

一般的に各社の首輪のサイズ調整幅は十分に広く、こどもから大人までの成長には柔軟に対応できる。しかし一部の肥満体質の人間の場合、首輪モデルによっては調整可能限度を超えてしまうことがあるため、首輪種変更がなくても、また、耐用年数を迎えていなくても、交換が適用されるケースが存在する。

「だいじょうぶ？　取り外せそう？」マミは首を後ろにのけぞらせてぼくに訊いた。

「だいじょうぶ。これくらいわけはありません」

「あら、頼もしい」

そうだろう。我ながら頼もしい言葉だったと思う。

「でも、それってだめなパターンじゃないの？」

「ん？　どういうことです？」

「ほら、ありとあらゆる漫画とかドラマとかで、だいたい主人公が自信満々なときってろくな目に遭わないじゃない」

「ああ、そういうこと」ぼくは言った。「じゃあいまからでも心細い感じを演出したほうがいいですか」

「もう手遅れよ」

ぼくたちはふたりで笑った。

*

結果的に、マミが言ったとおりになった。

マミは死んだ。

直接的な原因はマミだ、彼女がビルの屋上から飛び降りたせい。

そして間接的な原因、それについてはぼくだ。ぼくの精神的弱さのせいでマミの首輪が締まることが確定的になった。彼女が飛び降りた件についてはそれに付随する出来事でしかない。

あの数分のあいだになにが起きたのかを思い出すのは困難だ。というよりもつらい。正直、この事実に向き合いたくない。

点灯するハザード、赤く光るランプ、混乱するマミ。

師匠が言っていたとおりだった。

ぼくは未熟だったし、そのくせ自分のちからを過信していた。

さらにはその不十分なちからを正義のために使用しようなんて思っていた。

だからこんなことになってしまった。

＊

そもそもぼくは、おしゃべりなマミに好き勝手喋らせておくべきではなかったのかもしれない。すくなくとも、開始後は速やかに自己報告に入らせるべきだった。余計なことを考えさせてはいけなかったのだ。

作業がはじまってからの話題は状況にふさわしいものではなかった。

彼女が悪いわけじゃない。コントロールしないぼくがだめだった。

依頼人の立場からしたら、当然気になることだったにちがいないのだから。

い、い、い、い、い、い、い、
外れない種類の首輪もあるの？

それが、除去作業がはじまったあとに、彼女の出した話題だった。

ぼくも最初は、なんの気なしにそれに答えていた。

「あります。一度見たことがあります」

「あなたがさっき言っていた除去に失敗した友人がつけていたのね」

「ええ。そうです」ぼくは言った。「危ない首輪だとわかっていれば最初から手をつけなかった。でも見た目にはそうだとわからなかった。ぼくが除去しようとなんかしなければ彼はまだ生きていられたかもしれない、そう思うとやるせなくなることはあります」

「あたしの首輪はだいじょうぶ？」

「……はい？」

「見た目にはそうだとわからなかったんでしょう。これがそれってことはないの？」

マミが言った瞬間、ぼくの背は寒くなった。

「問題ないです」ぼくは言った。「これはちがうやつですよ」

でもそんな確証はどこにもなかった。スピアーを持つ手は汗ばんでいた。

もしこれがレンゾレンゾだったら？

割り当ての法則が不明ないま、マミがそれをつけていないとは言い切れないじゃないか。

万が一、これがそうだったとしたら、このひとはもう助からない。そしてハザードオレンジはまたもぼくを殺そうとするだろう。

「……ねえ。へいき？」マミは言った。

彼女の問いかけに答えようとして鏡を覗き込んだとき、ぼくは自分の首輪が赤く光っているのを見た。

いま、こころを支配するのは疾しさと不安なのだ。

さきほど、問題ない、と嘘をついた。

そしてこれから、へいきです、とまた嘘をつこうとしている。

鏡の中のマミの目はぼくの首輪の赤いランプを見ていた。

ぼくの首輪に不安を煽られた彼女の首輪のランプも赤く光った。

「……」

ぼくは言うはずだった言葉を言わずに呑み込んだ。

彼女の質問は宙ぶらりんのままになった。

作業は思うように進まなかった。

彼女の首輪のランプは赤が優勢だったし、ぼくは空白を聞き取れなかった。ハルノのときのことが脳裏に蘇り、そのイメージは、ぼくをどうしようもなく怯えさせた。

善良な市民を依頼人として招いたことを心底後悔した。ろくでもないやつだったらもうすこし落ち着いていられたかもしれない、依頼人の死を恐れなかったかもしれない。

でもいまは怖い。目の前の女性をぼくがこの世から消してしまうかもしれないことが。

残りの時間が少なくなって、焦りから、マミのランプが赤いうちにワームに刺激を与えてしまった。結果、首輪は破壊試行を探知し、ハザードイエローを灯した。オレンジでなかったことからレンゾレンゾではないとわかったけれど、もはやそれはなんの救いにもならなかった。これから彼女の首輪は締まる。

「なになに？……ねえ、なに？」

モーターの起動音を耳にした瞬間のマミはひどく動揺していた。

「なにこの音？……まさか……締まるの⁉」

「落ち着いて！」

ぼくは叫んだ。でも落ち着いていないのはどちらかと言えばぼくのほうだった。スピアーもリウムピンセットも放り投げて彼女のぶよぶよの首と首輪の隙間に指を差し込もうとした。そんなことしても無意味だって、冷静でいられればすぐにわかりそうなものなのに。

「あたし、死ぬの⁉　息子は、息子はどうなるの⁉」

彼女は自分の生死よりも息子のこれからのことを案じていた。だからこそかなしい。ふたりの再会はもう叶わない。

「息子を！　息子を！」

マミはずっと繰り返していた。

暗闇で光るハザードイエロー。いまから首輪を外そうとしたって間に合いっこない。

マミは死ぬ。またしてもぼくのせいで依頼人の命が消える……。

非情なぼくがそのとき考えていたこと、それは保身だった。

これまでにハルノを死に至らしめていたし、捜査官だって殺していた。

またもビルで除去を試みた人間が死んだら、今度こそ捕まってしまうかもしれない。

卑《いや》しい人間だと自分でも思った。マミの生死よりも自分の保身に気が行くなんて。

目の前の女性はもうすぐ死に至る。

助けたい。助けたいけど、できることはなにもない。

状況はハルノのときとまったく同じだった。

ぼくは彼女の首輪とからだから手を離し、その場に膝から崩れた。

全身からちからが抜けていくのを感じた。コンクリートの上に手をつき、頭《こうべ》を垂れた。

そのまま縮こまってしまいたかった。自分という存在が他人に感知されないくらいまで、小さく。

マミの目は見られなかった。後悔、申し訳なさ、不甲斐なさ、恐れ。裡に生まれた後ろめたい感情の数々が、ぼくから勇気と誠意を奪っていった。ぼくはマミに、こんなことになってしまったのは自分のせいだと正直に説明することさえできなかった。

……うううううううう！

悔しさとやりきれなさから、低く唸った。目の奥が熱くなるのを感じた。口から散った唾はコンクリートに染み入っていった。


そのときのぼくの様子を見て、マミがなにを思ったのかはわからない。

あるいは彼女は、ぼくが絶望した姿を見て自分の運命を悟ったのかもしれない。

ぼくは彼女を見なかった。見ていたのはコンクリートの上についた自分の手だけ。

けれど彼女が叫ぶのをやめたことはわかった。

彼女はそのとき覚悟を決めたのかもしれない。なにかをあきらめたのかもしれない。


「……あたしに……できることはある？」

マミはぼくに優しい声でそう問いかけた。

それは母を思わせる声だった。

ぼくは自分の母を知らないけれど、もし母がいたとしたら、自分が打ちのめされているときにこんなふうに声をかけてくれたのかもしれない、そう感じさせる温かみが彼女の声には含まれていた。

マミは自分の生について、もう期待していないようだった。

自分は死ぬ。それは決して変えられない。それならせめてすこしでも状況を汚さずに去りたい。彼女の言葉からはそんな想いが伝わってきた。

ぼくが彼女に母性を感じたように、彼女はぼくに息子の面影を感じていたのだと思う。絶望するぼくの姿に、いつか見ることになっていたかもしれない我が子の打ちのめされた姿を重ね合わせ、いたたまれない気分になっていたのかもしれない。

これ以上、ビルの屋上でだれかが死んだらまずいかもしれません。そろそろほんとうに捕まっちゃうかもしれない。

作業前に自分が発したこの言葉を思い出したとき、はっとした。

顔を上げ、マミを見た。彼女は案の定、精いっぱいの笑みを浮かべてくれていた。ぼくに対しての心遣いであったことは明らかだった。彼女もぼくの言葉を思い出していたにちがいない。

彼女の目尻から溢れた涙は厚化粧の上を垂れた。その様子を見て、ぼくの胸は張り裂けそうになった。

やがてモーターは起動音から巻取音に移行した。

ウィィィィィィン。

首輪は締まる。彼女はその音を耳にして意を決したようだった。


「しっかりなさいな。男の子でしょう」


マミは屋上の縁に向かって歩き出した。彼女はぼくにかかる治安局の疑いの目がすこしでも逸らされることを願って飛び降りようとしているのだ。

ぼくはマミの涙の理由を理解した。

彼女は自分の死が避けられないから泣いていたわけじゃない。

愛する息子にもう会えない、その事実に涙したのだ。

コンクリートに手をついたまま、遠ざかるマミの背中を見つめた。

走れば追いつけなくはない距離だった。呼べば引き留められなくはない雰囲気だった。しかし引き留めてなんになる。いまから彼女は救えない。

マミは縁に立った。

ぼくは声を出したいと思った。

死ぬな。ごめんなさい。ありがとう。

発すべき言葉はなんでもよかったはずだ。とにかく、なにか声をかけるべきだったのだ。でも臆病なぼくは、臆病なぼくのからだは、結局声を上げなかった。

マミは消えた。

縁の上、彼女が立っていた場所には星のない空が残った。

*

ハザードイエローが灯っていたから、治安局はすぐに屋上へと駆けつけただろう。

事故原因捜査の結論は決まっている。

首輪除去を試みた人間が失敗し、パニックに駆られて飛び降り自殺。

保守的な治安局の処理はいつもどおり。

知らなくてもいいことを知ろうとはしない。追及せずに済むことを追及したりはしない。

マミはぼくを守ってくれた。

相手が死ぬことが避けられないなら、せめて自分だけは逃れたい、と望んだぼく。

自分が死ぬことを避けられないなら、せめて相手だけは助けたい、と望んだマミ。

ふたりが目指した方向が重なったおかげでぼくは捕まらずに済んだ。

マミが自分自身の犠牲を覚悟したとき、ぼくは彼女を止めなかった。またも自分のことしか考えていなかったんだ。ハルノを殺してしまったときと同じように。

失望した。

自分がわからない。

一方では首輪の弊害に苦しむひとを助けたいと望むほどなのに、いざ自分のせいでひとが死んでもそれほど大きなことだと捉えていないふしがあることに気付いた。ひとの死に慣れきってしまっているというだけの問題じゃない、ひとの死よりも自分自身の安全に気が行っている。

最低な人間だと思う。

そう、ぼくは最低な人間だ。

＊

数日後、マミの息子が入院する病院へ行った。

まちで一番大きな病院、マミのその言葉があったから探すのは簡単だった。

マミの息子は四床室にいた。どこにでもいそうな普通の少年だった。入院していなければ病人には見えなかっただろう。おもしろくもなさそうに携帯用のゲームをしていた。カチカチ、カチカチ。彼がコントローラを操作する音が病室内に響いていた。彼はゲーム機のモニター以外には目もくれず、したがって病室の入口に立って彼を見つめるぼくの姿には気付いていなかった。

ぼくは彼に話しかけなかった。なんと言えばいいかわからなかったから。

彼は母の死を知っているのだろうか。普通に考えれば知っているはずだ、マミの死からそれなりに時間は経っている。にもかかわらず、彼の表情や振る舞いにはかなしみに打ち拉《ひし》がれている様子がまったくなかった。

彼はボタンを連打し続けた。楽しんでいるとは思えない表情だった。ときおりモニターを睨みつけて短く舌打ちした。

「っち。なんでだよ」

結局、彼はぼくがそこにいるあいだ、一度も顔をこちらに向けなかった。

ぼくはぼんやりしながら病院をあとにした。

あれがマミの息子、最後まで気にかけていた最愛の息子だったのだと考えながら。

＊

「もしもし？」

「……」

「もしもし？」

「……ぼくだよ」

「……フラノ？」

「ああ、ぼくだ」

「驚いた。久しぶりじゃない。いったいどうしたの」

「……どうしてるかなと思って」

「私は相変わらずよ。いちおう元気にやってる。病気もいまは落ち着いてる」

「……そっか」

「……どうしたの？　ひどい声してる」

「ぼくは……そうだな。……なんて言ったらいいんだろう。ぼくはもうだめかもしれない」

「……なにかあったの？」

「また依頼人を死に至らしめてしまった。ハルノのときと同じだ。ぼくの技術が足りなかったせい」

「フラノ……」

「なんというか、ぼくはとにかく人間として最低なんだ。いままでだってうすうす気付いていた。でも今回ほどそのことが身に沁みてわかったことはない。ぼくはほんとにだめなやつだ」

「……」

「おまけにこのまちからきみまでいなくなった。なあ。ぼくはなにを目標にしてがんばったらいい？　ぼくはなにに希望を抱いてこれから生きていけばいい？」

「おおげさだよ。二度と会えなくなったわけでもないのに」

「……ぼくにはきみが必要だったんだ、サクラノ」

「……」

「いなくならないでほしかった」

「……うれしい。ありがとう」

「それでもきみは、このまちに戻ってくれたりはしないんだろう？」

「私だけのことじゃないもの。でも、いつかまた会えるよ」

「電話をくれる?」

「うん。フラノからもしてね」

「ぼくからはもうしない。これ以上こういう女々しいことしたら自分が惨めになるだけだから」

「……」

「……」

「……」

「……ぼくはいつの日かきみの首輪を外す」ぼくは言った。「約束する。かならず技術を身につけてきみを助ける。だからサクラノ、ぼくをわすれないでほしい。ぼくのことを必要に思っていてほしい」

そして彼女の返事を待たずに電話を切った。

唐突に電話を切った理由はふたつあった。

まずサクラノの返事を聞きたくなかった。どんな返事が返ってくるかも怖かったし、返事までの妙な間にも耐えられなかった。例によって自分が傷つくのを恐れていたのだ。

そして、ぼくは彼女に泣き声を聞かれたくなかった。彼女と話しているうちに感情は昂り、こみ上げてくる熱いものを抑えきれなくなった。彼女の不在がさみしいというのもあったし、自分が情けないというのもあった。死んでしまったマミを思い出して申し訳なくもなった。

どうしてぼくはサクラノにこんな電話をかけたのか。

もう首輪除去を請け負うことなんてこれっぽっちも望んでいなかった。

首輪にかかる一切のことをしたくなかった。

にもかかわらず、ぼくは彼女に電話をかけ、彼女の首輪を解く宣言をした。

その理由は、こころの底ではちゃんとわかっていた。

ぼくはサクラノに必要とされ続けたかったのだ。彼女となにかで繋がっていたかった。

ぼくが首輪と関わることをやめてしまったら、ぼくとサクラノを結びつけるものはとたんに薄くなってしまう、それがなによりも怖かった。

こころはぼろぼろだった。

自信は折れ、依頼人は死に、自分だけは都合よく逃げ果せた。こうやってひとの死を踏み台にして生き延びていることを想うとつくづく自分がいやになった。

唯一、ぼくに希望をもたらしてくれるものがあるとすれば、それはサクラノにほかならなかった。彼女の存在がぼくをどこかに導いてくれるような気がしていた。すくなくとも電話をかけた時点では、そう思っていたはずだった。

それがどうしたことだろう。

電話が終わって見えてきたのは相変わらず成長のない自身の姿だった。

ぼくはサクラノにさえ正直になれなかった。首輪なんかもううんざりだと言わなかったどころか、首輪を利用して彼女に繋がり続けようとした。

こんなに激しい自己嫌悪に陥ったことはなかった。

電話を切ったあとはその場にへたりこみ、しくしく泣いた。

A7／18歳

　ぼくの記憶が正しければ、師匠の息子クールハースは国の西端に位置する湖畔のまち、ミンスクロックにいるはずだった。

　ミンスクロック。ぼくはその地に足を踏み入れたことはない。というかこの国でぼくが行ったことのある場所なんて両手の指で数えられるくらいしかない。ぼくはこれまでずっとひとりぼっちで、どこか遠くに一緒に行ってくれる相手もいなければ、その機会もなかったから。

　駅のプラットフォーム。深夜一時二十分。まもなくミンスクロック往きの夜行列車が到着する。ぼくはところどころペンキ塗装の剝げたベンチに座って、パーカーのポケットに両手を突っ込み、じわじわからだに沁み入ってくる寒さに耐えながら待っていた。

改札は通らなかった。深夜まで待った甲斐あって、構内はがらがらだったし、窓口の駅員の注意は散漫だった。ぼくは柵を乗り越えて改札の内側に入った。

月のない空は暗く、空気は冷たかった。長いプラットフォームの上を北から南に凍てつく風が駆けていった。プラットフォームにいるのはぼくのほかに数人だけ。階段近くで列車を待つ老夫婦は寒さを和らげるべく身を寄せ合っていた。

一時四十分。列車がやってきた。ぼくは先頭車両の一番前の席に座り、シートを限界まで倒して目を瞑った。


ミンスクロックに到着したのは朝六時をすこし回ったころだった。列車が停車したときの慣性で寄せていた窓に頭をがんとぶつけた。それで目が覚めた。

駅の外に出るのはちょっと大変だった。駅員がほかの乗客に対応しているタイミングを狙って柵を越えた。でもほかの客がぼくを見て騒いだものだから、すぐに駅員が追いかけてきた。そこからはひたすら逃げた。相手をあきらめさせたころにはぼく自身もへとへとだった。

頭上には青空が広がっていた。文字どおり雲ひとつない空だった。

まちの中心にある湖は空に負けないくらい麗《うるわ》しく透き通っていた。水面に反射した陽の光がぼくの目を刺した。じっと見つめているのが困難なくらいまぶしかった。

湖沿いの通りにあったハンバーガーの出店でチーズバーガーを購入し、湖を囲う木製のごつごつした手摺《てすり》にもたれかかりながら食べた。壮大な風景を見つめるぼくの瞳は、すこし潤みかけていたと思う。いままで旅行らしい旅行をしたことのなかったぼくにとって、新鮮な体験だった。

クールハースが滞在していると思われるホテルは湖をもっともよいアングルで見渡せる位置にあった。このエリアで最高級のホテル。もし彼がまだそこにいるとすれば、そのホテルの一室を数年にわたり借り続けているということになるけれど、だからといって驚きはしない。師匠の息子、金は余るほどあるはず。

ぼくはエントランスのゲートを素通りした。ピッピがくれた赤いカードのおかげでゲートはうんともすんとも言わなかった。エレベータに乗ったあと、五階のボタンを押した。エレベータ内の装飾はさっぱりしていて気品に溢れていた。鏡の下に取り付けられた白い手摺はぴかぴかに磨き上げられていた。

エレベータから客室までの廊下には毛足の長い絨毯が敷かれていた。その分厚い敷物のせいでブーツの裏の感覚が鈍く、建物の中を歩いている感じがしなかった。廊下の窓からは朝の陽が注いでいた。

505号室。ぼくはその部屋の前で立ち止まった。

三メートル近い高さのある客室の扉は木製だった。呼び出しチャイムはなかった。

コンコンコン。

ぼくは鋭くノックした。右手を軽く握り、甲を扉に当て、引く。そうすることで効果的なノックをすることができる、っていうのもたしか師匠の教えだ。

——たかがノックなどと侮ってはいかん。ノックひとつでひとの性格や資質を推し量れることもある。鋭いノックのやつはまとも、だらだら間延びしたノックをするやつはうすのろ、むやみに大きなノックは横柄、小さなノックは臆病者。おまえさんもだれかになにかを伝えたいのならノックひとつにも気を配ったほうがよいだろう。

おかしなもんだな、とぼくは思う。まさかこんなときにも師匠のことを思い出すなんて。

ドアの向こうにだれかが近づいてくる音がする。

「どなた?」

女性の声だった。若い男の声ばかり予期していたから驚いた。

「クールハース、って知ってます?」

ぼくが問いかけると、ドアはすこしだけ開かれ、五十歳前後と思しき女性が現れた。ゆったりとしたベルベット地の黒いワンピースを着ていた。顔には深い皺があった。

「なんの御用?」と女性は言った。

ぼくは自分の首輪を触った。

「ちょっとばかり。これのことで」

「なにが目的なの」きつい口調だった。

「クールハースってひとに会いたいんです。ぼくは彼の父親を知っている人間です」

女性はぼくの頭のてっぺんからつまさきまでじろじろ観察し、品定めした。

「入れてやっていい」

部屋の奥から男の声がした。

指示の言葉を得て女性は頷き、ドアを開いてぼくを部屋へと入れてくれた。

クールハースは開け放った出窓の縁に腰掛けて湖を眺めていた。

グラスに入った炭酸飲料をストローで啜っていた。

中身がなくなるとグラス内に積み上がっていた氷の山が崩れて、からん、と音が立った。

足元の床には大きな鋼製の壺、おそらくは彼が座る出窓から下ろされたオブジェ、が置かれていて、そのでっぷりとしたフォルムは、ぼくになんとなくこれまで手がけてきた依頼人たちのことを思い出させた。

「きみのことは知ってる。親父から話を聞いていたからね」クールハースは言った。ぼくより二、三歳上だろうか。緩くカールした髪はおそらく天然のもの。窓から射し込む光が彼の髪を茶色く透かしていた。肌の白い美青年だった。「でもまさか、最初にここに来るのがきみとは思わなかった」

「……ぼく以外にだれが来ると言うんです」

「きみをそそのかした女とかさ」と彼は言った。「あるいはその女をそそのかした女」

「……」

「きみはどうせおれを殺しにきたんだろう」

彼は単刀直入に言った。ぼくは慌てて首を振った。どう考えても無意味だった。首輪のランプは赤く光ったことだろう。

「いいんだ、べつに。いきさつの想像はつく」

こんなふうに籔から棒に核心に迫られると、ぼくは自分の決断についてあらためて考えざるをえなくなる。さて、いったいどうしてぼくはこの青年を殺すことになったのだろう。

父さんの仇《かたき》？　顔も知らない父親の？

それとも自己保身のため？　彼を殺さないと自分が殺されるかもしれないから？

そもそもピッピの言っていたことが真実であるかどうかも現時点ではわからないのに。

窓辺に座るクールハースには後光が射していて、そのせいでなんだか神々《こうごう》しく見えた。まるで彼こそが正義でぼくは卑しい人間みたい。いや、実際そのとおりなのかもしれない。だって彼自身はなにひとつ悪いことをしていないんだ。

「あなたの言うとおりぼくがあなたを殺しに来たとして」ぼくはボストンバッグを降ろして言った。バッグの中にはたしかに殺しの道具、にせ捜査官から奪った拳銃が入っていた。

「あなたがまだぼくから逃げないのはどうして」

彼は答えなかったけれど首輪は青のままだった。

「ぼっちゃん」ぼくの後方から先程の中年の女性が声をかけた。「下階の部屋に戻っててていいよ。なにかあるときは呼ぶ」

クールハースの言葉を聞くと、女性は小さく頷いて部屋を出ていった。

「名前はたしかフラノ。想像していたよりもいかつくないな」

「童顔だってよく言われます」

「それはどうでもいいこと」

「たしかにぼくはあなたを殺すかもしれない」ぼくは言った。「あなたは知ってるんですか。あなたの父親がぼくの父親にどんなことをしたのか」

「詳しいことは知らないし、知りたくもない」クールハースは輝く湖を見つめていた。「親父についてはいろんな人間がいろんなことを言うがその多くは憶測にすぎない。おれには関係のないことだと思ってる」

「あなたにとってはどうでもよくてもぼくにはどうでもよくない」

「なにを知っているのかは知らないが」と彼は言った。「どうして自分の知っていることが真実だと言い切れる?」

たしかに自分が真実だと思っていることが真実だとは限らない。

首輪が普及した現代においても嘘はいたるところにいろんなかたちではびこっている。

「その目で見たのか、真実を」

「いいえ」

「ならどうして自分が正しいと思う」

「事情に詳しいひとに聞いた」

「で、そいつの首輪が信用できる、と」

できない。

クールハースはピッピの存在も知っているんだろう。自分の命を狙う可能性のある人間だもの、師匠から聞いていないわけがない。ということはぼくがここに来た経緯についてもおおよそ見当がついているってことか。

開いた窓からは乾いた風が入ってきた。この季節らしいひんやりとした風だった。

「なにはともあれ」と彼は言った。「きみがここに来たことを面倒に思っているわけじゃない。むしろ逆だ。うれしく思ってさえいる。実のところ、待ってたと言ってもいい」

「……ぼくを?　どうして?」

「利用できそうだからだ。なあ。おれたちふたりで協力してひと仕事しないか」

クールハースは前髪を一房摑んでくるくると人差し指に巻き付けた。癖みたい。さっきからずっとそんなふうに髪の毛をいじくり回している。

「ひと仕事って」ぼくは訊いた。

「首輪の除去だよ」

「……除去？」ぼくは言った。「あなたの？」

「いやちがう。きみの」

「ぼくの？　なんでぼくの？」

「首輪が外れればきみはマップで追われなくて済む。治安局にも、あの女にもだ。そしたらおれを殺す理由もなくなる」

「むりですよ。ぼくの首輪はレンゾレンゾ。どうやったって外れっこない。除去しようとすればぼくもあなたも死ぬ」

「……レンゾレンゾ？」彼は目を細め、言った。「親父からはきみの首輪はブルーノだって聞いてる」

「だから師匠は嘘をついたんだって」

ぼくは彼に近づいていって屈み、首輪を見せた。

彼は「ブルーノにしか見えない」と言った。

ぼくは「外殻の精巧なカムフラージュはレンゾレンゾの特徴」と言った。

「なんだかひとつややこしくなった」彼は溜息をついた。「ふたりでちからを合わせるしかないな」

「ちからを合わせたってどうにもならない。あなたの父親がレンゾレンゾは攻略できないと言った」

「親父の言葉を信じる理由は」

……。

かつてのぼくは師匠の言うことなら無条件にすべてを受け入れていた。

しかしいまとなってはそれが真実である保証なんてどこにもない。

もうだれを、なにを信用したらいいのかわからない。

「親父はうそつきだってさっき自分で言ったばかりじゃないか」

「……でも、レンゾレンゾが攻略可能ってことにはならない。ぼく自身この目で構造を確認した。ワームの下部にあったのは繋ぎ目のないワイヤだった」

「はめることができたんだ。たぶん、外すことだってできる。親父はしらばっくれていたとしても」

「……ぼくの首輪が外れる可能性はある？」

「ただし知恵が必要だ。だからふたりで協力するんだ」

「……ふたりで協力……」

「そうだな。とりあえず休め。時間はまだじゅうぶんある」
「……休む？」
「そうさ。湖でも見て」
「……湖でも見て？」

物事の流れ着く先はどんなときも不透明だ。未来のことなんてだれにもわからない。ひょんなきっかけでとんでもないことになったりする。

ぼくはその日からしばらくのあいだ、クールハースとともに暮らすことになった。おかしな状況だとは自分でも思う。だってぼくはこの男を殺しにきたんだ。なのにどうしてこんなことになるのか。

昼間はふたりで彼の部屋に蓄積された首輪に関する資料に目を通しながらうだうだ話し合い、夜は彼がベッド、ぼくがかたいソファの上で眠り、朝はホットコーヒーの入ったポット片手に湖の畔《ほとり》を散歩した。そういうのがぼくたちの日課になった。

彼は何年も同じ部屋に宿泊しているから、ホテルの一室でありながらそこはまるで彼の部屋そのものみたいな感じだった。彼が持ち込んだ大きなスチール製の本棚には、師匠の部屋から運び込まれたと思しき首輪に関する資料がびっしりと詰められていた。各資料の記述には解読不能言語が使用されていたので内容の詳細はわからなかった。

クールハースと協調できたのは、彼の言っていたことが真理だったからだと思う。

ぼくの首輪を外すことができればぼくは彼を殺さなくて済むし、ぼくはピッピに殺されなくて済む。

ぼくらが協力関係になったのはある意味で必然だった。彼と時間をともにするうちに、一緒にいることについての違和感は薄れていった。


クールハースはぼくと外出することを恐れなかった。

「発信器の信号を打ち消す信号を発する道具を持ってる」彼は財布の中から薄いカードを取り出した。「これを持ってればマップには映らない。親父がくれたんだ。センターに行くときだけ身から離しておけばそれで万事問題ない」

ピッピが言っていたとおりだ。やはり彼もそれを持っていた。

ぼくは最初、ピッピがぼくにくれたこの赤いカードは偽物なんじゃないかと心配していた。発信器は気にかける必要はないと言ってぼくを油断させた上でクールハースのもとに行かせ、自分はマップでぼくを追う。あのうそつき女ならやりかねないことだ。けれど、どうやら装置はきちんと機能しているらしい。数日経っても治安局の捜査官がぼくを追ってくる気配はなかった。ぼくはほんとうにマップから消えているのだ。

「そういえば、どうして師匠はあなたの首輪を外さなかったんでしょう」

近所のレストランで朝食を食べているとき、ぼくはクールハースに疑問を投げかけた。

彼の首輪に関しての、すくなくともぼくにとってはまっとうな質問だった。

「そんなカード持つくらいなら首輪ごと除去しちゃえばいい。師匠だったら造作もないことだ」

「金はある。でも金がいくらあっても首輪がなけりゃ受けられない種類のサービスも存在する」と彼は言った。「首輪がないとこんなふうにセキュリティの厳しいホテルの世話にはなれない。まっとうな社会サービスだって受けられなくなる。特に医療だ。除去したあとに重病にかかったりしたら悲惨だ。腕の悪い闇医者の治療なんて拷問よりきついらしい。首輪を外したがる人間はほんとうにその辺のリスクまで考慮したんだろうか」

たしかに、それはあまり想像したくはないこと。

「だから可能な限り一般市民と同じように過ごす。ひょんなことから目を付けられたりしたら面倒だしね」

「ということは、まだセンターには通ってるんですか」

「もちろん。週一でバッテリー交換してもらってる」

「まだセンターに通ってる人間が堂々と首輪だの除去だの言っていいんですか」

「レコーダー対策くらい当然教えてもらってる。きみがそうするのと同じように毎回記録をブランクにしてるんだ。部屋の収納には消火器が何本も入ってる」

クールハースがつけていたのは一般的なルル製の首輪だった。

「首輪、うざったいと思ったことありませんか」

「おれはべつに気にならない。嘘をつこうとしなければ、そして外そうとしなければ、首輪なんてどうだっていいものだよ」

「そういうものかな」

「そういうものさ」

「もしぼくが外してあげると言ったら、それを望みますか」

「べつに望まない」彼は言った。「できるだけ普通に、穏やかに暮らしたい。望むのはそれだけ」


クールハースはいつも指で摘まんだ前髪をくるくるいじくり回していた。女性的な仕草ではあるが女々しい感じはしなかった。彼の細い髪はずいぶんと柔らかげだった。男のぼくでさえ、その髪に触れたいって気持ちが起きそうなくらい。

「おい、これ見てみろよ」

ある日の昼、クールハースは繰っていた本の一ページをぼくに見せた。

「除去方法についてのものと思われる記述がある。親父の文字だ」

レンゾレンゾのワイヤと思しきスケッチの図と、みみずみたいなかたちの走り書きがあった。たしかに師匠の文字だった。
「でも読めない。読めなきゃヒントは得られない」
師匠はメモをするとき独特の言語を使う。メモを覗き見られたり盗まれたりしても問題が生じないように予防線を張っている。こういうところの抜け目なさはいかにも師匠って感じがする。

ミンスクロックはとにかく天候に恵まれた地のようで、天気が崩れるのをまだ見たことがない。朝起きれば真っ青な空、たまにひとつふたつ羊みたいな小さな雲が浮いている程度。夜はいつだって星と月が見えた。暗い水面に月が映し出される様子は昼に劣らず美しい。

でも、そんな美しい風景、優雅な大自然を前にして贅沢な日々を送っているかというとそんなこともない。退屈や憂《う》さとは無縁の生活なんてものは幻想だ、きっとこの世には存在しない。風景というのは見すぎればどんなものでも飽きるらしく、ぼくは一週間と経たないうちにミンスクロックの湖に食傷気味になった。毎日続く晴れ空もうっとうしく感じはじめていた。はっきり言って天候に変化がないのはつらい。なにがいつの出来事なのか思い出しづらくなる。それに快晴というのは不思議なもので、こうも毎日続くとむりやり励まされているような気分になってくる。わずらわしいクラスメイトみたいな存在だ。

ぼくらは毎日同じ空の下で同じ景色を眺め、同じような作業をしていた。日と日の境目はどんどん曖昧になっていった。はて、あの資料を見たのは昨日だったか、おとといだったか。わからない、記憶の中じゃ区別がつかない。

クールハースはぼくとはちがい、ここでの生活に退屈なんて感じていないようだった。

「なにがそんなにいいんです」とぼくは言った。「たしかに最初は感動しました。でもこうも長いこと見てると新鮮さもなくなる。風景が眩すぎて、かえってうんざりする」

「おれは好きだよ。ここの景色が。これから一生だって眺めていたいと思える」

クールハースはこころからこの土地を愛しているようだった。

ある夜の就寝前、電気を消したあと、彼は窓を開け放って出窓の縁に座り、月明かりが映し出す湖を静かに見つめていた。

ぼくはソファに横になりながら薄目を開けて様子を見ていた。

寒いから窓閉めて、なんて言いたくても言えなかった。

そのときの彼の顔には、普段の飄々とした彼からは想像もつかないような、さみしげな表情が浮かんでいたから。

ここに来て十日が経った。ぼくらは相変わらずレンゾレンゾのワイヤの外し方を見つけられなかった。

資料からやっとこさ読み取れたのはレンゾレンゾのハザードオレンジシステムを停止するための方法で、たしかに除去に際しては有用な知識にちがいなかったけれど、これだけわかってもしかたがなかった。

「まったく。疲れちゃうよな」クールハースはプリントを放り出し、両手を伸ばして床に寝転がった。

「くたくた」ぼくは言った。「師匠に連絡とってぼくの首輪外してもらってくださいよ」

「外すつもりがあるなら最初から外していたはずだろう」彼は言った。「それに親父の連絡先なんておれだって知らないんだ」

ミンスクロックの湖は河川に通じていない。ぼくは湖というのはどこかで川と繋がっているものだと思っていた。ここの湖は言わば大きな水溜まりみたいなもので、どこかから水が流れ込んでくるわけでもなければどこかに流れ出ていくわけでもなくただただそこにあるらしい。ぼくらはその日も窓辺に座り、昼ごはんのサンドウィッチを食べながら、かわり映えしないいつもの湖を眺めた。

「でも水が蒸発したりするでしょう。なのになんで湖の水は減らないんです」

「さあ。雨が降るからとか、湧いてるからとか？　知らないよ。そんなこと答えられない」

ミンスクロックの湖は溢れもしないし、干上がりもしない。

それはなにかの象徴みたいにじっと変わらず、毎日同じ様相を呈し続けている。

＊

二週間も経つころには、ふたりともほとんどあきらめかけていたというか、悟りかけていた。

やはりレンゾレンゾの解法など存在しない。

あるいはしたとしても師匠がその手がかりを残すはずはない。

繋ぎ目のないワイヤは装着時には特定の薬品か装置によって伸縮するのだろうけど、それらの具体的な正体が突き止められないのは、秘密の管理に厳しい師匠の性格を思えば、当然のことだった。

朝、起きればとりあえず資料に目を通したけれど、ぼくも、クールハースも、そこからなにか突き止められるだなんて本気で思ってはいなかった。

このごろの彼は一日中パジャマを着たままだった。風呂上がりに新しいパジャマを着て、そのまま次の風呂まで脱がない。外出時だってパジャマだった。

「恥ずかしくないんですか」ぼくは言った。「身だしなみとか、もうちょっときちんとしたほうがいい」

「だれも気にしてない」と彼は言った。「他人の服装なんて」

「こっちは気にする。だらしない格好でぼくの横を歩かないでほしい」

「自意識過剰なやつだな」彼は言った。「だれもきみなんか見ちゃいないよ」

ぼくらはすっかり無気力で、たまに現実から目を背けたくなって軽口を叩きあった。

湖の畔を散歩する回数も多くなった。

西端のベンチに腰掛け、パンを食べ、コーヒーを飲み、湖面に浮かぶ白い雲めがけて石を投げた。

クールハースの投げた石はぼくの投げた石よりも多く水の上を跳ねた。

波紋は雲のかたちをうねうねに歪めた。

「首輪外しの仕事は楽しかったか」と彼はぼくに訊いた。

「楽しくもつまらなくもない」ぼくは言った。「世の仕事のほとんどと同じです」

「でも続けてたってことはそれがきらいではなかったってことだろ」

「きらいになったこともあります。いやでいやでしかたない時期だってあった」

「なにがいやだった？」

「依頼に来るひとたち」とぼくは言った。「それに、ときどき自分も」

「これは私見だけど」と彼は言った。「自分自身がいやになる人間は悪いやつじゃない。だってそのひとの裡に善のこころがあるってことだ。芯から腐った人間は自分がいやになることさえない」

「そうかな」ぼくは言い、湖に向かって次の石を投げた。「だといいけど」

「それに負けなかった」ぼくは放り出したりしなかった。たいしたことだよ」

「ぼくには目標があるんです」彼に言った。「首輪を外してあげたいひとがいた。あきらめるわけにはいかなかった」

「好きなひとか」

「好きってわけじゃない」

「首輪、赤く光ってるよ」

　まただ。ぼくはぜんぜん学ばない。

「べつに隠すことじゃないだろう」彼は前髪をいじくりながら言った。「好きなひとを好きと思うのは恥ずかしいことでもなんでもない」

「ぼくってシャイで臆病な人間なんだ」

「それはシャイでも臆病でもない。うぬぼれだよ」

「……うぬぼれ？」

「そう。なにかを過度に期待してる。だからこそ期待が叶わずに打ちのめされる現実をなによりも恐れる。きみが描く未来は展望や予想に基づいたものではなく都合のいい願望に染まったものだ」

「……うぬぼれてなんかない」

「また赤く光った」と彼は言った。「わかりやすい。自覚があるんだな」

うぬぼれ、か。

いつだか師匠にも同じこと言われた。親子なだけあって言うことが似てる。

「ともあれ、意中の女の子の首輪もレンゾレンゾなんだろう。困ったことだな」

彼はさして困ったふうもなしに言った。

行き詰まっていたにもかかわらず、ぼくらは穏やかな気持ちでいられた。

ぼくは彼を殺さぬままこのまちを出ることはできないし、彼はみすみすぼくに殺されるわけはない。そもそもぼくだって彼を殺したいわけじゃない。でも殺さずにこのまちを出たらぼくがピッピに殺される。

まったく。殺すだの、殺されるだの、ぶっそうな世界だ。次に社会を支配する管理体制では嘘でなく殺意を取り締まってほしい。

ぼくらはどちらも現在の状況について言及しなかった。でもそれでよかった。

彼はぼくに殺されるかもしれないなんて考えていないようだったし、ぼくも殺しなど本気では考えてなかった。それに彼が先んじてぼくを殺すなんてことも想像できなかった。互いに質問すれば相手がなにを考えているか正確に知ることもできたかもしれない。首輪が互いの胸の裡を暴いたことだろう。でもそうする必要はなかった。

それに、それをやったらより大きななにかが失われる気がしていた。

ぼくらはもう、探りを入れずとも互いのこころがわかるような信頼関係を築けていたのだ。

「とりあえず、もうすこしがんばってみよう。レンゾレンゾの解法が見つかればすべては解決する」彼は言った。「きみも、その娘も、おれも助かる。いちばんいい」

そして笑った。彼の笑顔はすてきだった。

湖の上を通った湿った風が吹き付けて、彼とぼくの髪を乱した。

*

最寄りのまごころ保全センターはレイクサイドホテルから歩いて五分のところにあった。遠くはないけど近くもなかった。クールハースは水曜日にバッテリー交換に行った。

ぼくは金曜日に自分でバッテリー交換をやった。使用済みのバッテリーをホテルのごみ箱に捨てることはできないので、いつもその日は散歩がてら湖の周囲を歩き、二重に袋で包んだそれをハンバーガーショップ脇のダストボックスに放り込んだ。

十二個あった予備のバッテリーはいまや残り七つになっていた。


クールハースのいる部屋の真下には彼の世話係を務める中年の女性が部屋をとっていて、たまに部屋に来ては片付けや洗濯をやってくれた。師匠の教えなのか、クールハースはホテルのルームキーパーを部屋に入れなかった。秘密の資料だらけだからむりもないことだと思った。

世話係の女性とは顔を合わせるうちに親しくなった。彼女はぼくのことをクールハースと同じくらい気にかけてくれていて、もちろんそれはぼくが彼のお客だからなんだけれど、親切にされるとうれしくなった。

水曜日、クールハースがセンターに行くと、ぼくと世話係の女性はおしゃべりをした。名前は教えてくれなかった。師匠とのパイプ役にちがいないのだろうけど、師匠やクールハースのことについて、なにも語らなかった。彼女は任務に忠実であるようだった。口が堅いのは大切なことだ。だいたいのひとは口が災いして信用を失くす。師匠が選んだ女性なだけあって、言っていいことといけないことをわきまえているようだった。

机の上には本が積み上げられていた。焼く世話がないとき、それを読んで時間を潰すのだと彼女は言った。実用書かと思ったけれど背表紙を確認したら科学書と小説ばかりだった。彼女はおすすめの短篇集を貸してくれた。ぼくは読み終わったら返すと言った。

金曜日。いつものように部屋でバッテリー交換を終えたあと、使用済みのバッテリーを捨ててくるとクールハースに伝えて部屋を出た。ハンバーガーショップではチーズバーガーを注文し、ベンチに座って食べた。ぼくは世話係の女性から借りた本を読んだ。この日まで残っていた最後の短篇は雪山で人間と犬が死ぬ話だった。本を閉じたとき、さみしさとさわやかさが入り混じった複雑な気分になった。

バーガーの包装紙とドリンクの紙カップとともに使用済みのバッテリーをダストボックスに捨てた。

ホテルへの帰途、頭には雪山を駆ける犬の画がこびりついていた。

クールハースの部屋に戻る前に世話係の部屋に寄って本を返すことにした。

エレベータホールから廊下に延びる絨毯をふみふみ歩いていると、405号室の扉が開いているのが見えた。きょうはだれか来ているのかもしれない。電話のベルの音も聞こえる、おそらくはあの部屋で鳴っている。留守だろうか。電話はいつまでもとられない。

ぼくは念のため、すでに開いている扉を三回ノックして中に入った。ほぼ同じタイミングで部屋の中で鳴っていた電話が切れた。室内はしんとしていた。彼女の姿は見当たらなかった。

……カンカン、カンカン。

遠いところから物音がした。それは自分の頭が生み出した幻聴のようでもあった。カンカン、カンカン。こんな音、実際はどこからも立っていないのかもしれない。

……カン、カンカン、カンカン。

だれもいないなら本だけでも戻しておこう。机の上に置いておけばいい。彼女ならすぐに気付いてくれるはず。

……カンカン……カンカン、カンカン！

それにしても、どこへ行ったというのだろう。部屋に鍵もかけずに。

カン、カン、カン！

そうして机の前に辿り着いたとき、ぼくはベッドの死角に倒れていた彼女の死体を見つけた。

首は首輪に絞められていて、首筋は爪の引っ掻き傷だらけだった。

首輪のバッテリーボックスのカバーは外されていた。

カン！

ぼくは理解した。

この音は上階、クールハースの部屋から！　彼が助けを呼んでいる！

＊

５０５号室に着いたとき、彼は窓辺に立ち、首輪を摑んでうろうろしていた。

世話係と同じく、バッテリーボックスのカバーは外されていて、部屋には小さな警告音が響いていた。

彼の足元には床に叩きつけられまくったせいでぼこぼこになった鋼製の壺が転がっていた。おそらくは世話係の女性に助けを求めていたんだろう。彼女が死んでいるとも知らずに。彼の右手は電話の子機を握っていた。

「……フラノ！」ぼくの姿を認めるなりクールハースは言った。「助けろ！」

「……どうしたんです？」ぼくは叫んだ。「なにがあったんです！」

彼は電話の子機を放り出し、姿見の前に座って自分の首輪を揺らした。

「外せ、はやく！」

ぼくは頷き、ポケットからスピアーとリウムピンセットを取り出して彼のもとへと駆け寄った。

「時間がない、もう三分以上経ってる!」

ワームの層数を確認した。

……三層。首輪はルル。残り時間は一分もない。状況は厳しい。

目を閉じて空白を待つ。ばくばくと心臓が脈打つ音が聞こえる。

一層目を剥がすまでに時間はかからなかった。

姿見で彼の首輪のランプを確認する。ランプはまだ青いままだった。

「落ち着いて、ぼくが助ける、あと二層!」

ぼくは二層目の表面にスピアーを突き刺した状態でリウムピンセットを構え、次の空白を待った。しかし空白よりも先にやってきたのはモーターの機械音。鈍い唸り。これまでに何度もぼくを追い詰めた絶望の音。ワイヤの巻取がはじまってしまった。

「急げ!」

クールハースは自分の指を首と首輪のあいだに滑り込ませようとした。無駄なことだってわかっていてもやってしまうんだ。それを試みて指ごと切断された人間は何人も見た。

ぼくは目を閉じた。冷静さは失っていないつもりだった。目の前の人間を助けるためにはぼくが冷静でいるしかない。もう失敗はしない、同じ轍《てつ》を踏んではいけないんだ。

二度目の空白はモーターの音が聞こえてから数秒後にやってきた。

ぼくはそれを逃さなかった。リウムピンセットをすばやく動かし層を剝がした。

「……っがっ……っがああ……」

首輪のワイヤはぎちぎちと彼の首を絞め上げていた。

口からは舌が飛び出し、目はこれ以上ないくらい大きく見開かれていた。眉間には何本もの皺が寄っていて、普段の美青年ぶりからはかけ離れた表情になっていた。

「……っっいううう……」

クールハースは悲鳴を上げることさえままならなかった。

かろうじて声にならない音を出そうとすると口から唾が散った。

糸を引いて垂れた唾液は、彼が苦しさのあまり左右に頭を振る動きに合わせて宙を揺れていた。

彼はがんがんと足を床に打ちつけた。普通の人間ならのたうちまわっていたっておかしくない。でも彼は上体の姿勢だけはかろうじて崩さなかった。賢い彼には、姿勢を保つことが、ぼくに除去作業を進めやすくさせることが、生き残るための唯一の道だとわかっていた。

クールハースはぼくを信じ、意思のちからで上体を起こし続けている！

「あとすこし！」

ぼくは冷静でいられた。過去のつらい経験の数々がぼくを強くしていた。目の前の人間のこんな姿を見てもそれほど動揺はしなかった。

ぼくは彼の背中に手を当てながら、もう一度目を瞑った。

彼のからだはがくがく震えていた。

口は空気を求めて何度か喘《あえ》ぐように動き、やがて開いたまま止まった。

彼を支えていたからだの筋肉が緩み、ちからが抜けたのを感じる。ぼくはその様子が恐ろしいと頭の片隅で思う。でもこころでは思わない。こころは作業のためにからっぽにしている。

……きた。

リウムピンセットで摘まんだ三層目を剝がした。

除去作業は完了した。しかしそのときにはもう、クールハースは動かなくなっていた。

彼はちからなく床に仰向けに崩れた。目は開いている、瞬きひとつなく。脈はない。呼吸もない。

ぼくは仰向けになった彼の胸に自分の両腕を突き立てて心臓マッサージを行った。

息をして！　ねえ！　息をして！

彼を蘇生《そせい》させるために夢中でからだを動かした。

でも、とうとう願いが通じることはなかった。

ぼくは冷たくなったクールハースの目を閉じ、彼から離れ、自分の荷物をまとめて部屋を出た。

廊下を早歩きしながらこころの中で彼を悼んだ。

さようなら、クールハース。

だれかの死を置き去りにして前に進むのは何度目になるだろう。

もうこんなのにはうんざりだ。

もう、首輪が支配する社会にはうんざりだ。

＊

ミンスクロックの駅に着くと案の定、ピッピがロータリーに例のいかつい四駆車を停めて待っていた。

「このうそつきめ」とぼくは開口一番に言った。「手を出さないって約束だった。だのに約束を破って彼らを殺した」

「ひどい顔してる」ピッピは言った。

「だれのせいだと思ってる」

「まあ乗りなさいな。話はそれから聞くから」

ぼくは助手席に乗り込み、ドアを思いきり閉めた。

彼女は乱暴に車を発進させた。行く先は訊かなかった。どこだって構わなかった。

「あんまり怒らないで」と彼女は言った。「怒るとろくなことがない。怒りっていうのは男の器の大きさを示すバロメータみたいなもの。つまんないことで怒るのはよくないし、怒るにしてもスマートに表現しなくちゃ。あなたのそれは駄々をこねるこどもみたい」

「こどもで構わない。実際まだこどもみたいなもんだ」

助手席のシートは冷たく、午後四時の陽射しはまぶしかった。

走り出した車は実際の速度ほど速く動いているようには感じなかった。前から後ろへと流れていく窓の外のものすべてがだらだらしているように見えた。のらりくらり、電柱。のらりくらり、雲。のらりくらり、山。ぼくはたぶん、弱ってる。

午後の陽が照らすぼくの顔が窓に薄く映り込んだ。だいだい色に照らされた自分の顔にいまは亡きクールハースの姿を重ね合わせ、あらためて彼の死を悼んだ。

彼は決して悪い人間じゃなかった。そう。悪い人間じゃなかったのだ。流れゆく景色を切り取った窓の中で、光に透けたぼくの顔とまっしろい太陽だけがその場所を動かなかった。

「べつにいいじゃない、彼が死んだって」ピッピは言った。「そもそもあなたは彼を殺すためにあそこに行ったんだから」

「行ってみたら事情が変わった。彼は悪い人間じゃなかった、死ぬ必要はなかった」

「あったわよ。彼の父親は私たちの父親を殺したも同然なんだから」

「そんな理由だけで彼を巻き込む必要はまったくなかった!」

「復讐ってそんなもん」

「きみは守るつもりのない約束をしてぼくを彼のもとに行かせた」

「いけない?」

「ああ、いけない」

「なんで?」

「嘘をつき、ぼくを騙した」

ぼくが言うと、ピッピは溜息をついた。

「あのね、フラノ」と彼女は言った。「ひとは嘘をつく生き物なの。社会がどんなふうになったって」

やり場のない感情がぼくの裡に芽生えはじめていた。

いまになって、ぼくはクールハースのことが好きだったと感じた。彼は、彼を殺そうと訪ねたぼくに対してだって敵意を持たずに接してくれた。彼の首輪のランプはぼくの前では一度だって赤く光らなかった。ぼくは無意識のうちに彼のそんな誠実さを好むようになっていたんだと思う。たちの悪い嘘がはびこるこんな世の中だからなおさら。

「ちくしょう。なんできみは……」ぼくは赤いカードを取り出して言った。「ぼくはこれを持ってた。発信器の信号は打ち消されてた。マップには映らなかったはずだ」

「追うのにマップを使うとは限らないでしょう」

「……きみはぼくを直接尾けてこの地までやってきたのか」ぼくは言った。「ぼくのあとを追い、ホテルの部屋を知り、ぼくらのルーティンを知った。金曜日、ぼくが外出するタイミングを狙い、まずは世話係を、そしてクールハースを強襲した。首輪のバッテリーボックスのカバーを外すというやり方で殺したんだ」

「そのとおり」

「どうしてそんな殺し方を選んだのか最初はわからなかった。だってナイフで刺したほうがはやい。でも、いまならよくわかる。きみは世話係やクールハースが首輪が締まるまでの四分間に師匠に電話することを期待してたんだ。どちらかが連絡先を知っているときみは踏み、追い詰めることで師匠の情報を知れると考えていたんだろう。しかし世話係は秘密を漏らさなかったし、クールハースはなにも知らされていなかった。やがてぼくが帰ってきたことに気付き、きみは試みの途中であの部屋を抜け出した」

「半分は合ってる。半分はちがう」

「どこがどうちがう」

「息子が父親に電話をかけることを期待したのは事実。カバーを失ったときの対処法みたいなものがあるとして、それを教えてくれるとしたらあの男しかいないはずだからね。でも、それを期待したのは私があの男に通じる情報を得たかったからじゃない」

「……」

「あの男にこれから首輪で死ぬ息子の声を聞かせたかったの。残された四分間の恐怖、無念、やりきれなさ。いろんなものが受話器の向こうに伝わるでしょう。一方、遠く離れた場所であの男にできることはなにもない。むざむざ四分後に息子が死ぬのを待つだけ。首輪で家族を奪われたこどもの復讐として完璧なかたちとは思わない？」

「……きみは卑劣だ」ぼくは言った。「卑劣だよ」

「あのね」彼女は呆れ声で言った。「ひとの殺し方に卑劣もくそもないのよ」

途中、信号で車が停止したとき、ピッピはカーステレオで音楽を聴こうとした。最初はディスクを求めてサイドポケットを探した。でも見つからないみたいだった。あからさまな舌打ちをしたあと、つまみをひねってラジオを合わせた。どの局もろくな音楽を流していなかった。そして彼女は、たいして粘ることもなく、あきらめた。流しっぱなしになった局からはにぎやかしみたいなポップスが届けられた。ぼくがつまみをひねって音楽を消した。

「傷ついてるの?」彼女は言った。

「ついてない」

「それは嘘。ランプが赤いもの」

「そりゃ傷つくさ。傷つくに決まってる」ぼくは言った。「ぼくが彼を巻き込んだに等しい」

ナイーブ、と彼女は言った。

「罪のない彼らを殺してなんとも思わないきみがどうかしてるんだ」

「罪なきひとを傷つけたことなんてないなんて言い草ね」

「すくなくとも首輪についてはない」

「じゃああなたにとってもうひとつショッキングなことを教えてあげる」

彼女は言った。

「あなたはこれまで善良な市民の首輪を外して助けた気になっていたのでしょう。たしかに彼らは首輪の管理の手を逃れることができた。前科者や犯罪者予備軍でもなけりゃ治安局に追われることもない。依頼人たちは不便を強いられながらも管理を逃れて生きることができるかもしれない」

「……それがなんだ」

「でもそれでおしまいだと思ってる? 央宮が、治安局が、彼らになんのペナルティも課さないと思ってる？」

「……なんだよ」ぼくは言った。「……なにが言いたいんだよ」

「依頼人の家族の首輪はどうなるかしら。バッテリー交換の履歴がぶっつり途絶えた身内がいるとわかっていて、その家族にレンゾレンゾを割り当てないほどここは良心的な国かしら」

「……そんな」ぼくは言った。「あんまりだ、そんなの聞いてない！」

「あの男だってしきりに金のためにのみ仕事をしろと言っていたはず。その言葉だけを信じて行動していればこんなことにはならずに済んだのにね」

「……」

「十年ちょっと経ったのち、家族の首輪、耐用年数を迎えたレンゾレンゾは締まる。けど救いもある。つけている本人たちはいまのところそれを知らないからね。まだ絶望したり怯えたりせずに済んでる」彼女は言った。「無知でいるって大事」


結局、ぼくの正義とはなんだったんだ。

よかれと思ってやったことはことごとく裏目に出た。

首輪を外してあげた善良な市民の家族たちはペナルティを受ける。

レンゾレンゾを装着するというかたちで。

「あの男は除去技術とダミー機構を利用して営利を貪《むさぼ》ってるわけだけど、その対象者は大半は社会ルールに則って生きる気のないろくでもないひとたち。ルルやブルーノみたいなのをつけてる一般人はもともと除去やダミーとは無縁の存在だった。あなたが自分の認識の誤りに気付かぬままに正義を振りかざしていたってだけ。ひとりよがりなかたちで」

ぼくは放心状態だった。身につけた技術はそもそもの最初から善のためには行使しようのないものだったと知ったこの衝撃は、表現しようにも適切な言葉が見つからない。

「……そもそも師匠はどうしてスタッフたちにダミー機構まで作らせてたんだ？」

「あなたまだあの男のことがわかってないのね。一部の人間に除去技術やダミー機構を提供することで利益を得るためよ。金と権力のことしか考えてないの。あなたを除去者に育てたのだってそう、搾取のため。ダミー機構は言ってみればワクチンみたいなもの。首輪がウイルス。ふたつを独占的に産み出せば莫大な利を生み出せる」

どうやら師匠はぼくにとんでもなくたくさんの嘘をついていたらしい。ぼくが案内されたあの電気店みたいな家もカムフラージュだったんだろう。ほとんど家にいなかったしな。まったく、どうしたもんだろう。ひとの印象とはなんとあてにならないものだろう。

ぼくにはいまだにあの師匠が陰で悪いことをしているなんて信じられない。

「ピッピ。どうしてきみはこんなにも事情に精通している？　死んだ父親から間接的に聞いたにしてはどうも知りすぎている気がする」

「その質問は前もしてた」

「そしてきみは答えなかった」

「あの男の下で研究をしていた八人のスタッフ、憶えてる？　七人は首輪のせいで死んだ。いまだに生きているのはただひとり、仲介人だけ」

「それは聞いたよ」

「じゃあもし、私が彼女と繋がりのある人間だったとしたら？」

「……」

「仲介人は私の母親よ。父も母もスタッフだったの」

　ぼくは黙ったまま彼女の話を聞いた。

「前に説明したとおり母と私の血は繋がってない。それでも私にとってはたったひとりの母だった」

　マミのことを思い出した。

　血の繋がりのない親子の愛。

「母はもう私のことを憶えてない。記憶を忘却させられてるの。例の技術でね。あの男が母のすべてを変えた。私から大切な家族を奪った」

「……師匠が」

「十年前の冬、とある日の寒い朝。母は家のリビングで私を抱きしめて言った。おわかれだって。決して普段から仲のいい親子ってわけじゃなかった。それでもその日の母は優しかった。母はあの男に呼び戻されていたの。仲介人としての役割を担うように命じられていた。断れなかった。母は自身がレンゾレンゾをつけられてること、父の死のことを教えてくれた。八歳の私にはショッキングな話だった。私は冷たい床に膝をついて泣いた。話が終わるまで、母はずっと私を抱きしめてくれていた」

「……師匠はきみの母親を仲介人として操ってる。だからこそきみは異常なまでの復讐心を燃やしてる」

「母がいなくなったというのならまだあきらめがついた。でも母はたしかにこの世界で生きていて、まだ存在する。その事実が私をいっそうかなしくさせる。また会えるかもしれないけど、もう二度と会えない」

彼女は右手を器用に動かしてクマのぬいぐるみのキーホルダーを外すとダッシュボードの上に置いた。ダッシュボードの上でぬいぐるみのクマは小刻みに震えていた。ホルダーの金属部分がボードに当たって、かたかた音が立った。

「あの朝、母はすでに覚悟を決めていた。仲介人になるにあたって都合の悪い記憶を消されることがわかっていたの。次、あなたに会ったとき、あなたをわすれていても恨まないでね。あなたのことが大好きだから。それが母のおわかれの言葉。普段はこんなこと言わない。もっとそっけないし、冷たい。それでもその日は言ってくれた。あなたのことが大好きだから。その言葉に、これまでどれほど励まされたかわからない」

ピッピは前方を見つめながら話を続けた。

「母の姿を見たのは、その次の日が最後だった。私は母がかつての母のままかどうかを確かめるために訊いた。ママ、わたしのことすき、ってね」

「……お母さんはきみが知ってるお母さんのままだった？」

「結果は聞かなくたってわかるでしょう」

＊

その日のピッピの運転は荒かった。急な加速、急な車線変更、急な方向転換。いつものぼくなら危なっかしくて乗っていられたもんじゃないとでも言っただろう。しかしこの日はどうでもいい気分だった。事故に遭ったって構いやしない。なるようになればいい。

ぼくは前の車両の揺れる赤いテイルランプに目を奪われていた。赤い光は苦手だ。首輪除去の苦しみを思い出すから。しかしこのときに限っては進んで見つめていたい心境だった。ある種の自傷願望が裡に生まれていたのかもしれない。

複雑な気分だった。クールハースの死を許せないという気持ち、ピッピとその母に同情する気持ち、師匠を憎らしいと思う気持ちと、そんな人間であることを信じたくないという気持ち。たくさんの感情がいっぺんに煮詰められていた。

「ひどくやさぐれているのね」横目でぼくの表情を確認したピッピが言った。「自棄になりかけてるひとっていうのはだいたい目つきでわかる。いまのあなたはまさにそういう目つき」

「ねえ。この車、いったいどこに向かってるんだ」

「あなたがこれから行くべきところ」

「そんな場所ない。ぼくにはもうなにも残されてない。そのうち治安局に捕まって袋だたきだ。唯一の希望だった首輪を外せる可能性だってクールハースの死によって奪われた」

「過ぎたことを嘆かないで」

「嘆かずにはいられないことだってある」

「どうせ希望がなくなったなら最後になにかやり遂げてもいいでしょう。失うものはない」

「ぼくから希望を奪ったやつがなにを言い出す」

「これから向かうのはサクラノのところよ」

ピッピが彼女の名前を口にした瞬間、ぼくはどきりとした。

「……居場所を知ってるの？」

「マップ、持ってるからね」

「……いまさら彼女と会ってなにをしろっていうんだよ」

「あなたが言ったんじゃない。どうしても首輪を外してあげたいひとがいる、って」

「あれはあのときの考えだ」

「いまはなにを考えてるの」

「もう首輪に関わる一切のことをしたくない」

「あなたから首輪除去をとったらいったいなにが残るのよ」


数時間のドライブののち、国の南にある小さな村に着いた。ピッピの話によればサクラノはその村の一軒家で親戚とともに暮らしているらしい。こぢんまりした地域で、ついこのあいだまでぼくたちが暮らしていた大都市とは比べ物にならないくらい建物が少ない。進めども見えるのは田んぼばかり。

田園地帯ゆえ外灯はほとんどなく、外は暗かった。点在する民家の窓から微《かす》かな明かりがこぼれているきり。ぼくたちがその村に入ってからずいぶん経っていたけれど、一台としてほかの車とはすれちがわなかった。ヘッドライトの大きな円は手前の空間をおろおろさまよっているように見えた。

ピッピはとある民家の前まで来ると道路の中央で車を停めた。端に寄せて停車させる必要はなかった。どうせだれもこの道を通らない。

「ここよ」

ピッピはヘッドライトをぱちんと消すと、キーをひねって車のエンジンを切った。彼女の顔をうっすら照らしていたスピードメーターのバックライトも消えて、車内はまっくらになった。

「……降りたほうがいいの？」

「降りずにどうするのよ」

ぼくは窓に頭を押し付けながらガラス越しに空を眺めた。きらきらと星の輝く夜だった。やがて暗順応《あんじゅんのう》により瞳が暗闇に慣れると、周囲の田んぼが淡く月明かりに照らされていることに気が付いた。きれいだった。風が通り過ぎると、あたり一面の植物の先端が一斉に揺れた。さわさわ、さわさわ。

「静かな夜だ」ぼくは言った。

「ええ。静かね」ピッピも言った。「こうやっていつまでも車の中にいてもなにも状況は変わらない」

「降りていったってぼくの運命はいまさらどうにも変わらない」

「でもこころは晴れるかもしれない。やり残していることをやり遂げることさえできれば」

「そういうの、大きなお世話っていうんじゃないかな」

「そうかもね。でも、だったらどうしてあなたは私に連れられてずるずるここまでやってきたの」

そう言われるとぼくには返す言葉がない。苦し紛れにこう言うのがやっと。

「乗った車が勝手にここへ運んできただけだ。ぼくの意思じゃない」

「なに言ってるのよ。首輪赤く光ってるじゃない」

ぼくはとっさに顔を背け、首輪が彼女から見えないようにした。

「ずっと会いたかったはずよ、彼女に」

サクラノ。彼女はいま、なにを思って過ごしているんだろう。

ピッピと口論しているうちに、ぼくのサクラノに対する想いはふくらみ、気は昂っていった。

「さあ。とにかく降りてよ。私ははやくこの村を出たいんだから」

ぼくはボストンバッグから残り少ないバッテリーの予備と拳銃だけを取り出し、ポケットに入れた。残りの荷物は置いていくつもりだった。ドアを開け、道路に降り立った。冷たい空気がぼくの肺を満たした。ピッピが内側から手を伸ばして助手席のドアをばたんと閉めた。

「帰るの？」

彼女は車のエンジンをかけたあとで助手席側の窓を下ろし、ぼくの問いかけに答えた。

「もうあなたともさよならね」そして窓からバッグを放り出した。「自分で処分して。こんなの残されたって私だって困る」

「きみはどこへ行く？ 迎えは？ ぼくはどうやって帰ったらいい？」

「迎えは必要ないでしょう。あなたをこの村から連れ出すものがあるとすれば、死か、あるいは治安局であるはず。あなたが装着している首輪のことを考えれば」

言われてみればそのとおり。ぼくにはもう先がない、覚悟はとうに固めていたはずなのに、どうしてぼくは自分に未来なんてものがあると思ってしまっていたんだろう。我ながらどうかしていた。

「じゃあ私は行くから」

「だからどこへ」

「あの男のいそうなところ」

「復讐の続きか」

「あるいは母の奪還」

「がんばれ」

「なにが」

「だってきみの戦いはこれからだろう」

「かもね」

ピッピは助手席の窓を上げてヘッドライトを灯した。車は低い音を出しながら暗い夜道を走り出した。

ぼくは遠ざかるテイルランプを見つめた。

ピッピとのわかれについて、さみしいとか切ないとかいう感情が湧いてくるかと思ったけれどそんなことはなかった。

やっぱり赤いテイルランプからは首輪のランプしか連想しなかった。

一分もしないうちに彼女の車は闇に消えた。

さようなら、ピッピ。

でも、きみとのわかれがいまのぼくのこころを締め付けるなんてことはない。

未来を持たない人間にとって、感情なんてものはほとんど意味をなさないんだ。

B7／16歳から18歳まで

マミを死に至らしめてしまったあと、ぼくはしばらくのあいだ首輪除去を休止した。いよいよ目標を見失ってしまったんだ。すでに再起を一度経験し、自信を取り戻した直後だっただけに、二度目の挫折から立ち直るのは容易じゃなかった。

ぼくは部屋の中に閉じこもったきり、必要最小限の買い物とバッテリー交換を除けばどこにも行かなかった。気が付けば九月はとうに終わっていて、十七の誕生日はいつの間にか過ぎていた。だれにも祝ってもらえなかったどころか、ぼく自身にさえ認識されることのないままに、本来祝福されるべきその記念日は、小さな部屋を通り抜けていった。

ぼくは外界との繋がりをほぼ断絶していた。携帯電話が鳴っても出なかったし、郵便を確認したりもしなかった。幸いというかなんというか、ぼくにはもともとともだちがいないに等しかったから、だれひとり部屋を訪ねて来たりはしなかった。ゴゴウのときのように治安局の人間がやってくることもなかった。このことについては運に感謝すべきかもしれない。ぼくはすぐに捕まったっておかしくないくらいの罪人だ。逮捕事由は枚挙にいとまがない、証拠だって揃うだろう。

電話は一日に数回鳴った。ぜんぶ知らない番号だった。たぶん新たな依頼人、あるいは師匠だ。

ぼくは鳴り続ける電話をじっと見つめるだけだった。鳴っているあいだ、ふとユリイの死を知った日のことを思い出したりもした。あの日も電話は鳴りっぱなしだった。ぼくはただそれを見つめていただけ。ちょうどこの瞬間と同じように。

ベルの音を聞きながら、ぼくに連絡がつかなかったがために処分されていく依頼人たちのことを思った。申し訳ない。どうか善良な市民がその中にいないといい。どうかろくでもない犯罪者ばかりであってほしい。仲介人がどんな手段で処分するのかは知らないが、それにしたってあまりひどい死に方をしていないといい。これ以上、なにかがぼくのせいになるのは耐え難い。

夏が終わり、秋が終わり、年の終わりに近づいた十二月のこと。薄くなったカレンダーを見ながら、ぼくはサクラノのことを想った。十二月は彼女の誕生月、サクラノはじきに十五歳になる。告知された余命はあと一年。残された時間はあまりにも少ない。

けれど、その事実を認識しても不思議なくらいなにも感じなかった。なにもだ。よろこぶべきか、かなしむべきか。もはやサクラノの存在さえ、ぼくのこころに特別なよろこびをもたらしてはくれなかった。むしろ逆だ。彼女のレンゾレンゾについて考えれば考えるほどにぼくは自分の非力さを思い知り、あらためて絶望することにもなった。普通の首輪ひとつまともに解除できずにマミを死に至らしめてしまった人間が、攻略不能のレンゾレンゾに立ち向かうなどと嘯《うそぶ》いていたことを思うと恥ずかしくさえあった。首輪のことはうんざり、首輪以外のこともうんざりだった。

＊

年が変わり、三か月が経ち、季節はすっかり春になった。

ある日、充電切れのまま放置していた携帯電話を久しぶりに充電器に繫ぐと、再起動した瞬間に着信があった。案の定、知らない番号からだった。出る必要はないと思い放置していたけれど、電話はいつになっても鳴り止まなかった。

なんだかその日は着信音がこの上なくうっとうしく感じた。ぼくを刺激したと言っていい。怒りに任せて通話ボタンを押した。

「うるさい」

ぼくは電話の相手がだれなのかも確認せずに言った。どうせ師匠だろう。ちがったらちがったで構わない。依頼人だろうがなんだろうが。

声を発するのは久しぶりだったし、自分の声を聞くのも久しぶりだった。大声を出して怒鳴ろうとしたのに小さな声しか出なかったことに驚いた。ひどくすかすかな掠れた声だった。

「なにをそうかりかりしている」

師匠の声。やっぱりそうだ。ぼくに電話をかけてくるのなんてこのひとくらいなもんだ。

「とにかく連絡がとれてなによりだ。心配していたよ。いくら電話しても出ないもんだからな」

「うるさい」

「いまは自分の部屋だな」

「うるさい」

ぼくはばかみたいに同じ言葉を繰り返し、発声の調整をした。だれかとコミュニケーションなんてとりたくなかった。電話に出た理由はただひとつ。神経に障るベルの音を鳴らしたやつに一発怒鳴ってやりたかったというだけだ。

「フラノよ」師匠は落ち着いた声で言った。「おまえさんはいったいなにが不満なんだ」

「うるさい」

「その言葉を繰り返せばなにか変わるのかね」

「うるさい」

「なにかに失望してそんなふうにやさぐれてしまったのなら、それは恥ずかしいことだよ」

「……うるさい」

「なにに失望しているのかは知らん。だが失望なんてものは所詮思い上がりの産物だ。自分のちからを過信した人間が期待した成果を出せずにショックを受けている状態、要するにうぬぼれ屋が自身のうぬぼれに気付いた状態なのだよ。自分を客観視できない未熟な人間にはよくあること」

「うるさい」

「事実を事実として突きつけられるときほど傷つくシチュエーションもなかなかない。おまえさんはそのショックに耐えきれず壊れてしまったのだな」

「うるさい！」

「フラノよ。大声を出せばなにかを変えることができるのかね」

「……」

「同じ言葉を繰り返せばなにかは変わるのかね」

「……それはもうさっき聞いたよ」

「ようやくほかの言葉を喋ったな」

「うるさい」

「大声を出したのは図星を衝かれた証拠だろう。つまりおまえさんは傷ついてるんだな。なにかに失望してる。あるいは自分自身にかもしれんが」

「うるさいんだよ、さっきからぺらぺらぺらぺら」

「喋りたくないのか」

「うるさいって」

「ならどうして電話に出たりした」

「喋りたいわけじゃない、着信音がうるさかったから怒鳴ってやろうと思っただけだ」

「それでさっき怒鳴ったと」

「そうだよ。うるさいな」

「ならどうしてまだ電話を切らない？」

「……」

「用が済んでるならどうしてまだ電話を切ら——」

その日はもう、師匠から電話はかかってこなかった。

夜、ぼくは枕の上で涙を流した。

自分がいつからこれほど弱々しく、女々しくなったのかわからない。涙は自然と溢れてきた。暗い部屋の低い天井を見つめながら、この上なく情けない気分になった。

その次の日、また電話があった。

「おはよう」

「……」

「きょうはあっさり通じたな」

「……」

「昨日の態度については詳しく追及はしないよ。おまえさんはおまえさんで思うところがあったのだろう。きょうだって進んで喋れとは言わん。せめて私の話だけでも聞いておくのだ」

「……」

「昨日の電話でおまえさんが失望していることはわかった。おそらくは自分自身に対する失望だ。察するに善良な市民を助けると大見得《おおみえ》をきったくせに実際には助けられなかったのだろう。そういう出来事はプライドを傷つける。おまえさんがやさぐれたとしてもむりはない」

「……」

「だがはやく持ち直してほしい、私はそう思ってる。おまえさんに自殺する勇気が備わっているとは思わんが、万が一にもそういうことを考えてはいけない」

「……」

「私はおまえさんが心配なのだよ。いつだって自分の手の届くところに置いておきたいと思ってる。離れていたって行動は見守ってる」

「……どうやって」

「訊かれてなんでも答える私でないことくらいおまえさんはとっくに知っているだろう」

「……そんなにぼくが心配ならどうして会いにこないんです」

「何事にも理由はある。それを教えるか教えないかの差はあるにせよ、な」

「……ならどうしてぼくに理由を教えない」

「この社会では行きすぎたおしゃべりは命取りということだ」

「……首輪もつけてないくせによく言いますね」

「バッテリー交換には行っているようで安心したよ。これから完全に立ち直るまでには無気力感や自傷願望がおまえさんを襲ったりもするだろう。それらは波のように急に寄せて静かに引いていく。一度や二度じゃない。何度も繰り返しおまえさんのこころを支配することになる。だがくれぐれもそういう負の感情に屈してはならない。こころを強く持て、フラノよ」

「……」

「言いたいことはそれだけだ。くよくよするな」

そう言い残すと師匠から電話を切った。

切られたほうのぼくは急にさみしい気分になった。

師匠の電話からさらに五か月が経った。

部屋に籠りきりのぼくと外の世界を結びつけるものは相変わらず。バッテリー交換のために週一回の外出をぼくに強いる首輪と、ちゃかちゃか鳴り続ける携帯電話、このふたつだけ。

電話は毎日何件もかかってきた。朝、昼、夜を問わずだ。だいたい鳴らした状態のまま放置しておくと一分もしないうちに着信は途絶えた。

しかし八月のとある日、夜九時半にかかってきた電話は、二分経っても三分経っても切れる気配がなかった。

プルルルルル、プルルルルル……。

コール音とコール音のあいだの無音はきらいだ。思い出すから。首輪や空白のことを。

プルルルルル、プルルルルル……。

相手はいつまでもベルを鳴らし続けた。あるいはその謎の粘り強さの正体を知りたいという好奇心がぼくの指に通話ボタンを押させたのかもしれない。

「……あの……もしもし？」

電話の相手は控えめな口調だった。聞き覚えがある女性の声。どこで聞いた声だったろうか。

「……はい」

ぶっきらぼうに答えたつもりだったけれど、自分が期待したほどには口調から愛想を消せていなかった。こういうナーバスな時期、電話の相手が低姿勢だとどうもやりにくい。

「……あっ、どうもお久しぶりです。とつぜんすみません。実は御礼が言いたくて……」

「……はあ」

御礼。なんの御礼だ。

「あの、憶えてらっしゃいますか。以前あなたに首輪を除去してもらった者です。公園のベンチでお会いして、その日のうちにカラオケボックスでお世話になった主婦です」

「……ああ、どうも」

思い出した。旦那への不貞を隠すために首輪除去を望んだ女性。ぼくは彼女のルル製の首輪を除去した。

「いま、お忙しかったですか。もしご迷惑だったら切りますが……」

「いや……べつに」

「そうですか。ならよかった。ちょっとご機嫌悪そうだったから、心配で」

たしかに機嫌は悪い。いや、悪いのか？　あまりにも自分の殻に閉じこもっていた期間が長かったせいで自分でもわからなくなってきた。ぼくはなんで機嫌が悪い？

「さっきも言ったとおり、私はあなたに御礼が言いたかったんです。首輪を外してもらって私の人生は変わりました。よいことも悪いこともありましたが、私はそういうすべての影響をプラスに受け止めて自身を成長させることができたと思います」

「……なにかあったんですか」

「実は一か月ほど前に主人と離婚したんです。こどもは主人が引き取っていきました。いま私には家族がいない状態です」

ぼくは黙っていた。なにも言えることがなかった。

「断っておきますが、もちろん首輪のことは関係ありません。むしろあなたがダミーにしてくれたおかげで主人に私の不貞がランプによってばれることはありませんでした。感謝しています」

「……ならなぜ」

「離婚の直接的な原因は私です。自分自身に嘘をつくのが、そして主人に嘘をついたまま満足を得ている自分がいやになって、正直に自分のしたことを言ったんです」

「……」

「主人は激怒しました。不貞を許すことができなかった以上に首輪を外してまで自分やこどもを欺こうとした私が許せなかったみたい。最終的に離婚を突きつけられました。主人の決断は理解できます。逆の立場なら私も同じ怒りを感じたでしょう」

「……大好きなご主人やこどもと離れてあなたはしあわせなんですか」

「しあわせなわけはありません。でも終わってしまったことは終わってしまったこと。今回のことを教訓にして前向きに生きないといけません。思えばあなたが忠告してくれたとおりでした。首輪を外してまで事実を隠そうとすることは嘘を嘘で塗り固めるようなもの。私は本末転倒なことをしていたのです。主人やこどもを失いたくないがために起こした行動が、結果的には私から主人とこどもを奪っていきました」

「……そういうものですよ」

よかれと思ってやったことが結果的には裏目に出る。この世界ではよくあること。

「すいません、こんなしみったれた話をしてしまって」

「ぼくがあなたにしたことが正しかったのかまちがいだったのかはいまの話からは判断しかねるけど、すくなくともいまのあなたがいるのはあなたの決断の先にあった場所のはず。立派だと思います」

ぼくはその女性の話を聞きながら、なんだか自分が励まされているような、同時に自分が他者に助言を与えるべき立場にいるような気になった。もちろん錯覚であることはわかってる。しかしだれかの話を冷静に聞いていると、物事の本来の在り方が見えてくることもある。自分自身では正しく認識できなかった物事の正しい在り方が。ぼくは彼女の話を聞き、彼女に声をかけながら、知らず知らずのうちに自分のこころを浄化していたのかもしれない。

「御礼と報告ができて、なんだか胸のつかえがとれたような気がします。だれかに話したかったのかもしれない。いまの私の抱える想いを。とつぜんお電話失礼しました。どうかお元気で」

電話を切ったあとは不思議な気分だった。

どうして自分がこんなにも長い期間塞ぎ込んでいたのかわからなくなってしまうほど。主婦との電話はそれくらいぼくのこころと物の見方を変えた。

部屋を出て夜のまちを走った。

北へ向かって、全速力で。目的地など持たないままに。

スニーカーがアスファルトの舗装の上を弾み、ぼくのからだを前へ前へと押し運んだ。からだは思ったよりも軽やかだった。長い期間運動をしていなかったにしては十分すぎるほどよく動いた。

どこへ向かう？　わからない。とりあえず、ばてたところが目的地だ。

ぼくはありったけのちからを出した。すれちがう人々はみな驚いた顔をしてぼくを避けた。夜の十時に全速力で道路を走る人間だ、みんなが避けたくなるのもわかる。

五分、十分走っても息は上がらなかった。ちからがみなぎっていた。

二十分ほど走り続け、とうとうへばった先は隣町の公園だった。

時間帯のせいか、ひとの姿はまばら。ストレッチをしている中年が幾人かいた。公園の隅ではサークルと思しき五、六人の若い男女の集団がジャグリングをやっていた。

ぼくは辿り着くなり原っぱの上に仰向けに倒れた。胸が上がっては下がり、上がっては下がった。ぼくの吐く湿った息は暗い空に立ち上っていった。

――ぼくはまだ、だれかになにかを与えることができる。

主婦との電話で、なによりそのことに励まされた。たしかに彼女はあんなことになってしまったけれど、それでもかつてぼくのちからを必要としてくれたことはまちがいないし、そのことに感謝をしてくれていたのも事実だ。つまりぼくは、やっぱりだれかの役に立てていたのだ。

これからだってきっと多くを与えられる、そう思った。ぼくにはまだできることがあるのだし、ぼくにはまだすべきことがあるのだから。

目を閉じればサクラノの姿が浮かぶ。そう。ぼくは彼女を助けたい。

おもむろに立ち上がって大声を出した。

まわりのひとの視線を感じたし、サークルと思しき集団がくすくす笑う声も聞こえた。

だからぼくは、気が済むまで叫んだあとは、全速力で家に帰った。

*

「ようやく立ち直ったか」

カムバックを決意した次の日にも師匠から電話がかかってきた。

なんでも師匠はぼくが電話に応じなかった期間中もほぼ毎日電話をかけ続けてくれていたらしい。いままでさんざんしかとしてしまったことは反省しないといけない。

「もうだいじょうぶです。また仕事を再開します」

「そうするのがいいだろう。これからは小難しいことを考える必要はない。当面は技術の向上だけを目指せ。割り切れば葛藤は消える。葛藤が消えればまた別のものが見えるようになる」

「そうかもしれません」

「くれぐれも犯罪者だけを相手にするのだよ。死に至らしめてもよいようなやつをな。仲介人にはそういうのを回させる」

「はい。ありがとうございます」

「よかった。いつだっておまえさんを心配していたよ」


師匠の電話から数週間後、ぼくに十八歳の誕生日が訪れた。

部屋でささやかに自分を祝った。一年前は見過ごされてしまっていたこの記念日への罪滅ぼしのために小さなケーキまで用意した。がりがりに硬いベイクトのチーズケーキだ。

ぼくはケーキを食べながら、亡き父や母のことを想った。両親のことはほとんど知らない。顔も覚えていないし、形見みたいなものもない。わずかばかり知っているエピソードは、どれも施設にいたころに職員さんたちから噂程度に聞かされたもの。ぼくはこころの中で自分の誕生日を父と母に捧げた。

振り返れば感慨深いもの。

いる場所は一年前とまったく同じなのに、まるで別の場所にいるような気分だった。

＊

依頼人から電話がかかってきたのはさらにその数日後だった。

「ここに電話すれば首輪をとってもらえるって聞いたんだけどよ」

電話の男は野暮ったい口調で言った。

「除去を望んでる？」

「ああ。そうだ」

「じゃあ、明日の夜七時、ファーストビルの屋上で。鍵は開いてるはず。開いてなかったら扉の前に」

「あ？　なんでビルの屋上なんだよ」

「時間には遅れないように」

ぼくは男の問いかけには答えず電話を切った。

除去当日、夜七時。

ビルの屋上に通ずる階段を上った。左手にホットドッグ、右手には携帯電話を持っていた。ぼくはボタンを押して電話をかけた。

プルルルル、プルルルル……。

何回かのコール音、そして留守番電話サービスへの接続案内。機械音声の語りかけ。

「サクラノ」ぼくは言った。「ぼくはきみの首輪を外す。きみもそれを望んでいるだろうから。待っていて。ぼくがきみのちからになる」

屋上に出る扉の前でぼくは立ち止まった。

食べかけのホットドッグを口に押し込み、指先に付いたケチャップを舐めた。

包み紙は無造作に丸めて足元に捨てた。


ドアの向こうに依頼人はやってきているんだろうか。

たぶん、やってきているんだろう。いまは夜七時四分、約束の時間は過ぎてる。ドアの向こうにいるのはきっとろくでもない犯罪者。顔を合わせたらうんざりするかもしれない。

でもとりあえず、ぼくは進みはじめるしかない。

どこへ向かって？　どこかへ向かってだ。

そして進んだ先にサクラノがいることを信じよう。

ぼくは肩にちからを入れ、抜いた。

首をぐるぐる回し、息を大きく吸って、吐いた。

緊張してる？

まさか。いつもどおりやればいい。そう、クールに。

がんばれ、フラノ。

自分を励ましたあと、鋼製扉の汚れたノブを摑み、ぼくは屋上へと踏み出した。

A8／18歳

ピッピの車から降りたあと、しばらく道端に生えた草の上に座り込んでいた。なにをしていたというわけじゃない。ただ、サクラノに会うためのこころの整理ができてなかった。

月明かりに照らされた田んぼをじっと見ていた。

夜の風がさわさわと髪を撫でた。伸びた前髪が目にかかったりもした。

何分か経ったころ、携帯電話が鳴った。

当然ピッピからだろうと思った。彼女以外にぼくの連絡先を知る人間はいない。ところがだ。電話の相手はピッピではなかった。

「私だよ」

師匠。

ここに至るまでにいろんなことがあった。おかげで聞き慣れたはずのその声にさえ違和感を覚えた。

「……どうしてこの番号を知ってるんです」

「息子の部屋の電話に履歴が残っていた。おまえさんがあそこにいたことはすぐにわかったよ」師匠の声はいつになく低かった。「息子の仇《かたき》どもめ。許さん」

「いや、待ってください、彼を殺したのはぼくじゃない」ぼくは言った。「それに許さないのはぼくのほうだ。あなたは父にひどいことをした。クールハースには悪いけど、あなたにとっては当然の報いだ」

「おまえはいま、どこにいるんだ。近くにあの小娘はいるか。居場所を言え」

「師匠。ぼくはあなたの言うことなんてなにも聞かない。もう言いなりにはならない」

「おまえさんはいったいなにを言っている？」

「ぜんぶ知ってるんだ。あなたがなにをやったのか。しらばっくれたって無駄だ」

「この際、はっきりさせよう。おまえさんはなにを知っているというんだ」

「……なにって」

「あの小娘に吹き込まれたんだな」

「そうさ。そうだよ、ぼくはすべてを知った」

「どうしてあの小娘の言ったことが真実と信じられる？」

「あなたの息子から聞いたこと、実際にぼくのまわりで起きたこと、彼女の言ったことが真実だと考えればすべて筋が通る」

「もちろん小娘は部分的には真実を語りもしただろう。しかし巧みな嘘というのは真実の中に巧妙に織り交ぜられているものだ。全体像が真実に近ければ近いほど裏付け要素は増え、相手は信じやすくなる」

「もうあなたの言うことなんか聞くもんか、このうそつき」

「フラノ。この世はうそつきだらけだ。おまえが知っていることなど真実の一部にすぎない」

「あなたは何人もの命を奪い、遺された人間の人生を狂わせた。あなたがぼくや彼女の父さんを死に至らしめたのは事実なんだろう？」

「あの小娘からどう聞いているか知らんがおまえさんは勘ちがいをしている。私はだれの死にも関わっていない。おまえの父親はたしかに私の下で働いていたが死因は病死だ。以前言っただろう」

「まだでたらめを言うのか」

「そして私は、そもそもあの小娘の父親など知らん」

「……」

どういうことかわからない。

開き直りにしてはおおざっぱすぎる。嘘と信じたい。でも信じきれない。

「……師匠。あなたは首輪の開発機関で働いていた。それは事実でしょう」

「ああ」

「そして現在、除去で金を稼いでる。最初から欲深いひとだった。首輪を開発したのだって自分を利するため」

「ああ。それを認めるのもやぶさかではない」

「あなたは首輪開発に携わったスタッフたちにレンゾレンゾの装着を強いた。そしてスタッフはみんな死――」

「待て。そこがちがう」師匠はぼくの言葉を遮った。「私はレンゾレンゾの装着など強いていない」

「……嘘だよ」ぼくは言った。「ぼくの聞いた話とちがう。あなたはスタッフだったぼくの父や彼女の父親や母親を――」

「だから言っているだろう」師匠は言った。「小娘の父親など知らない」

「……」

「フラノ、おまえさんは騙されているんだ、あの小娘に。いや、あの小娘自身も母親に騙されているのかもしれん。とにかく小娘か、母親か、あるいはその両方が嘘をついてる」

「……なにを……なにを言ってる」

「たしかにおまえさんの父親は私の下で働いていた。善き理解者であり、友人だった。彼は病気により死んだ。私は殺していない、死に関与してもいない」

「……父さんは首輪を外そうとして死んだはずだ」ぼくは言った。「じゃなきゃぼくにレンゾレンゾがついてる理由がない」

「それも小娘がついた嘘だな」師匠は言った。「おまえさんの首輪はブルーノだよ。以前教えてやったとおりだ。レンゾレンゾではない」

「……」

「そうか。あの小娘。おまえさんにレンゾレンゾの解法を探らせるためにあらゆる嘘をついていたようだ」

意味がわからない。師匠とピッピ、言っていることがまるでちがう。

どちらかが、あるいはどちらも、嘘をついてる。ぼくはなにを信じればいい？

「……でも師匠。あなたが彼女から母親を奪ったのは事実でしょう。じゃなきゃなんで彼女があなたを恨むことがある？」

「小娘の母親か……」師匠は溜息をついた。「たしかに彼女はスタッフのひとりだったよ」

電話の向こうから鬚を擦る音が聞こえた。

「かつて私はおまえさんの前に除去者を育てた話をしたな」

「……ええ」

「私が育てた最初の除去者はあの小娘の母親だった。ワームの空白を感知できる人間は限られてる。制度施行後、私はスタッフの中に自分の企むビジネスに協力してくれる人間を求めた。話に食いついてきたのが小娘の母親だった」

「……」

「私は除去の技術を授け、さらには彼女の首輪を外し、ダミーにした。そしてそれと引き換えに、まず私の首輪を外させたのだ。自分の首輪は自分では外せないからな。それから除去技術で金を稼ぐ方法を教えてやった。しかし金というのは恐ろしいもので、除去による稼ぎは小娘の母親を変えてしまった。彼女はやがて家庭を顧みなくなり、豪遊し、ついには同業者である私の存在をも疎《うと》ましく思うに至った。首輪のない彼女は管理不可能だった。ある時期からは裏切りのにおいがぷんぷんしはじめた。首輪を外してしまったことを後悔したよ。相手のこころを確認できない。なにを目論んでいるのか、忠誠はあるのかないのか。真実を知るための優れた道具は私自身が彼女から取り除いてしまった。だからだよ、フラノ。おまえさんの首輪を外さなかったのは。弟子の翻意を恐れていた。同じあやまちを繰り返すわけにはいかなかった」

「……だから制御不能になった母親に罰を与えたのか。娘のＩＤと首輪に死の信号を送れる装置を持っている優位を活かし、事実上の人質をとって、記憶を消した上で現在では仲介人として働かせてる」

「だとすればおもしろい話だな」と師匠は言った。「だがそれもあの母娘のついた嘘だよ。ＩＤ入力による遠隔操作で装着主を殺せるなんて装置はない」

「……嘘だ。また嘘をついてる」

「仮にあったとしよう。しかしそもそも娘の首輪だって母親が除去済みだったんだ。その方法で脅せるはずはない」

「……いや。それじゃ辻褄《つじつま》が合わない。だったら仲介人はどんな手段でぼくらが除去を断った依頼人を殺してる？」

「おまえさんが断ったことがあったかい？」

「ぼくはない。でも師匠が断ったひとは？」

「私も断ったことはない」

「……そんなわけない。仲介人が紹介した人間、ぜんぶがぜんぶあなたが受け入れていたはずないじゃないか」

「最初から仲介人が存在しなかったとしたら？」

「……」

「小娘の母親は仲介人になどなってはいない。彼女はいまも、この国のどこかで、おそらくはだれかの首輪を外して金を稼いでいる」師匠は言った。「そもそも仲介人などいないのだ。おまえの前では私がその役を演じていた」

「……いないだって？」

「ああ。存在しない」

「……嘘だろ？……だってなんのために仲介人みたいな存在をでっちあげてたんだ」

「再び弟子に裏切られないためにさ。監視する存在は私以外にもいるのだと思わせておいたほうがいい。除去業の体系をおまえさんに把握されないためにも必要な嘘だった」師匠は言った。「小娘は自分の母親がレンゾレンゾを装着していると、そして仲介人として働かされていると信じて疑わなかったらしい。仲介人宛のメールは何通も届いた。いずれにも私が、もちろん返事などはするはずもないが、目を通した。だから私は小娘がなにを考え、企んでいたのかを知っている」

「……あなたの言い分はわかったよ。信じるに価するかどうかはともかく即興で作り上げた話にしてはよくできてると思うよ。ほんとさ。やっぱりあなたはたいしたひとだよ。でもこれまでに説明されてないこともある。もしあなたの言い分こそが真実であったのなら、いったいどうしてあの母娘は離れ離れにならなくてはならなかった？　どうして娘は師匠を憎んでる？」

「それは私の知ったことではない。だが推測はできる。母親にとっては血の繋がっていない娘だ、母親は娘がじゃまになったんだな。だから捨てるための方法を考えた。そして母親がついた嘘を鵜呑みにした娘は私に見当ちがいな怒りを向けている。金と自由を得たとたんに家族を柵のように感じる、よくある話だ。この社会では愛なき者と暮らすなど苦痛でしかない。養護施設にいたおまえさんなら親から疎まれ捨てられる子が大勢いることを知っておるだろう。もしかしたら小娘の父親の死にさえ母親が関与しているのかもしれん。この社会、嘘を暴く首輪をつけない者にとって、殺しをやるのは昔より容易い。まして道具を持った人間ならなおさらだ。バッテリーボックスのカバーを外せば除去死や事故死を装って殺せる。事実、あの小娘だって同じやり方で私の息子を葬った」

「……」

「それからもうひとつの理由。おそらく母親はレンゾレンゾの解法を探しているのだ。でなければ娘に凝った嘘をつく必要などなかったはずだし、娘の首輪を除去する理由も、娘に除去技術を授ける理由もなかった。母親は娘を利用してそれを見つけようとしているのだよ。そして娘はおまえさんを利用し、それを見つけさせようとした。小娘の母親の除去技術は不完全だった、おまえさんには及ばない。知ってのとおり、あの兄妹の父親の首輪、普通のロールシャハさえ、攻略できなかった。母親から技術を体得した小娘だってたいした技術は持っていないにちがいない。彼女らにはその自覚があったからこそ、より技術に優れたおまえさんを解の探索に利用しようと考えたのだろうな」

「……」

「レンゾレンゾに解法はない。すくなくとも私は見出せていない。だがもし、なにか有効な手段が見つかれば、小娘の母親は私よりも優位に立つだろう。レンゾレンゾは特殊な首輪だ。悪人がそれを装着するとは限らないし、装着しているとわかった人間は除去を望むほかない。なにより、故意に除去試行を失敗すれば意図的に装着者を増やしていくことができる。私には除去できず、彼女にだけ除去できる首輪を多くすることができるのだ。レンゾレンゾをはめた人間は彼女に外してもらうためならなんでも言うことを聞くだろう。つまり彼女は、もしレンゾレンゾの解法を見つけたならば、いずれ文字どおり首輪で他者を手なずける」

師匠の話を聞いているうちに、なんだかほんとうに、ピッピか、ピッピの母親こそが、うそつきなのではと思えてもきた。師匠の思うつぼだろうか。

母親が娘に嘘……。ありえなくはない、か。

その瞬間、ぼくの頭をよぎったのは、ピッピが語った母親とのわかれのシーンだ。

――私は冷たいリビングの床に膝をついて泣いた。話が終わるまで、母はずっと私を抱きしめてくれていた。

抱きしめていた。

つまりランプの色が見えない姿勢だ。ましてからだの温もりは、みせかけの愛情は、相手に自分を信じさせるのに有効だったろう。母親の首輪が、ピッピの話どおりレンゾレンゾであったにせよ、師匠の話どおりダミーであったにせよ、娘を騙したというのはありえたことのようだ。

でも、ぼくには、彼女の母親の首輪は本物だったのではないかとも思える。

――ママ、わたしのことすき？

ピッピによれば、その問いかけに対する母親の首輪の反応はネガティヴなもの、つまり赤く光った。ダミーなら青いままだったはず。

……いや。それもちがう。

ダミーだとしても、返答次第では、うっかり首輪を光らせたかもしれない。

ダミーをつける人間はしばしば設定された語を無意識に発し、ミスを犯す。

以前から師匠が言っていたことじゃないか。

ああ、もう。なんだかこんがらがってきた。

「今回の件で私がどうしても許せないのは私の息子を巻き込んだということだよ。おまえさんのせいで息子は死んだ」

「ぼくじゃない。ぼくのせいじゃない」

「ぼくのせいじゃないとおまえさんは言う。しかしたしかにおまえさんはあの小娘にそそのかされるがままに息子を殺しにあの地へ向かったはずだ。すべては自己保身のために。そうやって他人の死を利用してでも生き延びようとする姿勢はいつまでたっても変わらないな」

「うるさい、ほっといてくれ」

「私はおまえさんが許せないのだよ。自分の身かわいさに息子を殺しにあの場所に出向いてしまったおまえさんが」

「……あんたにも大事なひとの死を嘆くこころがあるのか」

「……なんだと？」

「あんたがレンゾレンゾなんて首輪を開発したせいでどれだけのひとがかなしむことになったと思ってる？　自分の大事なひとがそれをつけていることのショックを想像したことはあるのか？　無関係な息子を巻き込むななんてきれいごと言いながら、一方では罪なき人々へのレンゾレンゾの装着を容認してる。こんなに矛盾していることはない」

「レンゾレンゾは宿命なのだよ。あの首輪は元来、除去者排除システムである以前に懲罰システムとしての役割を期待されて創られたものだった。ペナルティなんだ。充てがわれてしまった時点でその運命は決まっている。あるいは親や身内を選べなかった時点で決まっていると言えなくもない」

「本人以外に罪はないはずだ、なぜ身内というだけで巻き込む？」

「いずれレンゾレンゾの性質とその割り当ての規則性は世間に公表されるだろう。そしてそうなれば、こどもを持つ人間にとって、家族を愛する人間にとって、レンゾレンゾの存在が首輪除去衝動に対しての抑止力になる。リスクを冒してまで首輪を外したいと思う人間は減る。首輪社会はより安定した運営が可能になる」

「ばかげた話だ、そんな社会、狂ってる！」

「知らなかったのなら教えてやるが、首輪制度なんてものが施行された時点でこの国はおかしなことになっていたのだ。現在のこの国は倫理でなく首輪が秩序を作っている。倫理はとうの昔に崩壊した」

「そのくせあなたは自分の息子が巻き込まれたら激高してる」

「それが愛というものだ」

「理不尽とは思わないんですか」

「思う。だが人間なんてそんなものだ。置かれた状況によって意見が変わる。自分の信念がわからなくなる。そのときどきによって自分のこころをごまかさずには生きられない」

「……最後に教えてください。……なぜぼくだったんです。どうしてぼくを引き取って育てたんです。説明できますか」

「先に言ったとおり、おまえさんの父親と私は善き友人だった。残念なことに彼は開発後まもなくして病気で死んだ。逝く間際までおまえさんのことを気にかけていた」

「……」

「私は彼のひとり息子のところに出向くことにした。父の死を知らせてやるつもりだった。マップがありIDを把握していれば個人の所在を知ることは容易い、どこの養護施設にいるかはすぐにわかった。そこで起きたことはおまえさんが知るとおりだ。

父親の死を知らせる、ほんとうはそれだけで十分のはずだった。しかし、私はおまえさんを引き取ることのメリットについて考えもした。正直なところ、息子の替え玉としての存在に期待したんだ。私に恨みや妬みの感情を抱くものは多かった。富や権力が集中する人間の宿命だな。おかげで息子を安全な場所に隔離せざるをえなかった。同年代の少年を近くにおいておければ表面的なごまかしは利く。カムフラージュの家、カムフラージュのこどもが必要だった。おまえさんだって電化店での暮らしを覚えているだろう。あのまわりにはしょっちゅう怪しげな人物が徘徊していた。つまり私はそういう立場にあったのだ」

「……やっぱりぼくを利用しただけじゃないか」

「たしかに打算はあった、それは認めるよ。だがな、フラノ。そんな打算とはまた別のところで私はどうしてかおまえさんに惹き付けられてもいたのだ。おまえさんは臆病だったが、素直だった。傷つきやすいこころを持ちながら正直であろうとする人間だとすぐにわかった。除去者として育てたいという気持ちが芽生えたんだ。おまえさんには首輪除去のための資質があった。会う前からわかっていたことだ。弟子にはすでに一度裏切られていた、次は裏切らない人間がいい。あるいはほんとうの息子と離れて暮らさざるをえない自分自身への慰めを求めてもいたのかもしれない」

「……」

「私はたしかに純粋な動機からおまえさんに接したいとも思ったのだ。引き取りを決心するまでにさして時間はかからなかった」

「……除去者に育て上げ搾取するためだっただけのくせに」

「搾取が目的ではない。そもそも首輪社会では除去技術さえ持っていれば容易に大金を稼ぐことができる。上納はあくまで師弟関係を明確にしておくための手続きにすぎなかった」

「……それも嘘だよ」

「フラノ、私はいつだっておまえさんの身を案じていたのだよ」

「……」

「これがすべてだ」

「……」

「なんとか言ったらどうだ」

「……わからない」ぼくは言った。「……だれを信じたらいいのかわからない。ほんとうだ。あなたをこころからは信用できない。なにを言われようと」

「私にもう息子はいない。奪われるものはない。おまえさんに嘘をつく理由もない」

「うそつけ。ぼくや彼女に復讐をしたいんだろう。ぼくを言い含め、ぼくや彼女の居場所を吐かせたいんだろう。でも残念ながら、ぼくはなにも知りゃしないんだ」

「これまでの関係は終わった」師匠は言った。「もうおまえさんを我が子のように想うことはない。残念だよ。せいぜい覚悟しておくことだ」

「どうせぼくには時間がない。あなたがぼくを捕まえるまでぼくが生きていられるとも思えない」

「すくなくとも生きているあいだは怯えて過ごせ」

電話は切れた。

ぼくは師匠が言っていたことをもう一度考えた。

師匠、ピッピ、ピッピの母親。だれが信用に価する人間かわからなくなっていた。

世の中ほんとうにうそつきだらけだ。

だけどやがて、悩んでいることもばかばかしくなった。ぼくには未来なんてないことを思い出したのだ。追ってきたければ追ってくればいい。たぶん辿り着いたときにはぼくはどこにもいないだろう。

さようなら、師匠。

いろいろ世話になっただけに、こういう後味の悪い最後はなんとなく落ち着かない。だけど考えたところでどうしようもない。信頼できない人間同士はわかり合うことなんてできない。

ぼくは立ち上がって、サクラノの家に向かって歩いていった。

*

目の前にある一軒家は二階建てのログハウスだった。

庭はよく手入れされていて、落ち葉はほとんど落ちていなかった。

たぶん、家人が毎日欠かさず掃除しているんだろう。

あるいは居候《いそうろう》のサクラノが手伝っているのかもしれない。

几帳面な性格の彼女なら進んで掃除しているはずだ。

玄関の手前の柱には枝や木の実を使って作った輪っかの飾りが三つ吊るされていた。工作の質が高いようには見えないけれど、作り手のあそびごころは伝わってきた。その自家製の飾りを目にして、なんだかこころが和んだ。すくなくともサクラノを引き取った親族は、彼女の話から想像していたほどには、悪いひとたちではなさそうだった。

インターホンを押した。

リンリン……リンリン……。

ひょっとしたらだれも出てくれないのではないかという不安に駆られた。

この地域でこんな時間帯に訪問してくる人間はいないだろう。家人は安全のためにも出ないほうが賢明だとは訪問者であるぼくでさえ思う。しかしそれは杞憂《きゆう》だった。すぐに玄関の明かりが灯った。

「はい、どちらさまでしょう」

サクラノの声。長いこと離れていても、彼女の声をわすれたりはしない。

「サクラノ、ぼくだよ」ドアの向こうにいるはずの彼女に言った。

「……フラノ？」彼女がドアに近づく気配がした。「……ほんとうにフラノなの？」

次の瞬間には、ドアの向こうから、昔よりさらに瘦せた姿のサクラノが現れた。彼女は出てくるなりぼくの目を見つめた。ぼくも彼女の目を見つめた。彼女は驚いているようにも、よろこんでいるようにも、さらには戸惑っているようにも見えた。

「久しぶりだね、サクラノ」ぼくは言った。

「ほんと。いつ以来だろう」彼女は言った。「フラノ、ちょっと太った?」

ぼくはお腹に手を当てた。太った? いや、たしかにそうかもしれない。

「それより、どうしてフラノがここにいるの? なんでこの住所がわかったの?」

「まあ、ちょっといろいろあって」

「会いにきてくれてうれしいけど……どうして? なにか私に用があった?」

「いや。ぼくはきみを助けたいと思っただけ」

「……助ける?」

「きみを首輪から解く。ぼくはそのためにこの地まで来た」

家には彼女以外の人間がいなかった。

「おじさん、おばさん、従兄弟の三人と暮らしているんだけどね、きょうはみんないないの、仕事で」

「夜勤?」

「みたいなもの。工場労働者だから。昼も夜もなく働いてる」

「生活はどう?」

「可もなく不可もなく、かな」と彼女は言った。「でも大きな病院が近くにないから、薬をもらいに行くのがたいへん」

「……とりあえず、入院はしなくて済んでるんだね」

「入院を推奨されたけど拒否したの」彼女は言った。「残りの時間はわずかだから自分の自由に使いたい。だから家にいるけど健康ってことじゃない。発作が起きたらもうだめかも」

「……それなのに、家にいてへいきなの？」ぼくは言った。「こんな状況じゃひとりで死ぬかもしれないじゃないか」

「病院にいたって死ぬときは死ぬ」彼女は言った。「それに病院のひとたちに囲まれながら死ぬって、ひとりでいるよりもずっと窮屈な感じがしそう。だってそこにいるだれも、私の死を、真にかなしんではくれないのを見ながら逝くことになるんだよ」

「病院のひとだってかなしんでくれるさ」

首輪の残酷さを知らないんだね、と彼女は言った。

ぼくはダイニングに通された。家の中は木の香りでいっぱいだった。

カウンターキッチンの手前には四脚の木製椅子に囲まれたダイニングテーブルがあった。

部屋の隅にバッグを降ろしたあと、一脚椅子を引いてテーブルの前に腰掛けた。

サクラノはスープが入ったカップをふたつテーブルに置き、ぼくの正面の椅子に座った。

「私の晩ごはん」

彼女は晩ごはんと言ったが、スープの量は少なかったし、具もほとんどなかった。

「これだけ？　ごはんやおかずは？」

「いまは質素な食生活が基本なの。肉や魚はあまり食べない。炭水化物もね」彼女は言った。「父の故郷ではね、食欲は性欲と同じくらい恥ずかしいものなの。だから自分のための場所以外やこころ許してないひとの前ではがつがつ食べない。慎ましく、品よく、節度を保つ。そのかわりこころ許した相手の前ではとことん豪快に食べるの。獣が貪るみたいにね。だから家で、家族でする食事はいつだって楽しい。他所で押さえていた自分を発散できる場所だから」

「その話は聞かなかった」ぼくは言った。「真実のほう、創作のほう？」

「創作に決まってるじゃん」彼女は言った。「でもね、私はこの話が好きなの。家や家族って特別なんだって思えるエピソードでしょ」

そして笑い、スープを啜った。

細い食生活が信念によるものか、健康状態によるものかはわからなかった。

やがて彼女はカップとスプーンを置き、両手で口を押さえて咳き込んだ。

昔よりさらに悪い咳だった。

喉ががらがら鳴った。覆われた膜を破ろうとするみたいに咳は鋭くなった。部屋の中に余韻があった。でもそれは次の咳に、その余韻はさらに次の咳に、かき消されていった。

「サクラノ」彼女の咳が治まったあとでぼくは言った。「きみの首輪の除去をぼくにやらせてほしい。もしもまだきみがそれを望んでいるのなら」

彼女の瞳がぼくの瞳を見つめた。

そして彼女の口からはぼくの技量に対しての不信を含んだ言葉が、ためらいを超えて、こぼれ出た。

「……あなたに除去《それ》ができるようになったの？」

彼女はぼくのちからを信じてはいなかった。

傷ついたけど、未来を持たないぼくにとっては感情など無意味だってことを思い出し、あるいはそう言い聞かせながら、自分のこころには構わずに話を続けた。

「正直に言えば、自信があるわけじゃない。胸を張ってかならず成功するとは言えない」

「……そうなんだ」

「……」

「うまくいく可能性は？」

「なんとも言えない」

「……それでもやるの？」

彼女はぼくから目を逸らした。彼女の視線の先ではスープが薄く湯気を立てていた。

「きみに時間がない以上にぼくには時間がないんだ。もうすぐぼくは捕まると思う。だからその前にきみの首輪の除去を試みたい。きっときょうが最後のチャンスだ。きみはいずれ病気でいなくなってしまう。もし、生きているあいだに、首輪を外してでも成し遂げたいことがあるのなら、きょうチャレンジするしかない」

「……死を覚悟で？」

「きみを死なせないようにがんばる」ぼくは言った。「そしてぼくも覚悟する。ハルノのときのようなことは繰り返さない。自身に死の危険が迫っても、きみを置いて逃げたりはしない」


しばらくの沈黙のあと、ぼくの提案に対する了解のサインとして、彼女は小さく頷いた。

もう、ぼくの目を見つめてはくれなかった。

＊

ぼくたちは家の電気をすべて消して庭に出た。

外で除去作業を行うのは彼女の希望だった。

外のほうがリラックスできる、と彼女は言った。それはぼくも同じだった。

いままでビルの屋上で除去作業を行うことが多かった、最後の作業も屋外を望んだ。

月明かりは相変わらず地域一帯を、蒼く、淡く照らしていた。


サクラノは庭の砂利の上に座り、折り曲げた膝を両腕で抱えた。

ぼくは道具をセットした。鏡に映り込むサクラノのランプは闇の中で青く光っていた。

「ぼくはきみを助ける」

薄明かりの中で、サクラノの背にそう語りかけた。表情は見えなかった。

華奢《きゃしゃ》な背中はなにも語らなくて助かった。首輪の対極のような存在だ。

ぼくの言葉に対し、サクラノは、ありがとう、とだけ言った。


バッテリーボックスのカバーを外すと警戒音が鳴った。

ハザードオレンジシステムがワームの最上層にプログラムされていることは知っている。

クールハースの部屋にあったレンゾレンゾに関する資料にそれらしき図があった。

安全に除去するためには、まずハザードオレンジシステムを停止させる必要がある。最上層の紅点をスピアーで攻め、プログラムユニットを壊す、それができればシステムは作動しない。

紅点はすぐに見つかった。鈍い輝きを放っていたので薄暗闇では位置がよくわかった。鏡の中、彼女の首輪のランプの色はだいたい青だけれど、ときどき赤も混じっていた。

「緊張してるの？」彼女に声をかけた。「たまに赤く光ってる」

「緊張はしてない。ただ、あまりよくないことを考えてただけ」

「なにを考えてたの」

「言えない。言ったら赤く光っちゃうと思うから」

「なにか具体的なことを思い浮かべて。例えばいままでの人生を振り返ってぼくに聞かせてみてよ」

「フラノには前にだいたい喋っちゃってる」

「ほかのことだっていい。真実ならなにを喋ったって構わない」

ぼくは右手でスピアーを動かし、最上層の紅点を攻め続けた。

「……真実であればなんでもいいの？」

「いいとも」

「……実はフラノにこれまで言えなかったことがあるの」

サクラノがそう言った瞬間、どきりとした。こころに冷たい水を垂らされたみたいに、からだの内側が一瞬ひやっとして、それから一気に耳や首が熱くなった。

「……なに？」

正直に言えば、ぼくは期待していた。サクラノからの告白、恋愛感情の吐露を。

だけど彼女の話のはじまりから、ぼくの期待するような内容ではないということはすぐにわかった。

「私はね、実はすべてを聞いていたの」

「……なにを？」

指先に神経を集中できなくなった。

「自分に充てがわれた首輪がどんなものか知っていた。ある日、仲介人と名乗る女の子が私の前に現れて教えてくれたの。外せる人間を案内できると彼女は言った。そして私にあなたの連絡先を教えてくれた」

ぼくは相変わらずスピアーを動かすけれど、その作業は完全に表面的なもので、意識はプログラム破壊から遠いところにあった。

怖かった。サクラノはたしかに先程首輪《くびわ》と言った。

彼女はもうレコーダーの前で婉曲表現を使うことをやめてしまっていた。

その開き直りともとれる行動が意味するところが、ぼくにはわかりはじめていた。

「私はその女の子のことを完全には信用できなかった。話しているあいだ、首輪は青かったけどなんとなくわかったの。このひと、嘘ついてるって。自分が利用されかけてるのを感じた」


ピッピ。


自分の母親がレンゾレンゾを装着していると信じる彼女は、レンゾレンゾをはめるこどもたちとぼくと引き合わせることで、ぼくにその解法を見つけ出させようとしたにちがいない。

サクラノたちの父親の首輪を除去したのはピッピの母親。

当然ピッピだってこの兄妹にレンゾレンゾが充てがわれてることを理解してたはず。より優れた技術を持つぼくに解法の探索を委ねることでピッピ自身はリスクを最小限にできる。彼女らしいやり口だ。

ハルノとサクラノ。ふたりの友人との出会いまで、ピッピによって仕組まれていた。

「でもね、結局は除去者を求めた。だって私たち、ほんとうに首輪がじゃまだったもの。これをつけていたら故郷に帰ることはできない。私は兄にあなたの連絡先を教え、ふたりを引き合わせた」

「……どうして最初からサクラノじゃなかった？」

「あの女の子から警告されてたの。あなたと連絡をとった時点で私は除去するかしないかの決断を迫られる。依頼を取り下げれば、あるいは断られれば、私は消される。それが怖かった。頼むにしても除去者がどれくらいのスキルを持っているか予め知っておきたかった」

「……当時からぼくにレンゾレンゾ除去の技術はないって踏んでたわけだ」

「……父の首輪の除去を試みた人物も見込まれて雇われた人間だった。でも除去は失敗し、父は死んだ。その教訓だよ。だれかになにかをやってもらうなら、まずその人間がどの程度までなにをできるのか知らないといけない」

「ハルノを実験台にしてぼくをテストしていたのか」

「そういう悪意のある言い方はやめて」サクラノは言った。「フラノを試したことにはちがいないけど、兄を身代わりにしたなんて意識はまったくない。兄はどんな状況でもぶれない強い精神を持ってた。除去作業の成功可能性は私よりずっと高いと思ってた。それに兄だってどのみち首輪が耐用年数を迎える前には外す必要があった。遅かれ早かれ除去の試練を受けないわけにはいかなかった」

「だがぼくは失敗し、レンゾレンゾの除去は期待できなくなった。それできみはぼくと距離を置いた」

「……ええ」

「なら、どうしてきょうはぼくの提案を引き受ける気になったの？」

「それはフラノが言ったとおりだよ」彼女は言った。「私の命はもう長くないし、フラノもまた別のタイムリミットに追われてる。きょうを逃したら万にひとつでも首輪から逃れるチャンスが消えちゃう」

「……きみは生きているうちに故郷を見るためリスクを冒してでもトライする気になった、と」

「それに、罪滅ぼしみたいな気持ちもある」

「なんについての罪滅ぼし？」

「……フラノに対しての。いろいろとひどいことをしたから」

「……ぼくに同情してるっていうの？」

彼女は頷いた。

ぼくらは互いに、すこし黙った。

沈黙を破ったのは、いつもと同じく、彼女のほうだった。

「父の語った私たちの真の故郷。そこは首輪のない国。みどり豊かで、海はきれいで、あまり裕福ではない地だけど必要なものは揃ってる。人々はみな他人にそれほど関心はなくて、だれがなにを言おうがやろうが放っておいて。それでも困っていたら助け合いもして。だれかの機嫌や意見を気にする必要はそんなになく、ただまわりにいるひとやものだけを愛せばしあわせになれる、そういうシンプルな世界」

彼女はそこで言葉を切って咳き込んだ。

それが治まると前を向いた。

視線の先には月明かりに照らされた田園が広がっていた。

「我が故郷。半分は父が創った虚構の世界。どうしてもそこへ帰りたかった」

「……どうして。どうして正直に目的を言ってくれなかったんだ」

ぼくは言った。

「あのときなら予備のバッテリーがまだたくさんあった。もしきみが故郷に帰ることを望んでいるとわかれば、残された期間でそこへ辿り着きたいと言ってくれれば、きみをそこに連れていくことだってできたかもしれない」

「そうだね。正直であるべきだったね」

「……嘘は、余計な気遣いは、不要なごまかしは、みんなが損するだけ。わかっていたことじゃないか」

「怖かったの。フラノでなくフラノの技術が目当てだと知られるのがいやだった」

サクラノは言った。

「人間って臆病でうそつきだね」


残り一分半。

蒼白く浮かび上がった彼女のうなじに触れながら、鈍い光を放つ紅点を見つめていた。

さわさわ穂が揺れる音が聞こえた。

それは風に乗って遠いところからやってきて、風に乗って遠いところへと去っていった。


ごめんね、と彼女は言った。

「……どうして謝る？　やめてくれよ。謝るのなんて」

「でも、これがいまの私の本心だから」

かなしかったし、悔しかった。裏切られたような気分だった。

スピアーを固定する人差し指に無駄なちからが入っていった。

「ぼくはきみのことが好きだった」

ぼくは言った。

「たぶんこれからだってずっとそうだ。きみとハルノはぼくにとって初めてのともだちも同然だった」

「ありがとう」

それから彼女はもう一度同じことを言った。

ごめんね。

スピアーの先端がワームの最上層の表面で折れたのはそのときだった。ちからが加わりすぎた。折れた短い破片は足元の闇へと落ちていった。破壊工作を探知した彼女のレンゾレンゾはハザードイエローを灯した。彼女の死が確定した瞬間だった。

ぼくもサクラノも慌てなかったし、悲鳴も上げなかった。どうせお互い結果はわかりきってた。そもそもうまくいく可能性なんてほとんどなかったに等しい。それでもぼくたちはこの試行を避けなかった。ぼくは彼女を助けたいというエゴを満たすため。彼女はぼくに対する罪滅ぼしのため。それぞれの非合理な感情が導いたかなしい最期だ。

月はぼくたちの真上にあった。

残り時間はもう一分もなかった。

ぼくはサクラノの腕を抱え、座っていた彼女を立たせた。
そして正面からゆっくりと抱きしめた。
せめて彼女がこの世で生きているあいだに強く触れたかった。
彼女はぼくのパーカーの袖をぎゅっと摑んでいた。
彼女の髪からは、初めて出会った日に嗅いだのと同じ、シトラスの香りがした。
昔のことが懐かしく思い出された。ぼくらはあの日、よき時間を過ごしていた。
首輪の警戒音が大きくなった。残り時間が三十秒を切ったサイン。
カバーを外してから約四分が経過した。もうすぐサクラノの首輪は締まる。
ぼくはサクラノをからだから離し、瞳を見て言った。
「好きだよ」
彼女も言った。
「私も好きよ」

それが彼女の、おしまいの言葉だった。

＊

首輪は締まった。

彼女はぼくの腕からすり抜け、膝から崩れ、砂利の上でのたうちまわりながら死んでいった。

最期の表情は見たくなかったし、死に際に彼女の口から漏れた苦悶の声は聞きたくなかった。

ハザードオレンジが灯らなかったのは、自己報告のあいだ、サクラノが真実だけを述べ続けたからにちがいない。彼女の首輪まで赤く光っていたらぼくは危険に曝されていただろう。結果的にはハザードイエローが先に反応し、ぼくは難を逃れた。

自己報告中の彼女の正直さがぼくを傷つけ、同時に救いもした。

遠くからエンジンとサイレンの音が聞こえた。首輪が発報したせい。

まもなく、治安局の捜査官たちがここへやってくる。

庭に立ち尽くしたまま、田んぼ道を突き進む四台の治安局車両を見つめた。

車が近づくにつれ、ヘッドライトの光は大きくなった。

やがて彼らは手前の道路にやってきて、道路の真中に車を停めた。

捜査官たちはドアを開けて外に出てきた。四車両合計で八人いた。

深く帽子を被った捜査官が近づいてきた。

彼はぼくの足元に横たわるサクラノの姿を確認して、ぼくこそが除去者であると確信したようだった。

「両手をあげろ。そこを動くな」

彼は拳銃を構え、大きな声で言った。ぼくは言われたとおり両手をあげた。

指先で摘まんでいたスピアーやリウムピンセットはその場に落とした。

捜査官は一歩、また一歩と、ぼくに近づいてきた。

とうとう手が届くところにまできて、彼はぼくに手錠をかけようとした。

でもその瞬間、ぼくはポケットから取り出した拳銃でその捜査官の顔を撃った。

ぼくの服や肌に血が飛び散った。

後ろに控えていた捜査官が叫んだ。彼もぼくを撃とうとした。

でもぼくが先に撃った。そして相手は倒れた。

だれか！　だれかあいつを撃て！　殺せ！

倒れたひとが叫んだ。怖くはなかった。

＊

ぼくの凶行のせいで、何人の捜査官が死傷したかわからない。
肩を撃たれるまで引き金を引き続けた。
銃弾をくらってようやく、死の恐怖や生々しい痛みを思い出すことができた。
接近した捜査官にまず手足を拘束された。
それから電気ショックを受け、気を失いかけた。
ほかの捜査官たちも近寄ってきてぼくを袋だたきにした。
頭を蹴られ、腹を蹴られた。
憶えているのは二度目の電気ショックを受けたところまで。
気が付いたときには治安局の監禁場にいた。
目を覚ましたとき、最初に思ったのはぼくが撃った捜査官たちのこと。
彼らは死んでしまっただろうか。
それからサクラノのおしまいの言葉のこと。

いつになってもわすれられそうにない。

――私も好きよ。

そう答えたときのサクラノの首輪のランプは、くっきりと赤く光っていたから。

エピローグ

縦横二・五メートル、高さ三メートルの直方体状の監禁部屋に照明はついていなかった。部屋を照らすものといえば壁の上部についているティッシュボックスくらいの大きさの明かり取りだけ。もちろんぼくはそこを潜《くぐ》れない。というか、手を届かせることすら叶わない。

明かり取りと言っても光はほとんど入ってこない。いまが昼なのか夜なのかを知れる程度のもの。ぼくの認識が正しければ、この部屋に入れられてから三日は経過している。

ぼくが身につけているのは袋みたいなかたちのワンピース。がさがさした布地で肌触りはよくない。オレンジと白の縞模様。洗っていないのか、変なにおいがするし、裾は汚れてる。デニムとブーツは剝ぎ取られていた。下着と靴下のみ、そのまま。

部屋の扉についた食事受けからは六時間ごとに乱暴に食事が放り込まれる。一日三回。時計がないので正確な時間はわからない。たぶん六時、一二時、一八時だ。トレイに載って汁や米がやってくるのだけど、だいたい受け口をくぐり抜けた時点で椀から中身がこぼれだしていて、ぼくは暗闇を這いつくばり、鼻と口を使って掻き集めることになる。卑しく、惨めに。猿轡《さるぐつわ》をしているのでまともにものを噛めない。なにかを食べるというよりは呑み込むようにしてそれらを摂取する。

部屋の中には一切の刺激がない。ぼくはこの小さな監禁部屋の扉に背を当てて、ただぼうっと、首輪のバッテリーが切れるのを待つばかり。

治安局はぼくに関わることをやめたようだ。尋問、拷問は割愛。必要以上の接触もなし。最初からいなかった存在として扱われるらしい。なるほど治安局らしいやり方だ。穿り返す必要のないことを穿り返さない。彼らはただただ首輪がぼくを死に至らしめるのを待っている。

毎日食事が与えられるのはぼくを生きながらえさせるためじゃない。そこにぼくがいるかどうかを確認するため。彼らはぼくの生死を確認するために食事受けを覗き込むことさえしたくないにちがいない。食事がされているか、排泄がなされているか。その痕跡を窺うことで彼らは間接的にぼくの生存を確認している。生きているうちにだれかの顔を拝める機会は、たぶん、もうない。

ピッピはたしかに嘘をついた。

それもしかたないことだったといまなら思えなくもない。彼女は自分の母親が、レンゾレンゾを装着していると、仲介人であると、信じ込んでいたのだろう。母親の首輪を解いて師匠から解放するためにこそ多くの嘘でぼくを騙した。でも傷ついたりはしない。ぼくはあまりにもたくさんの嘘に振り回されていたみたいだから。

師匠。ピッピ。ピッピの母親。そしてサクラノ。

あるいはぼくの首輪がレンゾレンゾかブルーノかがわかれば、だれが最悪のうそつきか知れたかもしれない。でも残念ながら、いまとなっては首輪の種類を確認するすべもない。

皮肉な話だと思った。

嘘を暴くための首輪が最後まで嘘を隠してるなんて。

ぼくのまわりにはたしかにいろんなうそつきがいた。

ぼくがこんなことになったのは彼らのせいだと思った。

でも実は彼らのせいじゃなく自分のせいであることを知ってもいた。

それなのに彼らのせいにしようとする自分こそ、さいていのうそつき。

だからいやになる。うんざりする。

思えば首輪からは多くのことを学んだ。特にサクラノの件ではそうだ。彼女はぼくに不誠実なことをしたか。したと思う。そして、してないとも思う。騙される、裏切られる、という現象からは、社会がどんなふうになったって、逃れられない。人々のこころになにかを思い込む習性がある限り、だれだって期待はずれなことに出くわすだろうし、場合によっては騙された、裏切られたと感じることにもなる。首輪があってもなくてもそれだけは変わらない。

ぼくは彼女にいろいろ期待しすぎていたし、望みすぎていた。結果、傷つくことにもなった。彼女が悪かったわけじゃない。ぼくは自分を客観視できていなかったのだ。幼稚な思い込み、それこそがぼくを傷つける原因となったもの。彼女はたしかに合理的思考に基づいてぼくを利用したが、そのことを簡単には非難できない。彼女だって難しい立場にあった。

死を覚悟している状況でさえ、人間は感情に振り回される生き物なんだってこともわかった。どんなに自棄になっていてもこころは傷つく。非合理なことだけどそれが現実だ。覚悟を決めたところで簡単にはクールになれない。

ユリイの件にしてもそう。ぼくには最初から大きな思い上がりがあった。いま振り返ればまったくもって余計なことをしてしまったと思う。ぼくが彼女を養護施設から逃がすようなことをしなければ彼女は母親に殺されずに済んだだろう。実力を過信し、正義を気取った結果があのざま。

ぼくはいま、部屋の隅で、硬いコンクリートの壁に頭をもたせかけている。室内が暗いおかげで壁に照射された首輪のランプの色がぼんやりと確認できる。いまはもちろん青色。ひまつぶしに、自分のちからで首輪を赤く光らせることができるか試したりもする。結果、うまくいかない。首輪を騙そうとする自分の意識と、騙そうとしていると自覚する自分の意識は作用・反作用の関係のようなもの。最終的には自覚が勝ってこころを偽ることには失敗する。やる前からわかってたこと。

あるとき、壁を見つめながら思った。

ぼくはなにを望んでいる?

この数か月のあいだ、ぼくは何度そう自問したかわからない。最後の最後までぼくの裡に生まれる本質的な問いかけは変わらなかった。

臆病な人間は自分と向き合うことをなにより恐れる。つまり、こころのどこかでは嘘を愛している。ゆえにほんとうの自分がわからなくなる。
ぼくという人間はなんと臆病なのだろう。

壁にぼんやりと浮かぶ青い光を見ながら、試しにこう思ってみた。
ぼくは、ほんとうは生きたい。できれば、生きながらえたい。

ランプの色は、言うまでもなく、青のままだった。

*

最後の悪あがきを試みた。
靴下に忍ばせていた予備のスピアーを取り出し、自分のレンゾレンゾに立ち向かった。

がちゃがちゃ、がちゃがちゃ。

完全なるブラインドでの作業。把握できるのは首輪のランプの色だけ。状況的には限りなく不可能に近い。道具は足りない、経験したこともない。

それでもぼくは作業を進めることをためらわなかった。

手錠で繋がれた両手を頭の後ろで動かしながら想ったのは、これまで首輪除去で関わってきたひとたちのこと。

彼らの何人かには感謝され、何人かには恨みを抱かれ、何人かに至っては殺してしまいさえした。よい思い出よりつらい思い出のほうが多かった。自分の足跡を振り返るのはいつだって苦痛だ。

いまになって、もっともぼくの胸を締め付けたのはマミの件だった。

ぼくは彼女に対してこころから申し訳なく思っていた。

遺された無関心な息子の姿を確認しているから、なおさら。

ぼくは彼が本来必要とするはずの存在を奪ってしまった。

マミは最期の瞬間まで息子のことを案じていた——。

ぱきん。

右手の指先に摘まんで動かしていたスピアーが音を立てて折れた。

当然だ。鋼製へら以外ではバッテリーボックスのカバーは開かない。

スピアーでこじ開けようという試み自体、うまくいくはずはなかったのだ。

頭を寄せていた壁が黄色く照らされた。

ハザードイエロー。

破壊試行を探知した首輪がもうすぐぼくを絞め上げる。残された時間はわずか。

指先からスピアーがすり抜けていった。硬い床に落ちて高い音が立った。

扉の向こうで看守たちがもぞもぞ話す声も聞こえた。

ぼくの首輪の発報を受けて、この部屋でなにが起きているのか察したのだろう。

目からこぼれた涙は頬を伝い、頭を寄せていたコンクリートの壁を伝った。

水の筋には黄色い光が反射していた。

死を前にして、ぼくは再びユリイのことを想った。

母親がバットを振りかぶった瞬間、彼女はいまのぼくと同じように痛みと死を覚悟したのだろう。

ぼくでさえこんなに怖いと感じる。

幼かった彼女がどれほどの恐怖を覚えたかについては想像もつかない。

せめてなにかを考える余裕もなく逝ったのであればいいと願う。

小さな長方形の明かり取りの向こうは白みはじめている。朝が訪れた証拠だ。

かつてぼくが暮らしていた世界の新しい一日が、これからまた、はじまろうとしているのだ。

解説　迷宮解体新書「清水杜氏彦」

ミステリ書評家　村上貴史
インタヴュー&文

彼は二〇一五年に二つのミステリの新人賞を受賞した。まず六月に第三十七回小説推理新人賞を「電話で、その日の服装等を言い当てる女について」で受賞し、翌七月には『うそつき、うそつき』で第五回アガサ・クリスティー賞を受賞した。

そんな彼がミステリに興味を持ってからミステリ作家としてデビューするまでに要した時間は、約十年だった。

解体前夜
カーヴァーから

一九八五年に生まれた清水杜氏彦がミステリに興味を持ったのは、大学二年の頃だったというが、そもそも読書に強く興味を持ったのも遅かった。

「二十歳を過ぎてレイモンド・カーヴァーの短篇を読んだのがきっかけでしたね。友人が貸してくれて、それがとても肌に合ったんです」

そして大学二年でジャック・リッチーやジェフリー・ディーヴァーの短篇に惹かれたという。

「もともとミステリやSFを読む習慣はなかったんですが、彼らの短篇はとても読みやすくて、それが入り口になりました」

リッチーとディーヴァーでは作品を発表していた時期はだいぶ異なるが、清水杜氏彦が大学二年生だった頃には、『クライム・マシン』や『クリスマス・プレゼント』といった評価の高い短篇集が、いずれも新刊として書店に並んでいたのだ。[*1]

「短篇を読んでいたのは、長篇が苦手だったからなんです。読んでいると眠くなってしまうし、翌日に続きを読もうとしても話しの流れを見失っていたりして。それに対して短篇は——特にミステリの短篇は、短い時間のなかにいろんな楽しみが凝縮されているような気がして、短篇が上手そうな作家を調べて手を出しました」

とはいえ、ミステリべったりになったわけではなく、ジョン・アーヴィングやポール・オースターなどが読書の中心だった。

「読書のきっかけがカーヴァーですし、海外の純文学がなじむんです」

少々補足するが、清水杜氏彦の専攻は文学ではない。大学から大学院まで理系の学科に所属しながら、海外文学を読んでいたのだ。

「研究とは関係なく、プライベートな生活のなかで読書を愉しんでいました」

そんな彼が、ものを書くことに覚醒したのが、大学院の二年生の頃だった。

「デヴィッド・フォスター・ウォレスという個性的な文体の作家の短篇を読んで衝撃を受けて、そう思ったんです」

具体的には、二人称の文体が衝撃だったのだという。

「二人称の小説って、それまで触れる機会がなかったんですが、語りのリズムのよさに引き込まれました。そこで自分も二人称で誰かに語りかけるような短篇を書いてみたところ、手応えがあったんです」

それが具体的に作家を目指す第一歩となった。

「大学院に入った頃だったと思いますが、漠然とですが作家になりたいと考えていた時期があって文章を書いてみたことはあったんですが、次の日に読むと恥ずかしいというか、自分のやっていることが気持ち悪くて（苦笑）。けれども、この二人称の短篇は翌日読み返しても、さらにある程度時間をおいて読み返しても、自分でも惹かれるところがあったんですね」

ストーリーやプロット、あるいはトリックから始めるのではなく、清水杜氏彦の場合は、文章の心地よさから執筆活動へのスタートを切ったのである。

「読者としてもやっぱり文章第一だったんです。書き手としてプロットやトリックが大事だとは思いますが、それでも文章が先に来ます」

その短篇で感じた手応えを得た彼は、自分の文体を確立するために、再び読書に戻った。

「自分にいろいろ与えてくれそうな作家の本を読むことに注力しました。読書をするなかで自分の文体のようなものが少しずつでも獲得できていけばいいな、と思って。実際に自分の文章を書き始めたのは、二〇一三年頃だったかと思います」

そして初めて納得がいく文章を書けたと感じたのは、二〇一四年一月だった。約五年ほどの時間を必要としたのである。

「文章が書けるようになったと感じたので、その後、賞への投稿を始めました。一般的な審査基準と自分の書きたいものの乖離を、応募することで把握し、埋めていこうと思ったんです」

一四年三月頃に《ミステリーズ！》に短篇を投稿したが、一次通過にとどまった。同年十一月には《小説推理》に短篇を投稿し、さらにクリスティー賞に長篇を投稿した。翌一五年の三月には再び《ミステリーズ！》に短篇を投じた。結果は冒頭に記したように、小説推理新人賞とクリスティー賞のダブル受賞となったのである。*2

「受賞は嬉しかったんですが、自分としてはもっと長期的に考えていて、少しずつ自分の力を伸ばしていってからデビューということを考えていました。幸か不幸か判らないような心境でした」

主題解体

うそつき、うそつき

クリスティー賞を受賞した『うそつき、うそつき』だが、この作品の方向性がある程度固まった段階で、清水杜氏彦は、この賞への応募を決めていたという。

「翻訳物が好きで、自分がそれを意識して書いた作品を、そうしたカラーを持っている出版社の賞に応募したときにどこまで進めるか確認したいと思っていました。なので、一次を通ったときも受賞の連絡が来たときも非常に嬉しかったですね」

『うそつき、うそつき』は、首輪のある社会の物語だ。

「ぼく」ことフラノが暮らす国では、首輪を装着することが義務づけられていた。嘘をつくと赤く光る首輪を、国民が皆、装着しているのである。無理にそれをはずそうとした者は死ぬ。首輪に仕掛けられたワイヤーで縊《くび》り殺されるのだ。死を回避しつつ首輪を外そうとする者は、非合法の行為ではあるが、特殊な技能を持つ者に依頼するしかなかった。そう、例えばぼくに……。

架空の国を舞台とした作品である。

「早川書房が出す小説は時代や地域を越えた魅力を備えているものという印象があり、私もそういうところに共感を覚えていました。その会社の賞に応募するのであれば、日本という固定的なものではなく、抽象的な世界観のなかで物語を書いていきたいと思ったんです」

主人公を務める十八歳のフラノは、養護施設で育ち、そして師匠に——首輪除去の師匠に——引き取られて育てられた。首輪除去の技術を叩き込まれながら、だ。本書では、少年がその技術を活かして首輪を外す様を描きつつ、依頼人の人生の断片も少年との会話を通じて読者に提示し、そして一篇の濃密なドラマを生み出す。そのドラマが積み重なる形で物語が進む。

「連作短篇のようになるにしても、一つ一つが全く個別に存在するよりは、各々が大きなくくりのなかに在り、物語の成り立ちに意味があるようにしたかったんです」

その言葉通り、首輪除去のバリエーションを描くだけの連作短篇ではなく、読み進むうちに物語の展開が変化していく。

「そもそも首輪を開発したのは、というような話も出てきます。執筆中はかなりオーバーな方向に行っている感触もありました。ですが、そこに踏み込めばそれまでのエピソードに意味を与えられそうだと感じたので、そこまで踏み込みました」

こうして徐々に変化していくこの長篇だが、やはり清水杜氏彦である。プロットやトリックではなく、文章から入ったのだ。

「印象的なものになりそうなシーンを書いていって、それを物語の形につなげるという書き方をしました」

それに際しては、まず、首輪が出発点だったという。

「こういう首輪が社会にあったら、一般に暮らす人々にどういう弊害があるかを考えたんです。そこからそれぞれの首輪除去のエピソードが書き上がりました」

それを全体として一つの物語にするためには、削らなければならなかったものもあれば、加筆したものもあるという。

「首輪も書いていくうちにああいう姿になっていったんです」

五つのタイプがある、といった設定は、当初はなかったのだという。

「首輪型の嘘発見器という設定だけで書き始めてしまったんです。その後、そもそも嘘がばれたことが他人にもばれてしまう社会が何故生じたのかを考えたときに、管理社会としての拘束要素みたいなものを思いついたんですね。その時点でもまだ〝首輪〟と〝嘘〟しか考えておらず、書き進めるなかで、首輪ごとに特色があったら面白いだろうという程度の意識でタイプ分けしてみました。無理が生じたら削ればいいか、くらいの気持ちで」

この『うそつき、うそつき』のなかでは、大きく二つの時間が流れている。フラノが十八歳である現在、そして彼が回想する十六歳のころだ。

「作者の都合のようなもので、少々遠回りな説明になるんですが」

清水杜氏彦はそう前置きした。

「クリスティー賞を目指して誰が読んでも面白いものを書こうとして、普遍的な面白さを自分なりに分析したとき、その要素の一つが、少年口調の語り口でした」*3

だが、その口調でこの首輪の管理社会を語るには工夫が必要だった。

「フラノ自身はその世界のことをよく知っていますが、読者は全く知らないという状況を何とかしなければなりません。そこで、犯罪者の首輪を手慣れた様子で処理する姿を十八歳のものとして冒頭で提示したうえで、十六歳のフラノは首輪除去の仕事に手慣れていく様を、そして十八歳のフラノはその世界で苦悩する様を並行して描くのがよいのではないかと考えたんです」

そう、フラノは様々に悩むのである。悩み、もがき、動いた果てに、静謐かつ印象深い結末へと至る。

「首輪と嘘という題材を思いついたときから、あのシーンに着地させようと思っていました」

傷付きやすく、実際に首輪と嘘によって傷だらけになったピュアな心がくっきりと描かれたシーンだった。本書には、そうした印象深いシーンが少なからず存在する。

「それぞれのエピソードに共通の基本構造がこの小説にはあるんですが、それだけだと味気ないので、エピソードをまたぐような人物を出したり、あるいは、あるシーンを印象づけるために事前に別のシーンを加えたりしています。文章表現で意図的に特殊な表現を用いたこともありましたね」

そうした余剰が、本書をまた奥深く味わい深い作品にしている。

それにしても、だ。本書は清水杜氏彦にとって初の長篇小説なのである。

「もともと純文学が好きでしたので、自分で書くのも百枚程度のものばかりでした。六百六十枚ほど書いて、ストーリーのあるものに仕上がったのは初めてです」

文体といい展開といい人物といい、とてもとても初長篇とは思えない完成度だった。

世界解体
電話～風呂

小説推理新人賞を受賞した「電話で、その日の服装等を言い当てる女について」の内容は、まさにタイトルどおりの内容だ。主人公である会社員、二十六歳のフユタの職場に、彼のその日の服装等を細かなところまで言い当てる電話がかかってくるのである。それも、一日だけではなく、何日にもわたってだ。一体誰がなんのために……。

『うそつき、うそつき』とは対照的な一篇だ。まずは、長篇ではなく短篇である。

「不必要なものを排除した短篇ならではの切れのよさを追求したいんです。リッチーやディーヴァーを読むなかで、それをある程度学べたかな、と感じていますね」

その言葉通り、登場人物も極限まで絞り込まれている。また、舞台が日本という点も『うそつき、うそつき』と異なる。

「短篇なので効率よく効果的に読者に内容を伝える必要があります。その場合は、〝日本〟という読者との共通認識を拝借するのがよかろうと考えました。長篇ならページを費やして自分の世界観を構築できるんですけどね」

両作品に共通しているのは、登場人物の名前が皆カタカナで表記されている点だ。

「個人的には登場人物の名前って、男A男Bでもいいと思っているんです（笑）。それはまあ極論ですが、日本語の文章が基本的に漢字とひらがなで成立するので、登場人物の名前がカタカナだと読みやすいと考えました。また、漢字で書いてしまうと、その文字のイメージがどうしてもついてしまうので、それを排除したかったんです」[*4]

なので日本を舞台にしたこの短篇でもカタカナで表記したのである。

ちなみにこの作品が小説推理新人賞を受賞するに際して、選考委員の一人から〝この書き手は技術はあるが、物語を書くための心があるか、魂のこもった作品が描けるかは判らない〟といった趣旨のコメントを受けている。

「たしかに御指摘のように情熱が少し足りないような小説なんです。魅力的な登場人物がいるわけでもなく、話しも淡々と進みます。その一方で、必要最小限の人物と必要最小限の装飾で、トリックに気付かなければ愉しく読めるものを目指して、短篇の可能性を追求してみた作品でもあります」

結局のところ選考委員の他の二人はこの作品を愉しみ、受賞に至ったのだった。

「『電話で～』のような短篇では、どうしてもトリックや配置を計算して書かざるを得ないのに対し、長篇では登場人物に深く入り込めますので、そこは違いますね」

実際のところ、『うそつき、うそつき』の後半は相当にエモーショナルである。熱量がある作品も（少なくとも長篇では）書けることを、彼は実証したのだ。

さて、「電話で～」と『うそつき、うそつき』、そしてその他の作品は、清水杜氏彦の浴室から生まれてくる。

「風呂につかりながら、小説の構想をノートに書いたりするんです。良いアイディアが浮かびそうなときは、狭いバスルームをうろうろしながら考えたりとか。読書も風呂ですね。家で読む時間の九割方は風呂にいます。蓋の上に本を乗せて、休日なんかだと何時間もだらだら過ごしてますね」

リフレッシュも風呂だ。

「夏だと一日に四回とか五回とかシャワーを浴びます」

困ったこともある。

「バスタブで読書をしていると、四割くらいの確率で寝ちゃうんです。一体何冊の本を湯船に沈めたことか。思い出したくもありません（笑）」

読者

【子供の頃】

「本はほとんど読んでいませんでした。教科書に載っている文章を読んで、書き手のエゴが見えすぎて気持ち悪いとさえ感じたことがあります。で、バスケットボールばかりやっていましたね。その後、漫画やアニメ、あるいは映画に興味は持ったりしたんですが、その時点では、小説というメディアの魅力を理解できていませんでした」

【カーヴァー以降】

「ジャック・ロンドンの「火を熾す」という短篇を大学院の二年の頃に読んだんですが、短篇小説としての究極の形ではないかと思っています。純文学で、自然文学でありながら、SF的な世界ととらえることも出来るし、なによりサスペンスです。究極のタイムリミットサスペンスですね。普遍的な魅力を備えていて、自分にとって一つの目指すべき指標です」

未来解体

現在、清水杜氏彦は、双葉社の《小説推理》に短篇を発表しつつ、早川書房での次回作を検討しているという。

「『うそつき、うそつき』の続篇の構想がある一方で、共通のテイストを持ちつつ、首輪ではない社会を描いてみたいとも思っています」

《小説推理》掲載作も本数が揃えば短篇集になるかもしれないとのこと。現時点では、長篇と短篇のテイストが相当に異なるので、両者が書店に並ぶ日が待ち遠しい。


インタヴューを行った時点では、まだ自著が書店に並んだ光景を見ていない清水杜氏彦だが、彼は今後どんな作家として作品を読者に届けていくのか。

「自分のなかに、これは優れている、という基準が割と明確にあります。個人的な基準なのでバランスは良くないかもしれないですが、それに基づいて、これまでに読んできた優れた本のエッセンスを自分に取り込み、咀嚼した上で、読み手の方にできる限り受け入れやすい形で提供していくのが当面の目標ですね。ゆくゆくは、そうしたことを意識せずに、自分のなかに生まれた面白い話などを、自然な形で読者の方々に受け入れて戴けるように仕上げていけたらと思っています」

【註1】『クライム・マシン』は、リッチーが一九六一年に発表した作品を表題作とした短篇集で二〇〇五年九月に刊行された。『クリスマス・プレゼント』は、ディーヴァーが二〇〇三年に本国で発表。邦訳は二〇〇五年十二月。前者は『このミステリーがすごい！』二〇〇六年版一位、後者は翌年の二位。

【註2】二度目の《ミステリーズ！》投稿も実を結ばなかったという。

【註3】ポール・オースター『ムーン・パレス』やスティーヴ・ハミルトン『解錠師』を例に、清水杜氏彦は「少年の眼をとおして、なにか語りえない世界を語りはじめると、読者はそこに引き込まれやすいんじゃないかなと思うところがある」と語る。

【註4】ちなみに、この名前への考え方を意識すると、小説推理新人賞受賞第一作「Eはどこに」をより一段深く愉しめるだろう。なお、「Eはどこに」だが、【註2】に記した作品をさらに改稿したものだという。三度目の正直で世に出たわけだが、罠に満ちた怖い一篇であり、世に出るべくして出た作品といえよう。

（ミステリマガジン二〇一六年一月号より再録）

本書は、二〇一五年十一月に早川書房より単行本
として刊行された作品を文庫化したものです。

第1回アガサ・クリスティー賞受賞作

黒猫の遊歩 あるいは美学講義

森 晶麿

でたらめな地図に隠された想い、しゃべる壁に隔てられた青年、川に振りかけられた香水の意味、現れた住職と失踪した研究者、頭蓋骨を探す映画監督、楽器なしで奏でられる音楽……日常に潜む、幻想と現実が交差する瞬間。美学・芸術学を専門とする若き大学教授、通称「黒猫」と、彼の「付き人」をつとめる大学院生は、美学とエドガー・アラン・ポオの講義を通してその謎を解き明かしてゆく。

第6回アガサ・クリスティー賞受賞作

花を追え
仕立屋・琥珀と着物の迷宮

春坂咲月

仙台の夏の夕暮れ。篠笛教室に通う着物が苦手な女子高生・八重は着流し姿の美青年・宝《とも》紀《のり》琥《こ》珀《はく》と出会った。そして仕立屋という職業柄か着物に詳しい琥珀と共に着物にまつわる様々な謎に挑むことに。ドロボウになる祝い着や、端切れのシュシュの呪い、そして幻の古裂「辻が花」……やがて浮かぶ琥珀の過去と、徐々に近づく二人の距離は――？　謎のイケメン仕立て屋が活躍する和ミステリ登場

著者略歴　作家　2015年6月「電話で、その日の服装等を言い当てる女について」で第37回小説推理新人賞を受賞，同年7月に本書で第5回アガサ・クリスティー賞を受賞　著書『わすれて、わすれて』

HM=Hayakawa Mystery
SF=Science Fiction
JA=Japanese Author
NV=Novel
NF=Nonfiction
FT=Fantasy

うそつき、うそつき

〈JA1298〉

二〇一七年十月二十日　印刷
二〇一七年十月二十五日　発行
（定価はカバーに表示してあります）

著者　清《し》水《みず》杜《と》氏《し》彦《ひこ》
発行者　早川浩
印刷者　草刈明代
発行所　株式会社早川書房
郵便番号　一〇一 - 〇〇四六
東京都千代田区神田多町二ノ二
電話　〇三 - 三二五二 - 三一一一（大代表）
振替　〇〇一六〇 - 三 - 四七七九九
http://www.hayakawa-online.co.jp
乱丁・落丁本は小社制作部宛お送り下さい。
送料小社負担にてお取りかえいたします。

印刷・中央精版印刷株式会社　製本・株式会社フォーネット社

ISBN978-4-15-031298-5 C0193

本書は活字が大きく読みやすい〈トールサイズ〉です。